酒探西游

吴闲云◎作品

民主与建设出版社

图书在版编目（CIP）数据

煮酒探西游 / 吴闲云著 .—北京：民主与建设出版社 ,2015.3

ISBN 978-7-5139-0399-8

Ⅰ . ①煮… Ⅱ . ①吴… Ⅲ . ①《西游记》—古典小说

评论Ⅳ . ① I207.419

中国版本图书馆 CIP 数据核字（2014）第 171782 号

出 版 人： 许久文

责任编辑： 赵振兰

封面设计： 仙境设计

出版发行： 民主与建设出版社有限责任公司

电　　话： （010）59417747　　59419778

社　　址： 北京市海淀区西三环中路 10 号望海楼 E 座 7 层

邮　　编： 100142

印　　刷： 长沙鸿发印务实业有限公司

开　　本： 787毫米×1092毫米　1/16

印　　张： 20

字　　数： 265 000

版　　次： 2013年7月第1版　2017年2月第2版

印　　次： 2018年7月第2版第2次印刷

书　　号： ISBN978-7-5139-0399-8

定　　价： 38.00元

注：如有印、装质量问题，请与出版社联系。

序 漫话《西游记》

　　也许再过一千年地球人最爱读的中国古典小说不会是《红楼梦》，也不会是《三国演义》、《水浒传》，而是《西游记》，这是我二十年前的预言，今天仍坚信这个预言。理由有三：不需要注释；没有国界；想象力丰富。

　　《西游记》最成功的地方当然是塑造了孙悟空这个角色，能上天入地，倒海翻江，千变万化，一个筋斗十万八千里，连玉帝老儿都不肯下拜，这是何等的英雄，何等的伟大！

　　孙悟空无疑是古人留给孩子的最大礼物，所以每到寒暑假各电视台必定纷纷放映《西游记》。中国的孩子也真幸福，五百年前中国便有了《西游记》这样想象奇特的魔幻小说，五百年后西方人才有《哈利波特》，怪不得他们要发疯似的。

　　一部《西游记》虽然反映的是神仙鬼怪，但实际上折射的仍然是现实世界，或者说他说教的仍是俗世的道理。这些道理自然各人有各人的解读，各人有各人的说法。

　　我从《西游记》中读出了以下几点，写在这里，不知读者以为然否？

　　一是凡是能干的人一定要受一些惩罚。唐僧三个徒弟，当然是孙悟空本事大，但师父的紧箍咒也只对悟空念过，八戒、沙僧不见受过这等罪。其实他们只知道孙悟空本领高强，却不知人家为了这些本领受了多少罪，且不说在灵台方寸山斜月三星洞学法，也不说在东海求宝，单单在太上老君八卦炉中烈火浓烟烧了四十九天才练成火眼金睛，就够不容易了。可见公司对那些优秀员工总是要揪住辫子予以打压，目的就是要显示我的本领比你还高，让你知道天外有天，人外有人，你本领再大也跳不出我的手心，最终逼你夹着尾巴做人。

二是所谓的能人实际上是关系多。孙悟空本领高强，腾云驾雾，七十二变，上天入地，长生不死，号称齐天大圣，十万天兵天将也奈何不了他。但取经路上，困难重重（当然这八十一难都是佛祖安排的），连红孩儿他都对付不了，经常被捉，屡屡遭困，为什么最后总是逢凶化吉、遇难呈祥？多亏他各条战线都有朋友，哪个方面都有哥们，丰富的资源任其调遣。想要下雨有雨神布雨，想要刮风有风神刮风，即便是闯了大祸，将三千年一开花、三千年一结果的人参树打倒在地，也有南海观音来帮忙洒水救活。如此一来事情就好做了，什么事会摆不平呢？

三是神仙都是好的，坏就坏在身边的那些坐骑、童仆。除了降服孙悟空的时候，神仙们都是尽力帮着唐僧取经，每当师徒有难，神仙们立即援手。但神仙却没有管好身边的人，趁他们不注意，那些坐骑、童仆便会下界作怪。即便是太上老君，也会让他的两个看炉童子偷了盛丹的葫芦、盛水的净瓶、煽火的扇子、炼魔的宝剑和勒袍的绳带下界为孽，弄得孙悟空颇费了一番周折，让唐僧和八戒、沙僧吃了一番苦头。

四是犯错误得有大背景，否则没人"捞你"。你看孙悟空把那些没有背景的小妖小怪悉数消灭了，但对神仙身边的人每每要下手时必有神仙说"悟空，且慢动手"。"僧是愚氓可训，妖为鬼蜮必成灾"，所以孙悟空见了妖怪必欲除之而后快，三打白骨精时不惜忍受了紧箍咒，不惜被遣回花果山。但碰了大干部的子女和秘书，就无法下手了，因为有首长打招呼，只好交给首长亲自发落，终于落得"只打苍蝇，不打老虎"的名声。

当然这些只是我的浅谈，如果读者想了解更多的《西游记》背后的东西，想看到对《西游记》独特的解读，请读吴闲云著《煮酒探西游》。

鹿野苑客

2009年8月8日

前　言

　　《西游记》的故事，不仅在中国家喻户晓，整个亚洲地区更是广为流传，自问世以来，被翻译成的各种外文版本不计其数，足见其在世界上的影响力之大。

　　近年来，根据《西游记》改编的电影、电视剧、动画片多如牛毛，数不胜数，每年的寒假暑假，电视上总会循环往复地播放再熟悉不过了的《西游记》，陪伴着一代又一代的孩子们度过了美好的童年。

　　从表面上看，《西游记》讲的是唐僧取经，师徒四人，不畏艰险，战胜困难，打怪升级，终成正果的故事。

　　但细细想来，就会觉得这个故事非常奇怪。怎么奇怪呢？这里面有违逻辑、前后矛盾的地方实在太多了，根本无法用常理解释，比如说：

　　神通广大的孙悟空，既然玉皇大帝、十万天兵天将都奈何不了他，可为什么后来在西天路上，却歇菜得要不得，连一些妖怪都斗不过了呢？

　　既然孙悟空一个筋斗就是十万八千里，完全可以飞到西天把经书取回来，可为什么还要他慢吞吞地陪着唐僧走过去呢，难道不嫌麻烦么？

　　还有，唐僧为什么要去西天取经呢？我们大都只知他要去取经，却很少有人问到底为什么。这经取回来究竟是干什么用的？

难道真的是为了普度众生吗？

西游记中还有许许多多的神仙，可以长生不老、飞来飞去，既然神仙们已经可以长生不死了，可为什么一个个的还要跑去吃王母娘娘那能够添寿的蟠桃呢？难道这不是多此一举么？

在所有的神仙中，位于塔顶最高级别的玉皇大帝，为什么会连孙悟空也收拾不了呢？难道他真的是昏庸无能吗？既然如此无能，那他又凭什么成为万神的主宰？神仙们又凭什么要听命于他呢？

西游记中还有许多的妖怪，它们大都与孙悟空过不去。孙悟空曾被太上老君关在最厉害的八卦炉里烧了四十九日也没烧死，可为什么那最小的妖怪红孩儿，吐了一把火，竟差点把他给烧死了？

据说，唐僧是有道高僧转世，如来佛的弟子，可为什么他总是过不了惊恐之关？老是被吓得屁滚尿流？在他身上，哪还有半点灵气可言？自始至终都是一副是非不分、迂腐透顶到令人可憎的模样。

还有，妖怪们为什么单单都只盯着要吃那肉体凡胎的唐僧肉？他们究竟凭什么说吃了唐僧肉，可以长生不老？为什么就没有任何一个妖怪对此产生怀疑呢？

既然吃了唐僧肉可以长生不老，那为什么妖怪们在抓到唐僧之后，却又总是不急着吃了呢？他们老是等啊等，究竟在等什么？为什么就没有一个急性子的妖怪，抢了就咬一口吃的？

等等，这么多的矛盾、硬伤，作者解释得了么？当然，还远远不止这些，可以说，简单的逻辑纰漏比比皆是。于是，民间就有这样一句俗语："看了西游记，说话像放屁。"

那么，这些自相矛盾的故事情节，究竟是作者老眼昏花，写得前言不搭后语呢？还是有意这样安排，巧设机关，故意写出一个有违逻辑、前后矛盾的西游故事，为我们出了一个天大的"谜语"呢？

真相往往隐藏得很深很深，就像我们的现实生活一样。《西游记》之所以能够成为名著，自有他成为名著的道理。

我们今天，绝大多数人对西游记的了解，都是来源于电视剧的，而真正看过原著的人其实极少。带着疑问，再来品读小说原文，是一件非常令人愉悦的事。我们发现解谜的"玄机"，其实就隐藏在小说《西游记》的原文之中，把所有矛盾的地方联系在一起看，就可以根据原著所给出的依据，而将其中的玄机一一破译开来！

下面，我们就试图来翻译《西游记》中的神秘代码，我们将采用逻辑推理的手法，以科学理性的视角，重新解读《西游记》。

所有的事物，都是一个谜团，而解开一个谜的钥匙，则又是另外一个谜……

吴闲云

2012. 6. 14

目 录

郑重声明:

本文讨论的范围:

1. 仅限于小说《西游记》。和其他的神话故事无关。

2. 仅限于小说《西游记》中的故事情节、逻辑关系进行推理。和其他的历史考证无关。

3. 小说《西游记》中虚设的人物角色,与现实无关。小说中的宗教根本不是现实中的宗教,小说中的唐僧也不是现实中的玄奘法师,这个很早就有定论了。切勿自作多情,对号入座!

读者需知:小说故事,纯属虚构。

01 唐僧为什么要取经

《西游记》讲的是唐僧取经。

那么，唐僧为什么要取经？取的是什么经？取来经究竟要干什么用？这些看似"简单"的问题，估计多数人回答不上来。

一般大家主观臆想的答案是：为了弘扬佛法。也有的朋友说，唐僧是为了学习更高深的佛法，才去取经的，等等。

但是，这些都不是的。究竟是什么呢？

古语说得好："人无利，不早起。"下面，我们就按小说《西游记》给出的答案，详细分析一下唐僧究竟为什么要去取经。

话说唐朝开国不久，皇帝唐太宗举办了一次旷世规模的宗教活动，叫做"水陆法会"。举办这场"水陆法会"，需要选举一名有大德行的高僧来做主持。榜行天下不到一月，各路高僧云集京师，众人从中选出了陈玄奘法师。

太宗皇帝查得他"根源又好，德行又高"。于是太宗大喜道："果然举之不错，诚为有德行，有禅心的和尚。朕赐你左僧纲、右僧纲、天下大阐都僧纲之职。"

玄奘顿首谢恩，受了大阐官爵，成为大唐国最高级别的僧官。

"根源又好"，这是真的。玄奘法师是标准的高干子弟，父亲陈光蕊中状元，官拜文渊殿大学士，母亲是开国元勋殷开山丞相的女儿。

"德行又高"，这从哪儿说起呢？看不出来，作者只说"这个人自幼为僧，出娘胎，就持斋受戒"。

很单纯，很单纯的一个人。

菩萨送来两件宝物，"锦阑袈裟"卖五千两，"九环锡杖"卖两千两，合人民币约一百四十万元。就连皇帝唐太宗也问："有何好处，就值许多？"可见挺贵的。

尽管贵，唐太宗还是说："朕买你这两件宝物，赐他（唐僧）受用。"

太宗皇帝把唐僧宣入朝中，对他说，我做这场善事，有劳法师了，无他物可以酬谢。这两件宝贝，你就拿去受用吧。

于是，玄奘再次叩头谢恩，接受了皇帝的"贵重"礼物。

太宗又说："法师如不弃，可穿上与朕看看。"

唐僧就抖开袈裟，披在身上。君臣文武，个个喝彩。

待唐僧穿了袈裟，持了宝杖，太宗又赐他两队仪从，叫他去大街上威风一把，就如中状元当官一般，在那大街上，烈烈轰轰，摇摇摆摆。长安城里，大男小女，无不争看夸奖。

太宗皇帝对唐僧如此礼遇，给足了面子。感动的唐僧三拜谢恩。

唐僧回到寺里，僧人们跑出来迎接，唐僧便对众僧人感述"圣恩"不已。

最后，观音菩萨对太宗皇帝说，你办的这个水陆法会不行，你请的法师只会讲小乘教法，不起作用。我有大乘佛法三藏才是真经，可以度亡脱苦，寿身无坏。

太宗正色喜问道："你那大乘佛法，在于何处？"

菩萨道："在大西天天竺国大雷音寺我佛如来处，能解百冤之结，能消无妄之灾。"

水陆法会原本计划是做49天的，现在是第7天。太宗听菩萨这样一说，马上叫停，即命众僧："且收胜会，待我差人取得大乘经来，再秉丹诚，重修善果。"

意思是：水陆法会暂停不做了，等我派人去西天把如来佛的"大乘经"取来后，再重新做这场水陆法会。

当时他在寺中问："谁肯领朕旨意，上西天拜佛求经？"

这下好了，取经回来是为了继续做水陆法会，而唐僧是这场水陆法会的主持人，分内之事，不该他去，又该哪个去？况且，事还没做完，就已经得了人家那么多好处，推得掉吗？躲得过吗？唐僧只好上前施礼道："贫僧不才，愿效犬马之劳，与陛下求取真经，祈保我皇江山永固。"

注意，他说的是"愿效犬马之劳，与陛下求取真经"，说明他自己并不对这个"经"产生需求，而是帮唐太宗去取经。

唐太宗多少还有点担心他一去不复返，便说："法师果能尽此忠贤，不怕路途遥远，跋涉山川，朕情愿与你拜为兄弟。"就去那寺里佛前，与唐僧拜了四拜，口称"御弟圣僧"。

唐僧感谢不尽道："陛下，贫僧有何德何能，敢蒙天恩眷顾如此？我这一去，定要捐躯努力，直至西天。如不到西天，不得真经，即死也不敢回国，永堕沉沦地狱。"

那唐王果真十分"贤德"，把个玄奘师傅感动得连毒誓都发了。

唐僧回到寺里，几个徒弟都来相见："师父呵，尝闻人言，西天路远，更多虎豹妖魔。只怕有去无回，难保身命。"

唐僧道："我已发了宏誓大愿，不取真经，永堕沉沦地狱。大抵是受王恩宠，不得不尽忠以报国耳。我此去真是渺渺茫茫，吉凶难定。"

这句话有两个关键语句：

1. 大抵是受王恩宠。

2. 不得不尽忠以报国耳。

不得不啊！我已经受了他的恩宠，所以不得不尽忠报国。我现在已经没有选择了，拿了人家的手软，不得已要还他一个人情，那就只有替他卖一回命了。

结论：不是唐僧要取经，而是唐太宗派遣唐僧去西天帮他取经。

02 唐太宗游地府死而还生

上回说了，不是唐僧要取这个经，而是皇帝唐太宗要取这个经。

那么，唐太宗要这个"经"做什么？还得从"唐太宗地府还魂"说起。

《西游记》第十、十一回，讲了一个关于唐太宗死而复生的故事。故事中，唐太宗被一个龙王的冤魂缠住索命，最终导致唐太宗一命呜呼，到阎罗殿报到去了。

我们知道，普通人死了，都是由勾魂使者、黑白无常、牛头马面之类的角色拿脚镣手铐把你强拉硬扯去的。

而皇帝唐太宗死了则不同，是阎罗殿的大管家崔判官亲自跑来接的！只见他跪拜路旁，口称："陛下，赦臣失误远迎之罪！"二人正说间，只见一对青衣童子，执幢幡宝盖，高叫道："阎王有请，有请。"

到了阴曹地府，虽然阎王、判官对他很"尊敬"，但是阎罗殿的各种鬼都对他很不友好。太宗皇帝受了三次惊心动魄的"恐吓"。

首先遇到的是他的老子李渊，哥李建成，弟李元吉。他们一见太宗，便叫道："世民来了，世民来了！"那建成、元吉上来就揪打索命。太宗躲闪不及，被他扯住。幸有崔判官唤一青面獠牙鬼使，喝退了建成、元吉，太宗方得脱身而去。

阎王，共计有十殿阎王：秦广王、楚江王、宋帝王、五官王、阎罗王、平等王、泰山王、都市王、卞城王、转轮王。

这十殿阎王全部都出了森罗宝殿，控背躬身迎迓太宗。十王道："陛下是阳间人王，我等是阴间鬼王，分所当然，何须过让？"

这十殿阎王对杀人如麻的唐太宗，真是客气啊！

阎王道："急取簿子来，看陛下阳寿天禄该有几何？"崔判官急转司房，将天下万国国王天禄总簿，逐一检阅，只见大唐太宗皇帝注定贞观一十三年。崔判官急取浓墨大笔，将"一"字上添了两画，将簿子呈上。

十王看时，见太宗名下注定三十三年，阎王惊问："陛下登基多少年了？"太宗道："朕即位，今一十三年了。"阎王道："陛下宽心勿虑，还有二十年阳寿。此一来已是对案明白，请返本还阳。"

阎王差崔判官、朱太尉二人，送太宗皇帝还魂。

崔判官顺便做了一次导游，带着唐太宗参观了一次地府。

到了地府的十八层地狱，处处俱是悲声震耳，恶怪惊心。赤发鬼、黑脸鬼，长枪短剑；牛头鬼、马面鬼，铁铜铜锤。在它们的枪、剑、铜、锤之下，一个个被牢栓紧绑的狱中厉鬼，直被打得皱眉苦面血淋淋，叫地叫天无救应。

太宗看了，心中惊惨。这是第二次恐吓。

过了奈何桥，又到枉死城，只听哄哄人嚷："李世民来了，李世民来了！"太宗听叫，心惊胆战。见一伙拖腰折臂、有足无头的鬼魅，上前拦住，都叫道："还我命来，还我命来！"

这些人，不对，他们都不是人，而是鬼，他们都是来拦住太宗皇帝索命的。这是第三次恐吓。

慌得那太宗藏藏躲躲，判官道："陛下，那些人都是那六十四处烟尘，七十二处草寇，众王子、众头目的鬼魂；尽是枉死的冤业，无收无管，不得超生，又无钱钞盘缠，都是孤寒饿鬼。陛下得些钱钞与他，才能救你。"

太宗空身到此，哪里有钱，便立一约，借得金银一库，叫太尉尽行给散。

判官又吩咐众鬼道："这些金银，汝等可均分用度，放你大唐爷爷过去，他的阳寿还早哩。我领了十王钧语，送他还魂，教他到阳间做一个水陆大会，度汝等超生，再休生事。"

众鬼闻言，得了金银，俱唯唯而退。

判官送唐王直到超生贵道门，判官道："陛下到阳间，千万做个水陆大会，超度那无主的冤魂，切勿忘了。若是阴司里无抱怨之声，阳世间方得享太平之庆。凡百不善之处，俱可一一改过，普谕世人为善，管教你后代绵长，江山永固。"

唐王一一准奏，辞了判官，脱了阴司，回到阳间。开始出榜招僧，修建水陆大会，超度冥府孤魂。

由此可见，太宗皇帝要招集全国高僧，举办一次旷世规模的"水陆法会"，原因就在这里，是阎罗殿的崔判官叫唐太宗复活后办的。

崔判官叫唐太宗办这个水陆法会，有两大好处，说得非常清楚明白：

1. 凡以前的种种不善之处，俱可一一改过。

不善，就是恶，以前所行的种种恶——逼父，杀兄，害弟，荡平六十四处烟尘，剿灭七十二处草寇，南征北伐，杀人无数，以至无数枉死冤魂叫冤报怨，这些都是可以改的。只要办了这个水陆法会，也就改了，这些无数枉死的孤魂野鬼便可得到超度，也就不再追究你的责任了。

2. 普谕世人为善，管教你后代绵长，江山永固。

办了这个水陆法会，还可以以身作则，带头行善，劝化全天下的人都来行善，不要作恶。这样，管教你后代绵长，江山永固。

既然能有这两大好处（最揪心的），唐太宗何乐而不为呢？所以一回到阳间，他就着手大办这个水陆法会。

因为唐太宗大办水陆法会，所以才招来了全国的高僧。在众高僧里面，又"海选"出了唐僧陈玄奘法师做主持。

事情的因由就是这样的。

03 如来的真经究竟有什么作用

　　唐太宗办水陆法会，从本意上讲，并不是要弘扬佛法，而是要达到他个人的两个目的：

　　1. 超度以前枉死在他手上的无数孤魂野鬼，通过办这个水陆法会，以前所行的种种恶，就改了，就没有了。

　　2. 以身作则，带头行善，劝化全天下的人都来行善，不要作恶。办了这个水陆法会，就能保后代绵长，江山永固。

　　这场水陆法会，从全国各地海选出一千二百名高僧，聚集到长安化生寺，选定黄道良辰，做七七四十九日水陆大会。由陈玄奘大阐法师，开演诸品妙经。太宗及皇亲国戚、文武大臣，俱如期赴会，拈香听讲。

　　那么，这场水陆法会的场面有多大呢？数据如下：

　　1. 级别之高：这是一场有全部国家领导人参与的佛事活动。

　　2. 人员之多：聚集了有一千二百个和尚（高僧）一起作法。

　　3. 时间之长：计划作法的时间，为连续七七四十九天。

　　相信各位都没有见到过如此大场面的佛事活动。

　　那么，这么大的场面，究竟能不能超度以前枉死的孤魂野鬼呢？不好说，但可以肯定的是：以身作则，带头行善，劝化全天下的人都来信佛行善不作恶不危害大唐，这个目的，是百分之百可以达到的！

　　这一点，唐太宗的心里是有数的，因为他完全有能力支配这场水陆法

会在民间的影响力。

可能否超度亡魂，唐太宗的心里就没有数了，你们这些和尚到底有多少道行？你们念的经究竟有多大的法力？你们究竟能不能超度孤魂野鬼？唐太宗绝对是半信半疑的。

此时，他最关心的也正是枉死的孤魂野鬼能不能被超度。

超度，指诵经等佛事活动使鬼魂脱离苦难，重新超生，投胎转世。

那么，什么样的人死后不能超生呢？在我们这一群善良的人的印象中，都是"坏事做绝"的人永世不得超生。

但是，我们今天是在讲西游记，所以应该尊重原作者的意思来讲解。原作者可没有说是坏事做绝的人不得超生。而是这样说的：

> 又到枉死城，只听哄哄人嚷，分明说："李世民来了，李世民来了！"……都叫道："还我命来，还我命来！"……判官道："陛下，那些人都是那六十四处烟尘，七十二处草寇，众王子、众头目的鬼魂；尽是枉死的冤业，无收无管，不得超生……"

注意：是"枉死的"不得超生。

这些人，按生死簿，死期还没到，就被唐太宗杀了，所以是枉死的。

这些枉死的孤魂野鬼，无收无管，他不超生，他就守这儿，天天蹲点，赖在这个鬼地方不走了，专等你来，嘿嘿，总有一天，你李世民是要从这儿走的，叫你也莫想投胎享荣华。

你说李世民他想了怕不怕？

所以，究竟能不能把这些枉死的孤魂野鬼都弄走，就成了他内心深处最大的隐痛！

你们这些和尚到底行不行啊？究竟能不能把这些孤魂野鬼都弄走啊？

就在唐太宗半信半疑的时候，观音菩萨跳出来说："你这小乘教法，度不得亡者超升，只可浑俗和光而已。"

你办的这个水陆法会，根本就不能把这些枉死的孤魂野鬼都弄走！仅仅只能做做样子，给天下的老百姓看看而已。

你说，观音菩萨只这一句话，是不是说到唐太宗的心坎里去了？

菩萨又说："我有大乘佛法三藏，可以度亡脱苦。"

此言一出，唐太宗心里的疑虑尽释，就像抓住了救命稻草一般，连忙问道："你那大乘佛法，在于何处？"

菩萨道："在大西天天竺国大雷音寺我佛如来处，能解百冤之结，能消无妄之灾。"

此时，观音菩萨现出了真身，让大家都知道她是真正的观音菩萨。这是在进一步取信唐太宗。并留下一个帖子点化道：

礼上大唐君，西方有妙文。程途十万八千里，大乘进殷勤。

此经回上国，能超鬼出群。若有肯去者，求正果金身。

注意，这个真经对于唐太宗来说，仅仅只有一个功能作用，很简单，就是"能超鬼出群"。

这个"能超鬼出群"的真经，菩萨并没有上台开讲，而是说，如果你想要，你就到西天如来佛那儿去取。太宗即命众僧："且收胜会，待我差人取得大乘经来，再秉丹诚，重修善果。"

好了！水陆法会也不做了，取真经要紧，待取来真经，再重做这场法会。为什么法会只做了七分之一，就中断停止了？因为菩萨说了，这个度不得亡者超升，做了也是白做，不起作用的。

前面说过，唐太宗办这个水陆法会，可能有两个目的。如果他仅仅只是为了做给天下人看的，劝化全天下人都来行善这一个目的，那么他的目的就已经圆满地达到了，他也就不会稀罕什么西天的真经了。

可事实上，他非常迫切地想要得到这个真经，那么这就只有一种解释：他要彻底地把这些枉死的孤魂野鬼都弄走！这才是头等大事。所谓教人行善积德，也就是打一个漂亮的幌子罢了。

至此，我们可以得出结论：唐太宗之所以要到西天求取大乘真经的真正目的：

    1. 不是为了弘扬佛法佛教。

    2. 不是为了普度天下众生。

    3. 是为了消除自己以前所行的恶、作的孽、犯的罪、扫清心中的鬼。

04　佛祖也烦恼：取经难，传经更难

　　唐太宗之所以要取如来佛的经，是为了消除自己以前所行的恶、作的孽、犯的罪、扫清心中的鬼，上回已经说明。但是细想：要是观音菩萨不告诉唐太宗，唐太宗会知道如来佛有这个经吗？肯定是不知道的！

　　如果唐太宗不知道如来佛有这个经可以为他解灾，那他也就不会派遣唐僧去西天取经了。所以整个事件的关键之处还在于观音菩萨。

　　那么，观音菩萨又为什么要来指点唐太宗取经呢？《西游记》第八回《我佛造经传极乐观音奉旨上长安》讲得非常清楚：

　　一日，如来佛祖唤聚诸佛、众弟子，对大众说："我今有三藏真经，可以劝人为善。我待要送上东土，叵耐那方众生愚蠢，毁谤真言，不识我法门之旨要，怠慢了瑜迦之正宗。怎么得一个有法力的，去东土寻一个善信，教他苦历千山，远经万水，到我处求取真经，永传东土。谁肯去走一遭来？"

　　观音菩萨道："弟子不才，愿上东土寻一个取经人来也。"

　　如来见了，心中大喜道："别个是也去不得，须是观音尊者，神通广大，方可去得。"

　　凡作一部大书，必有提纲挈领之处，然后线索在手，丝丝不乱。此一回为取经故事千头万绪之总纲，不明此，则极易被后面取经过程中的精彩故事所迷惑。

从这个总纲可以看出：取经的最初缘由，是如来佛祖要传经，而不是唐僧要取经，也根本没有任何人想要取他的经。

这段提纲挈领的文字，数百年来竟无人读破，都误把"传经"理解成"取经"。

如来佛祖要传他的经，要把他的经永传东土，这个难度其实是挺大的。

怎见得？是万水千山，路途遥远吗？不是的，是那方众生愚蠢，毁谤真言，不识旨要，怠慢正宗。

这个难度究竟有多大呢？派谁去，都完成不了这个任务，只有神通广大的观音菩萨方可去得。

那么，我堂堂中华真的很愚蠢，以至让佛法无边的如来佛祖都感到传经难吗？我们来看《西游记》中是怎么讲的：

1. 福陵山云栈洞的猪八戒同志，此时扮演的角色是处于社会最底层的"匪类"。猪八戒同志因为没有个赡身的勾当，只是依本事吃人度日。

猪八戒在为匪的时候，是靠"吃人"过生活的，而且还是"依本事吃人"的。可见猪八戒同志为匪是没有"几不杀"、"几不抢"原则的，说明他仅仅只是为了解决最基本的生存问题。

菩萨点化他道："古人云，若要有前程，莫做没前程。你既上界违法，今又不改凶心，伤生造孽，却不是二罪俱罚？"

猪八戒同志道："前程前程，若依你，教我嗑风！常言道，依着官法打杀，依着佛法饿杀。去也，去也！还不如捉个行人，肥腻腻的吃他家娘！管什么二罪三罪，千罪万罪！"

猪八戒同志非常的直率，他根本就不信佛，即使是观音菩萨本人站在他面前，他也不信那一套。他只相信：填饱肚子要比前程强。

2. 菩萨将袈裟、锡杖拿到长安城里叫卖。遇到几个水陆法会主持人落选的愚僧，倒有几贯村钞。愚僧问道："你的袈裟要卖多少价钱？"菩萨道："袈裟价值五千两，锡杖价值两千两。"

那愚僧笑道："这两个癞和尚是疯子，是傻子！这两件粗物，就卖得七千两银子？只是除非穿上身长生不老，就得成佛作祖，也值不得这许多！拿了去，卖不成！"

愚僧，倒有几贯村钞。这是小富小康阶层的代表，手上有几个钱的人。更是佛派内部会员的代表，而且还是级别很高的会员，因为他们是水陆法会主持落选的。要知道：能够参加皇帝举办水陆法会的和尚，都是全国有名的高僧。

这些高僧们虽然披着佛门的外衣，其实心里压根都不信佛，因为他们都非常的现实，就是对"长生不老"、"成佛作祖"都明确地表了态：没兴趣。

3. 我们再看皇宫贵族这一阶层，太史丞傅奕大胆地上疏皇帝"谤"佛：

西域之法，无君臣父子，以三途六道，蒙诱愚蠢，追既往之罪，窥将来之福，口诵梵言，以图偷免。自五帝三王，未有佛法，至汉明帝始立胡神。然西域桑门，自传其教，实乃夷犯中国。

言礼本应事亲事君，而佛背亲出家，以匹夫抗天子，以继体悖所亲，若遵无父无君之教，正所谓非孝者无亲。

太史丞傅奕，不仅不信佛，还"谤"佛，专拣佛的坏处说，直截了当地提出佛教有害论。

由此可见：说我中华众生愚蠢，非真。我看这作恶的、势利的、权贵的，一个个的既不愚，也不蠢。说毁谤真言，这倒不假。几乎是人人诋毁，个个诽谤。

无量无边的佛法，在我中华大唐社会最底层尚未解决最基本生存问题的人员中，没有市场。在手上有几个钱，小富小康的人员中，也没有市场。在上层贵族官僚中，更没有市场。

要到一个没有市场的地方去推广自己的产品，真是难啊！

05 谁是神仙中最厉害的女强人

经过一番市场调查，在我中华大唐社会的各个阶层，均不信佛，并没有对佛法产生需求关系，这里根本就没有市场，而供给却十分巨大！

如来佛的出货量为：《法》一藏，谈天；《论》一藏，说地；《经》一藏，度鬼。三藏经书合计为三十五部，共一万五千一百四十四卷之多！

吾观天下，各行各业，万般皆不难，唯"出货"为最难！卖不出去等于零。即使身为如来佛祖，也不能例外，要想把自己的产品，三藏经书，推广到一个没有市场的地方去，这真的是个难！

所以如来寻思着，要想办成这件事，"怎么得一个有法力的"去才行。观音菩萨当即表态愿意去。如来见了，心中大喜道："别个是也去不得，须是观音尊者，神通广大，方可去得。"

那么，观音菩萨究竟是一个什么样的人？究竟何德何能，有何种法力，何等神通，唯她能完成如此大任？

如果能用民间的传说来评价她为大慈大悲、救苦救难的话，那么，也一定有人会引用《封神演义》，说她是专施毒计的慈航道人，手里拿个清净琉璃瓶，将人畜吸入瓶中，身皮肉化成脓，后来又欺师悖祖，离经叛道，变了性，改了名，投到西天如来佛门下。

这样就说不清楚了，我们还是从《西游记》原著中找答案，这样会比较客观公正。

在《西游记》中，观音菩萨就是个女性。

观音菩萨最初的出场，是在孙悟空偷蟠桃反天宫后的第六回。这个时候，是她向玉皇大帝举荐了二郎神，导致孙悟空第一次被捉。

菩萨开口对老君说："贫僧所举二郎神如何？"又说："我将那净瓶杨柳抛下去，打那猴头；即不能打死，也打个一跌，教二郎小圣好去拿他。"

而事实却是：菩萨自己仅仅只是说说而已，并没有动手，又问老君道："你有什么兵器？"老君道："有，有，有。"捋起衣袖，取下个金钢圈，自天门上往下一掼，可可的着猴王头上一下，打中了天灵，猴王立不稳脚，跌了一跤。

由此可见，菩萨对自己的"用人之道"颇为自得。而后面说的那句话，躲在背后使阴招，唆使他人下暗手，就绝对不是光明之举。

菩萨第一次出场，未见行一善，也未见行一恶，未施展任何法术，也未使用任何法器，只是如如不动，空口说了几句白话而已。足见其高深莫测！

现在，传经业务中，如来佛对她的看法是：有法力，神通广大。

如来座下的四菩萨、八金刚、五百罗汉、三千揭谛、众比丘僧、比丘尼、优婆塞、优婆夷、大小尊者圣僧，除她之外，没有一个人能办得成这件事。

这么说来，观音菩萨就是如来身边最得力的一个人了。如果观音菩萨办不成这件事，相信其他人更不能办成。

观音菩萨此时的表现是：那菩萨闻言，踊跃作礼而退。即唤惠岸行者随行。那惠岸使一条浑铁棍，重有千斤，只在菩萨左右，作一个降魔的大力士。

看样子，菩萨接到这笔大单，对筹建新的分公司，显得非常兴奋。她身边的惠岸行者大概是个狠人，不好惹的。

这是菩萨在《西游记》中的第二次出场。

至此，仍未见菩萨做一事，还是如如不动。不过，她两次出场的环境却是交代得清清楚楚，前一次是天宫大变之际，这一次是如来大愁之时，她总在关键时候出场，真可谓：大慈大悲救苦救难灵感观世音菩萨。

菩萨在前往长安的路上，遇到沙僧、八戒、悟空，可以看出菩萨惯用的三招：

1. 数落对方的罪孽。

2. 入我门下可脱罪。

3. 劝人行善。

看完《西游记》全书，菩萨也仅仅只是"理论"学得好，劝别人行善而已，她自己勉强行了一善，即救了小白龙一命，可她的目的却是要弄一匹好马。

菩萨到了长安大唐国。行至大市街旁，见一座土地神祠，二人径入。

唬得那土地心慌，鬼兵胆战，知是菩萨，叩头接入。那土地又急跑报与城隍、社令，及满长安各庙神祇，都知是菩萨，参见告道："菩萨，恕众神接迟之罪。"

菩萨道："汝等切不可走漏一毫消息，我奉佛旨，特来此处寻访取经人。借你庙宇，权住几日，待访着真僧即回。"众神各归本处，把个土地赶在城隍庙里暂住。

注意：土地佬儿是被观音菩萨赶出去的。

土地爹爹，是仙界天庭玉皇大帝设在人间最基层的干部。不是佛派的人员。那么，他怕菩萨做什么？菩萨会来检查他的工作么？不会，菩萨既不是上司，更不是干部，一出家人而已。现在的身份也不过就是在街上练摊的罢了。

基层干部对付在大街上练摊的人，唉……还是不说了。怎么这位基层干部怕她就怕成了这个样子呢？怕得蹊跷，怕得离谱，而且把办公室都让出来了。

可见，在土地佬儿这位基层干部眼里，观音菩萨是个极厉害、极恐怖的角色！不好惹的。

菩萨道："汝等切不可走漏一毫消息。"这么神秘！ 她想干什么？到底有什么见不得光的事怕走漏了？

　　书中没有直接交代。这是《西游记》第八回的事，但后面紧接着的五回，自从观音菩萨到了长安之后，长安城里就不断发生怪事！

06 皇帝才是传经的绝佳人选

观音菩萨来到这块没有市场的地方，底层不信佛，中产不信佛，贵族不信佛，那究竟从哪儿开展业务呢？

上回有交代：观音菩萨是个深谙"用人之道"，又善"背后使阴招"的人。既然你们都不信佛，那就干脆直接找皇帝！只要皇帝一个人信奉受行，则全国信奉受行，市场大着呢！

于是，就有了"唐太宗地府还魂"这一幕。观音菩萨为总导演。她要在这阴司里指使安排几个人，简直太容易了。

我们先来看看孙悟空是怎么到阴司里的：两个人拿一张批文，上有"孙悟空"三字，走近身，不容分说，套上绳就把美猴王的魂灵儿索了去，跟跟跄跄，那两个勾死人只管扯扯拉拉，定要拖他进去。

这是死后到阴间的正常程序。

而唐太宗死的时候，是阎王有请，判官来接，自上而下，完全不符合阴司的程序，很明显，是受人指使的。

那条被斩了的龙王，他的魂魄就被关押在阴司里，按说是不应该放出来害人的。但他却天天跑来缠着唐太宗索命，终于把唐太宗逼到阴司里去了。

那条龙，在整个事件中，仅仅只起了一个作用：就是缠着唐太宗逼命！试问：要是没有人放他出来，他又怎么可能跑出来逼死唐太宗呢？所以，被操纵的痕迹太明显了。

唐太宗在遍游地府之后，点头叹曰：

善哉真善哉，作善果无灾！善心常切切，善道大开开。
莫教兴恶念，是必少习乖。休言不报应，神鬼有安排。

唐太宗大概是想明白了。善哉真善哉，这一切都是神鬼有安排。

唐太宗还阳的时候，判官送唐王直至那超生贵道门出的地府，何为贵道门？

地府里有"六道轮回"之所，魑魅魍魉，滔滔奔走那轮回之下：行善的升化仙道，尽忠的超生贵道，行孝的再生福道，公平的还生人道，积德的转生富道，恶毒的沉沦鬼道。

唐太宗杀人如麻不为善，叛国自立不为忠，逼父造反不为孝，射兄害弟算恶毒。但是，地府阴司里对他的评价却是"忠"！因为是从"贵道门"送他出来的，只有"尽忠的"才走"贵"道。

唐太宗忠于谁？不是朝廷，不是君父，而是佛祖。

是因为唐太宗信仰佛法，才被阴司评定为"忠"的吗？很显然，也不是，因为唐太宗是在出了阴司，还阳复生之后才信佛的。

那么，这就只有一种解释：逼父造反，射兄害弟，为"忠"，好杀，善杀，为"忠"，以恶、大恶为"忠"。因为"忠"，才得到认可，得到嘉奖：再添阳寿二十年。

各位看官，莫要以为我在胡说，这如来佛祖原本就是喜欢大恶之人的，你不恶，他还不要呢！

西游记第八回《我佛造经传极乐》中讲道：

如来又取出三个箍儿，递与菩萨道："此宝唤做紧箍儿。虽是一样三个，但只是用各不同，我有金紧禁的咒语三篇。假若路上撞见神通广大的妖魔，你须是劝他学好，跟那取经人做个徒弟。他若不伏使唤，可将此箍儿与他戴在头上，自然见肉生根。各依所用的咒语念一念，眼胀头痛，脑门皆裂，管教他入我门来。"

从这儿可以看出三个问题：

1. 如来佛需要恶人。

2. 如来佛的法宝很恶。

3. 用很恶的法宝逼很恶的恶人加入他的门下来。

观音菩萨奉如来佛旨，到长安寻找"善信"，为了打开局面，以皇帝唐太宗为突破口，让他死，让他活，让他大办水陆法会，促成传经大业，这一切都做得不动声色。

各位，菩萨应如是布施。不住于身不住于法不住于相布施，其福德不可思量。

07 唐僧的母亲遇害之谜

西游记《陈光蕊赴任逢灾江流僧复仇报本》这一回，疑点多多，迷雾重重，很难读懂。然此篇正是作者立意高远之处，读懂了，方能明白何为"造化"，读不懂，《西游记》就永远只能是儿童故事。

唐僧的父亲叫陈光蕊，母亲叫殷温娇。

在这一回故事中，陈光蕊考上了状元，遇到丞相的小姐殷温娇抛绣球招亲，那绣球"恰打着光蕊的乌纱帽"，二人由此成就了一段姻缘。陈光蕊便和丞相之女殷温娇结了婚。

陈光蕊赴任江州，从丞相府出发，一路上竟无人伴随，仅带着老婆和一个家僮，到了洪江渡口，艄公刘洪、李彪见色起意，杀了陈光蕊和家僮，逼小姐顺从。小姐寻思无计，只得顺了刘洪。

这个时候，离谱的事情发生了：刘洪穿了光蕊衣冠，带了官凭文书，同小姐往江州上任去了。

刘洪，一个水贼，居然敢冒充朝廷命官，还带着个活证人，难道他不怕小姐害他么？而小姐却并没有揭穿杀夫凶手，那她还在等什么？

她可能担心怀着的孩子有危险，孩子（即后来的唐僧）生下后，顺水放走，由老和尚收养了，这个时候，她完全可以报案，却为何仍不做声？

更离奇的是，刘洪竟然冒充了十八年，也没被人发觉！丞相的女儿出嫁后没回过娘家，也无书信来往！这十八年中，小姐和杀夫凶手夜夜同床共枕，简直叫人无法想象！

后来儿子陈玄奘年满十八岁后到京城报信，丞相居然发六万御林军来捉！

陈光蕊复活后，一家团圆，小姐竟然又从容自尽了！

着实叫人费解啊！

于是，就有人说，这一篇是《西游记》中最大的败笔。最不合理，甚为荒诞！这些漏洞作者能回答得了吗？作者处理这段故事的拙劣只能用一个字来形容：臭！

恰恰说错了，作者绝不至于犯如此低级的逻辑错误，难道他不知道这样写很荒诞吗！还留下把柄给你来说！既然他这样写了，就是另有深意的，这正是《西游记》作者的高明之处！

看我来回答这个问题。

我的答案是：这一切的一切，都是菩萨安排好了的。

什么？你觉得这个答案很无聊？那好，让我们一起来寻找证据，细细推论。

首先，这段故事里的疑点很多。疑点越多，线索就越多，所以任何一个疑点都不能放过，这些看似矛盾的表象背后，一定有着一个统一的载体。

故事的结局是：玄奘十八岁后到京城报信，捉了杀父仇人，拿到江边渡口祭奠，活剜了刘洪的心肝。然后龙王送陈光蕊还魂复活，一家团圆，后来殷小姐从容自尽了。

作者讲一个故事，总是由起因、经过、结果等等部分共同构成的。

而故事的结果，总是具有唯一的确定性。因此，我们就可以肯定地说：故事既然是以这种结局来结束的，那么，故事中的"任何发展过程"都是为了得出这样"一种结局"而设计的。

这个结果中所存在的最大问题就是：为什么一定要等到十八年后，陈玄奘到京城报了信，才能复活？难道小姐她自己就不能复仇吗？

如果小姐可以自己复仇，那么，小姐至少可以采取以下4种办法：

1. 写信给父母。

2. 找一个与凶手不和的官吏说。

凶手并未时时不离她身边，也未将她禁锢，她完全有行动自由，而且凶手还经常外出办公。因此，这两条她完全能够做得到。

3. 夜里睡着了下手。

4. 投毒。

这两条更容易做到，并且成功率更高。

但是，温娇小姐全部都放弃了，一种方法也没有采用。

温娇小姐完全有能力、有条件自行复仇，但她没有复仇。那么，很明显，这个故事一开始的设计就是，这个"血海深仇"是专门留给儿子陈玄奘长大了来报的，而不是给她来报的。

那么，又有新的问题：

这个"血海深仇"，不让温娇小姐自己报，这可能吗？这个思想工作做得通吗？温娇小姐每天面对着杀夫仇人她会怎么想？白天要伺候他吃，天黑了还要陪他睡，她就这么眼睛一闭，天天忍着让他折腾吗？还要忍上一十八年，我们的温娇小姐她忍受得了么？

如果她无法忍受，那么，她绝对会采取以下两种措施之一：

1. 干掉凶手。

2. 干掉自己。

可是，无论是干掉凶手还是干掉自己，都会导致玄奘长大了不能报仇。因此，要使玄奘长大了能亲自报仇，我们的温娇小姐既不能干掉凶手也不能干掉自己。

那么，究竟怎样才能让温娇小姐既不干掉凶手也不干掉自己，并且心甘情愿地陪着杀夫仇人睡上六千五百七十个夜晚呢？

欲知后事如何，且听下回分解。

08 唐僧的父亲真是那个状元吗

陈光蕊中了状元，跨马游街，遇丞相之女殷温娇打绣球招亲，恰打着光蕊的乌纱帽。当晚就拜了堂，入了房。第二天一大早就携美妻赴任去了。

真是爽啊！就连作《证道书》的残梦道人澹漪子老前辈都羡慕得不得了，在此处夹批曰："真快活！状元易中，此景难逢。"

可是，真快活吗？这里面的问题实在太大了！我们来研究一下陈光蕊赴任的路线：

京城——陈光蕊家——万花店——洪江渡口——江州。

这一趟路途究竟有多远？原著中已经给出了答案。

陈光蕊与小姐结婚的次日，太宗命光蕊为江州州主，即令收拾起身，勿误限期。光蕊谢恩出朝，回相府，携妻前往。

路上，"光蕊便道回家"。可见陈光蕊的家住在京城与江州之间，因为是顺路，便道，所以陈光蕊顺便接老母一同上任。母亲张氏大喜，当日即行。

1. 从京城到陈光蕊家有多远？

后面玄奘见婆婆时有交代：玄奘领婆婆到刘小二店内，又将盘缠与婆婆道："我此去只月余就回。"

这个"月余"是指：

①　从万花店经陈光蕊家到京城报信，在外公家住上一至三天，然后

再返回江州去复仇，等一切事情都办完了，再来万花店接婆婆，只用一个月左右的时间。

②　从万花店经陈光蕊家到京城报信，在外公家住上一至三天，然后就马上直接过来万花店，约需一个月时间。

玄奘是出家人，一般是不会打诳语的，何况还是自己的婆婆，所以，这个时间他应该算得还有多的，也许还要不了一个月。他给了婆婆约一个月左右的生活费。

若按①，从京城到陈光蕊家，最多只需三天左右。

若按②，从京城到陈光蕊家，最多只需十天左右。（一月三十天，减在京城外公家住两天，一来一回各十四天，减去从陈光蕊家到万花店的四天，约为十天。）

而事实上是第一种，复仇之后来接的婆婆。

2. 从陈光蕊家到万花店有多远？

当日即从陈光蕊家出发，"在路数日，前至万花店刘小二家安下"。

"数日"，为几天，一般指三天，或三至五天。如果有七至十天就是"旬日"了。如果超过十天，就是十数日。所以从陈光蕊家出发，到万花店，约四天左右。总之，"数日"不会超过十天。

在万花店，母亲张氏养病误了两天，光蕊道："此店已住三日了，钦限紧急，孩儿意欲明日起身，不知母亲身体好否？"张氏道："我身子不快，此时路上炎热，恐添疾病。你可这里赁间房屋，与我暂住。付些盘缠在此，你两口儿先上任去，候秋凉却来接我。"光蕊与妻商议，就租了屋宇，付了盘缠与母亲，同妻拜辞前去。

陈光蕊打算第四天一起走，母亲叫他们先走。于是，他们在第三天先走了。

3. 从万花店到洪江渡口有多远？

陈光蕊在万花店门前买鱼送洪江里放生，为十五里路。这洪江渡口要比放生处远，原文中写道："晓行夜宿，不觉已到洪江渡口。"

晓行夜宿，是一个成语，指天明赶路，直到夜里才住下来。也就是当天晚上要找旅社住宿的时候，到达的洪江渡口。走了一天。

4. 从洪江渡口到江州，已经不远了。

就在当夜，刘洪将船撑至没人烟处，"先将家僮杀死，次将光蕊打死，把尸首都推在水里去了"。

陈光蕊死后，殷小姐从了刘洪，"转盼之间，不觉已到江州"。

又行了几日，才到的江州。

好了！真相已经出来了。

温娇小姐和光蕊同志结婚的当天晚上，丞相吩咐安排酒席，欢饮一宵。一宵是多久？一夜！而第二天一大早，五更三点，陈光蕊正在朝廷里面等待调任。得到皇帝圣旨后，马上开始远行。

那么，如此之短的时间内，两个人究竟有没有发生关系？有没有受孕？这很不好说，就算真的怀上了，还是说不通！

因为从温娇小姐结婚的那天晚上算起，到老公被杀，上面已经算得极为清楚，按多的算：只有十八天，若按短的算：仅仅只有八天时间！而此时的温娇小姐，竟然已经确认自己怀孕了！

只是未知男女。这"未知男女"就是怀孕有一段时间了，而不是刚刚才发现的。

居然是这种事情，你叫我怎么说？

按医学常识，一个女的，在受孕后，出现妊娠反应的平均时间是在四十天或四十五天以上。

那么，温娇小姐怎么在八至十八天内就确认怀孕有一段时间了呢？

因此，我可以肯定地说：温娇小姐肚子里怀的这个孩子，在结婚之前就已经有了，而且绝对不可能是新科状元陈光蕊的！

09 丞相的小姐为何偏要绣球招亲

丞相的姑娘为什么要打绣球招亲？绣球招亲是一种近乎荒诞的婚配方式，打着谁，嫁给谁，赖都赖不脱的，丞相会同意吗？这样一个娇女儿，绝对是大美女一个，怎么可能乱嫁呢？

再看看大街上，什么样的人没有啊，捡破烂的，讨米要饭的，都可以来"重在参与"一下，绣球往大街上一扔，谁抢到了，小姐就归谁，她的爹妈就忍心这样糟蹋作践自己的女儿？

所以，抛这个绣球，就百分之百的有问题！现在既然这样做了，那就一定有"不得不这样做"的原因。这个原因，就是我在上一回中所说的：小姐结婚之前，肚子已经被人搞大了！

因为结婚仅仅八至十八天，光蕊就死了，温娇已经确认怀了孕。

有的朋友可能不太相信，那好，我们再看《西游记》第三十七回：

三藏道："……当时我父曾被水贼伤生，我母被水贼欺占，经三个月，分娩了我。我在水中逃了性命，幸金山寺恩师，救养成人……"

"经三个月"，这四个字说得非常清楚：唐僧是在陈光蕊死后三个月出生的！

光蕊与温娇结婚的时间，可以被证明的，只有八至十八天。而无论如何，也证明不了有六七个月之久。因为结婚的第二天就奉皇命赴任，"钦限紧急"、"勿误期限"，不可能走了七个月还在半路上。

但有的朋友可能会说，这个时间上是不是作者有笔误？我可以肯定地说，没有任何笔误！

陈光蕊结婚次日赴任。"离了长安登途，正是暮春天气。"绝对是春天，"暮春"，最迟不会迟过三月。

而温娇小姐弃婴江中的时候，是几月？原文："取贴身汗衫一件，包裹此子"。贴身汗衫，肯定不是什么厚衣服，并且只是一件，所以可以确认是在热天，最迟也是初秋，总之不会太冷。

按暮春三月结婚就怀孕算，怎么也得到寒冷的冬天才能出生，不会在热天出生。而在热天出生，就恰恰证明了只3个月就出生了！

所以，唐僧不是陈光蕊的儿子。唐僧的母亲温娇小姐，在认识陈光蕊之前就已经怀孕好几个月了。是实，无误。

小姐的肚子被人搞大了，而且她的爹妈肯定是知道了，所以才会如此急切切地办这个绣球招亲。怎么说是急切切地呢？你看：

恰打着光蕊的乌纱帽。猛听得一派笙箫细乐，十数个婢妾走下楼来，把光蕊马头挽住，迎状元入相府成婚。那丞相和夫人，即时出堂，唤宾人赞礼，将小姐配与光蕊。拜了天地，夫妻交拜毕，又拜了岳丈、岳母。

也就三五分钟的事儿，陈光蕊还没反应过来，就已经结了婚！

古代的人结婚虽然不需要办理结婚证，但程序也够复杂的，我们只按最简单的说，纳彩礼要择吉日，合婚压庚要择吉日，定亲过门也要择吉日，迎娶拜堂，都是要选择吉日的啊！

不择吉日，难保白头偕老，而"吉日"又不是天天有的，丞相根本就等不了，所以，干脆全部都省了，直接拉进来就拜堂入洞房，多省事儿。

甚至连姓甚名谁，家居何处，是否婚配，这些最起码的都没问，反正是打着你了，你不许赖婚！

尽快地把小姐嫁出去，只要是个男人就行，这就是绣球招亲的真相！

有朋友说，丞相办这个绣球招亲，就是冲着"新科状元"来的。这个根本说不通。因为：

1. 丞相的女儿一般要配皇亲国戚，即使嫁省长都亏了，新科状元才市长级别，在丞相的眼里也只比大街上的那些人略高一点。

2. 如果丞相真的看中了新科状元，就会请人去探，去说，也不至于当街抛打绣球，让别人也有抢到的机会。

3. 如果目标就是新科状元陈光蕊，那么，小姐打得准吗？万一打到别人了怎么办？或是陈光蕊根本就不走到这条街上来，咋办？

可见，小姐打绣球招亲的目标，并不是专冲着"新科状元"来的，而是任何一个男人。事已至此，又能咋办呢？尽量地朝着看得顺眼的男人打呗。

小姐在结婚之前，肚子被人搞大了，当然免不了丞相的一顿呵斥，但不管怎样，做爹妈的还是得为女儿掩羞遮丑，所以，绣球招亲就是一个较好的补救办法。

那么，除了抛绣球招亲之外，还有没有其他的可行方案呢？比如说：是谁搞的小姐，就把小姐嫁给谁，小姐情郎，两全其美，这样岂不是更好？这个方案才应该是首选啊，丞相为什么不采纳呢？

假设1：丞相允许小姐嫁给情郎。

那么，小姐的情郎当时就应该在现场，正等着接绣球咧，只怪小姐没打准，"恰打着陈光蕊"而已。

但这也说不通，因为丞相允许小姐嫁给情郎，那直接嫁就得了。也就不存在绣球招亲了。

假设2：丞相不允许小姐嫁给情郎。

如果丞相不允许小姐嫁给情郎，而采用绣球招亲，打着谁，嫁给谁，那么，其背后的隐意就是：可以嫁给大街上的任何一个人，也不成全你！

但这也说不通，情郎也可以来抢绣球啊。

所以，这两个假设都不能成立，既不是丞相允许小姐嫁给情郎，也不是丞相不允许小姐嫁给情郎。

那么，问题就不是出在丞相小姐这一边，问题是出在情郎这一边！是这个情郎把小姐的肚子搞大了，又把她甩了，不要她了！

怎么办呢？眼看着小姐的肚子一天天凸起来，丞相也没招了，时间紧迫，那就打绣球吧，打着谁，嫁给谁，只要是个男人就行。

唐僧的亲爹究竟是谁

唐僧的亲爹绝不是新科状元陈光蕊。因为光蕊与温娇结婚的时间仅为八至十八天，这么短的时间，温娇不可能确认怀了孕。并且，在陈光蕊死后，只三个月，温娇就生下了唐僧。

正因为如此，才可以解释上任的路上，丞相为什么不派人相送，因为女儿出了丑，只希望她嫁得越远越好，知道的人越少越好。

唐僧的亲爹，其实就是那个"水贼刘洪"。只有这一种解释才能够将全文中所有的谜团、矛盾一一破解开来！才可以在逻辑关系上，全部准确无误。

因为唐僧的亲爹是刘洪，温娇小姐才会心甘情愿地陪着杀夫仇人睡上六千五百七十个夜晚，才会过上十八年世外桃源般真正属于自己的日子。在温娇小姐眼里，刘洪才是真正的情郎，一个为了自己才杀人的人而已。

否则就根本无法解释如下事件：

1. 为什么温娇小姐有条件报仇，却一直没有报仇？

2. 为什么温娇小姐有条件自杀，却一直没有自杀？

3. 为什么刘洪死了之后，温娇小姐也自杀了？

为什么？因为刘洪才是温娇小姐的情郎！只有这样才解释得通。

当年在洪江渡口，刘洪、李彪两个水贼杀了陈光蕊，如果真的只是为了劫财劫色，那么，这两个水贼就会财物平分，女人也要平分，先轮奸，再商量：这个女人究竟是杀掉，还是藏起来压寨。

可都不是，钱也没要，居然是：刘洪穿了光蕊衣冠，带了官凭，同小姐往江州上任去了！

我们再看这一幕的细节："先将家僮杀死，次将光蕊打死。"

家僮是"杀"的，一刀就解决了，光蕊是被"打"死的！打，比杀要慢得多，刘洪为什么要打？打是在泄愤，多数是边打边骂："我叫你干……！"

小姐见他打死了丈夫，也便将身赴水，刘洪一把抱住道："你若从我，万事皆休；若不从时，一刀两断！"这句话真是耐人寻味啊，你若跟我过日子的活，我也不计较你跟陈光蕊的事了，反正你已经有了我的孩子，你若不跟我过日子，我就跟你一刀两断！

刘洪若真的是劫色，根本就不用说这番话了，先捶她两捶，看她老不老实！

而"一刀两断"这个词实在是妙啊。各位看官，你们都以为刘洪是要杀小姐么？不是的，是在用"分手"吓唬小姐！

"一刀两断"，百分之百的指"分手"！为什么？因为小姐本来就是准备去跳河自杀的呀，你还再用死吓唬得她了么？所以，小姐不是怕死，而是怕分手！

刘洪把她的肚子搞大了，为什么又不要她了呢？现在怎么又在船上呢？这就只有一种解释：刘洪的家庭反对他娶温娇小姐。

刘洪与温娇应属自由恋爱，因为家庭反对，才不能结婚，不能去抢绣球，如果是他自己不爱小姐了，他现在也不会化装偷跑到这船上来打死陈光蕊。现在，已经把光蕊打死了，你若不从我，我就再回去，看你怎么办！小姐怕的就是这。

刘洪的家庭势力一定不小，如果比丞相低，也不敢那样做，两家大概是势均力敌，而且是对头，这从后面可以看得出来，刘洪在官场上应付自如，绝不是一个梢公水贼做得了的，丞相在知道真相后，一纸公文就能解决的问题，却要跑到皇帝那儿讨来六万御林军去剿，就说明刘洪的家庭势力不是那么好对付的!

各位看官啊，看书得仔细，作者这样写，都是有用意的，你自己想不通了，却说作者水平臭，这是什么道理?

刘洪是爱小姐的，因为小姐已经结了婚，刘洪的爹妈才放松了监控，刘洪才得以脱身，尾随而来，买通开船的李彪，化装成梢公，打死光蕊，与小姐私奔，改名换姓，连显赫的家世都放弃了，情愿与小姐躲在江州过小日子。如果是在京城，那他们就是不可能的故事。

刘洪必然深谙官场之道，行事分寸恰到好处，才得以十八年来不升不降不调不露。否则，一个水贼又怎么能够胜任得了，不露出马脚才怪咧!

另外，刘洪的长相，也应该与状元陈光蕊有相似之处。否则，冒充朝廷命官可没那么简单。

小姐十八年来必然是经常写信回去: 爸妈，我很好，很幸福，勿来，勿念，光蕊工作很忙，有时间我们就回来看你们。

小姐要是不帮刘洪打掩护，请问: 她能瞒得住一十八年吗? 你怎么解释?

小姐如果想报仇的话，十八年中一定有机会写信回去。但是小姐一直都没有揭发刘洪!

若只按表面文字，刘洪只见了小姐一眼，就被迷住了，顿时淫心大发，杀人劫色，何等的猖狂! 这究竟是个怎样的色魔? 怎么当了市长反而又收敛了呢? 按这个色魔的本性，再加上江州土皇帝的权力，应该更加有条件滥发淫威才对，应该把江州的女人玩遍才对!

可是他跟小姐过得一直很好，从小姐要僧鞋，找寺院这一段可以看出，他都是顺着小姐的。直到丞相发兵来捉，从梦中惊醒，也没有发现他有一妾。可见刘洪根本就不是什么色魔。

如果小姐怀的那个孩子（唐僧），不是刘洪的，刘洪会对小姐这么好? 而且十八年来，人都半老了，还这么好。这一切就只能说明: 小姐与刘洪才是真正的原配夫妻。

11 殷小姐为何要弃婴江中

刘洪与温娇才是真正的原配夫妻，而唐僧则是刘洪与温娇所生。只有这样解释，逻辑上才是清晰、通顺的。

但有的朋友可能会问：既然唐僧是刘洪与温娇所生，那么，刘洪为什么要杀掉自己的儿子呢？我们来看：

> 忽然刘洪回来，一见此子，便要淹杀，小姐道："今日天色已晚，容待明日抛去江中。"

刘洪要杀，小姐说明日杀，两人都有淹杀此子的意思。

有朋友说，小姐只是在拖延时间，并没有淹杀儿子的意思。可原著上写得很清楚：小姐于次日真的把孩子抛弃江中了。

又有朋友说，那是因为小姐担心刘洪害死儿子。可是，这个说法更加说不通！因为把婴儿抛到江里，只可能死得更快！这个行为所产生的后果，要比她担心可能发生的后果还大些，还快些。

各位女士先生们啊，凭良心说，把自己的孩子抛弃江中，听其生死，还有没有这个婴儿活的命？这个婴儿能够被他人捡到的几率究竟有多少？

如果她真的希望这个婴儿活下来的话，那么，她至少有以下办法：

1. 她可以向刘洪求情，她完全能够求得了这个情，反正我已经顺了你，你就饶了这孩子一命吧。总要比丢在江里好得多！

2. 她可以把孩子放到街上人多的地方去，这样，孩子被别人捡到的几率只会更大。总要比丢在江里好得多！

她是怎样做的呢？她是直接抱着孩子往江里丢。原文中写道：

> 正欲抛弃，忽见江岸岸侧飘起一片木板，小姐即朝天拜祷，将此子安在板上，用带缚住，血书系在胸前，推放江中，听其所之。

可想而知，要是没有那片木板忽然飘过来，孩子肯定就直接抛向了江中！就是有那片木板托着，孩子在江中飘荡，也不是很容易就能被人发现的！只要有两三天没人发现，这个婴儿就必死无疑！

既然她怕刘洪谋害此子，性命休矣，难道她丢弃江中，听其生死，不一样也是性命休矣？甚至，死得还要更加快些！

所以，把孩子往江里丢，就是很有问题的做法。

那么，温娇小姐究竟为什么要抛弃掉自己的孩子呢？

因为在唐僧出世的时候，有一个叫南极星君的神仙跑来告诉温娇小姐说：“此子异日声名远大，非比等闲。”

这就是告诉她，你的儿子将来很不一般。

南极星君又交代她说：“汝可用心保护。”可是，她并没有用心保护，不但不用心保护，反而还往江里扔，往江里扔，就是要他死！

为什么要他死？因为南极星君对温娇说：“汝夫已得龙王相救，日后夫妻相会，子母团圆，雪冤报仇有日也。”

听到这番话，按说，她应该谢天谢地谢神仙才对呀，但是，小姐的反应很不正常，居然是“无计可施”。

因为此子留下是个祸根！将来必然要来找她和刘洪报仇！所以，温娇小姐才作出了一个很艰难的抉择：弃婴江中！

这个孩子是个灾星，他们走到今天这一步，完全是拜这个孩子所赐，这个孩子从怀上起，他们就一直厄运不断！可以说他们对这个孩子是恶恨之极。

而且，神仙明确地告诉地：这个孩子将来还要再次危害他们。

所以这个孩子从一生下来，他们就不想要了。留下来必是个祸根。

下面，我们再来从最实际的现实情况进行分析：

最根本、最重要的原因是：刘洪的身份，已经不再是刘洪了，而是冒充的陈光蕊。陈光蕊中状元、绣球招亲是尽人皆知的事。才三个月就生了小孩，只要一传出去，把戏马上就要穿帮。

刘洪冒充陈光蕊的事，马上就要被人识破了！这个祸根孩子当然万万不能要了的！怎么办？

所以，温娇小姐才会"无计可施"。

整个事件的过程，原著中写得非常清楚，正当小姐"无计可施"的时候，刘洪回来了，要淹杀掉孩子，小姐就说，今天太晚了，等明天抛去江中。于是，第二天，小姐就把孩子抛到江里去了。

12 唐僧一家团圆后的悲剧

　　小姐把孩子放在一块木板上，推放江中，听其所之。就是说，无论这个孩子是死是活，小姐都可以接受。听天由命。总之，就是不能留在身边。

　　当然，出于母性的本能，小姐还是希望他有活命的一丝希望。

　　小唐僧被丢到江里，"顺水流去，一直流到金山寺脚下停住"。被金山寺一个叫做法明的和尚拣到了。原文中写道：

　　长老慌忙救起。见了怀中血书，方知来历。取个乳名，叫做江流，托人抚养。血书紧紧收藏。光阴似箭，日月如梭，不觉江流年长一十八岁。长老就叫他削发修行，取法名为玄奘，摩顶受戒，坚心修道。

　　这个老和尚的行为实在是叫人费解：

　　既然见了血书，他就应该去京城告状，或是找丞相报信，不需几天，马上就可以将刘洪绳之以法！根本用不着空等漫长的一十八年！

　　可是，这个和尚并没有伸张正义，竟然私自将血书紧紧收藏。这个问题就大了。他为什么不去报案？这只有以下两种解释：

　　1. 说明这个和尚胆小怕事，他知道了真相，也不敢去报案。

　　2. 说明那个血书上根本就没有写"父被贼杀，母被贼占，报仇雪恨"这些情况！老和尚不知道真相，所以才没有去报案。

只有这两种解释。要么是"不知道"，要么是知道而"不敢"。

如果说这个老和尚是因为胆小怕事，不敢报案，不敢伸张正义（这个也能理解），但是，他后来怎么又拿出血书唆使、怂恿玄奘去复仇呢？很显然，这个和尚根本就不怕惹事！

如果说这个老和尚是因为不知道真相，才没有去报案，就更加说不通了。十分矛盾。

老和尚前后的矛盾行为，暴露出一个问题：他之所以要这样做，就是为了得到唐僧这个小和尚！并且一定要他去"复仇"。

所以他才不会报案。否则，一报案，他就得不到这个小和尚了。也不能复仇了。只有这样解释，逻辑上才是清晰、通顺的。

那么，他有没有达到这个目的呢？达到了。你看——江流十八岁时，老和尚竟然自作主张地给他削发为僧，并取法名为玄奘！

江流长大成人后，究竟该做什么，其实是有N种选择的，不一定要当和尚，也不是电视上放的那样，从小就当和尚。而是十八岁时，师傅叫他当和尚。

玄奘自己也很感动："此身若非师父捞救抚养，安有今日？容弟子去寻见母亲，然后头顶香盆，重建殿宇，报答师父之深恩也！"

老和尚再乘机进一步教他如何见母，如何复仇，他在见到母亲后的第一句话是这样说的："我也不是自幼出家，我也不是中年出家，我说起来，冤有天来大，仇有海样深！我父被人谋死，我母亲被贼人占了。我师父法明长老教我在江州衙内寻取母亲。"

一口气说出来的，不需要试探，不需要考证，说得清清楚楚。

这个时候，温娇小姐倒吸一口凉气，这复仇的终还是来了。

小姐见儿子后的表现是：心内一忧一喜，喜，当然是儿子还活着；忧呢，当然是她和刘洪的缘分就要走到尽头了。

小姐问："有何凭据？"玄奘道："血书为证！"

小姐在看了这个血书之后，转变是非常大的，来了个一百八十度的大转弯，叫玄奘去京城外公家报信来捉拿贼人。因为她知道末日已经来临，瞒不住了。

小姐为什么会有如此大的转变？这个契机究竟是在什么地方？是在小姐看到玄奘拿出的血书之后。因为小姐当年写的血书，和玄奘现在拿出的血书应该不是一样的。

这一点，对于幕后的操纵者来说，简直太容易做到了！

凡弃婴，留下的信件，多半不会是真，抛弃的原因，五花八门，最多只有弃婴出生的时间是真的。原先的血书并没有"报仇"的内容，而现在的却有，只有在这种情况下，小姐才会有如此大的转变！

否则，就无法解释：小姐有十八年的时间，完全可以写信回去，为什么一直都不写呢？

现在，无论小姐是什么态度，那个老和尚都可以继续指导玄奘去报仇，根本就无法逆转。

在整个过程中，那个老和尚最为关键。因为他也可以去告状，但是他没有。他却一直在导演这个弃婴长大了当和尚，寻亲报仇这一幕。

因此，可以肯定地说，要是没有这个导演，唐僧根本就报不了仇！

这个老和尚，应该是这一事件的总策划者——观音菩萨设计安排的一个人。

最后的结果是：玄奘去京城外公家报信，捉了刘洪，拿到江边，活生生地剜取了刘洪的心肝。

这个故事究竟说的是什么呢？说的是：唐僧亲手杀掉了自己的亲生父亲，逼死了自己的亲生母亲！

刘洪被捉的时候，丞相请小姐出来相见。小姐羞见父亲，就要自缢。玄奘急急将母解救道："儿与外公，统兵至此，与父报仇。今日贼已擒捉，母亲何故反要寻死？"

玄奘啊，他当然不能理解。

后来，龙王送陈光蕊还魂复活，一家人应该算是团圆了，可温娇小姐还是自尽了！

为什么会是这种结局？

因为温娇小姐对父亲说过这样一句话："吾闻妇人从一而终。"

她居然说她是从一而终。人之将死，其言也善，我相信温娇小姐说的是真的。

何况陈光蕊还魂复活后也说："更不想你生下这儿子。"

13 揭秘：观音菩萨的黑账

这一切的一切，都是观音菩萨策划操纵的，因为她需要一个像唐僧这样的取经人！你若不信，我们来看人证、物证，铁证如山：

1. 人证：南极星君

南极星君对温娇嘱曰："满堂娇，听吾叮嘱。吾乃南极星君，奉观音菩萨法旨，特送此子与你。异日声名远大，非比等闲。"

"奉观音菩萨法旨，特送此子与你。"就是说，温娇小姐要生的这个孩子，是观音菩萨安排来的，那么，这就说明观音菩萨对这一切早就是知道的。

不仅仅是知道，纯粹是由她策划安排的整个事件。

刘洪打死陈光蕊的时候，大慈大悲、救苦救难的观音在哪儿？为什么不发发善心加以制止呢？不但不发慈悲救他一命，反而看着刘洪活活打死陈光蕊，好让唐僧寻仇，再来杀掉自己的亲生父亲刘洪，逼死自己的亲生母亲温娇！

这样，才能够得到一个他们所需要的"恶人"唐僧。这样，唐僧才会万念俱灰，看破红尘，终身忏悔，一心向佛。这样，观音菩萨才可以最终完成他们的整个计划。

2. 物证：菩萨的黑账

查任何人，只要查到他的黑账，就一目了然！观音菩萨记的黑账，就是那一本所谓的唐僧经历九九八十一难的簿子，在《西游记》第九十九回，记得清清楚楚：

金蝉遭贬第一难，

出胎几杀第二难，

满月抛江第三难，

寻亲报冤第四难，

……………………

这个簿子里面记的都是大难，从金蝉遭贬开始记录的。

一出世，唐僧就几乎被父母做掉了，这肯定算是一难。

满月之时，被母亲抛入江中等死，这也绝对算得上是一难。

可是，他见到了母亲，又"替父报仇"了，应该是大快人心啊，怎么菩萨还给他记着一难呢？这就完全说不通了。

我们再细看这一段的原文，唐僧除了走了几步路，向外公报了个信之外，从头到尾，自始至终没有发现他遇到过任何难。

这黑账里面记的可都是大难啊！请问：他的难在哪儿呢？

这一难的名称，就叫做：寻亲报冤！寻到亲人之后而以冤相报，杀死亲爹，逼死亲妈，这才叫真正的难啊！否则，你怎么解释这一难？

这个寻亲报冤的"亲"，指的是：温娇是他的亲妈，刘洪是他的亲爹。否则，"寻亲报冤"就不能成立。

1. 陈光蕊不是唐僧的亲爹，两个人不存在任何血缘关系。

2. 刘洪打死陈光蕊，关唐僧什么鸟屁事呢？和唐僧没关系的。

3. 唐僧无论怎样杀死刘洪，都不能叫为父报仇。因为陈光蕊根本就不是他爹！

唐僧和刘洪之间，根本就不存在杀父之仇。那么，究竟有什么"冤"要报呢，只有一点，那就是：要报出生后的"淹杀"之冤！

唐僧和刘洪只存在这唯一的"冤"。菩萨们记得非常清楚：唐僧寻到"亲"后，报了"冤"，从而刚好构成了这一"难"。否则，"难"从何来？根本就没有嘛!

所以，如果你只看表面现象，就完全说不通。而只有当他的亲爹是刘洪的时候，所有的环节，就全部清晰通顺了。

我们的唐僧同志，在观音菩萨的安排下，被刻意制造成了一个"恶人"，稀里糊涂地杀掉了亲爹，逼死了亲妈，满分通过了组织上的考验，终于与有罪的家属彻底地划清了界限，坚定不移地站在了佛组织这一边，继续接受后面的考验。

唐僧的身世以及曲折的命运，都是观音菩萨在幕后一手操纵的结果。其目的就是为了得到一个取经人，好完成他们的东进扩张计划。但是有的朋友说我胡说八道，一派胡言，其实，这个根本不需要争辩。

《西游记》是小说，是一部揭露黑暗现实的小说，并不是什么宗教经典。你拿宗教里的人物来评论小说艺术，那才真的叫扯淡!

在小说的第十二回，写得再清楚明白不过了：

"却说南海普陀山观世音菩萨，自领了如来佛旨，在长安城访察取经的善人，日久未逢真实有德行者。忽闻得太宗宣扬善果，选举高僧，开建大会，又见得法师坛主，乃是江流儿和尚，正是极乐中降来的佛子，又是她原引送投胎的长老，菩萨十分欢喜。"

看清楚了没有？"江流儿和尚"就是唐僧，"又是她原引送投胎的长老"这一句话，就说明唐僧投胎出生，都是观音菩萨一手经办的。菩萨十分欢喜。

既然书中已经说明了，唐僧出世是由观音菩萨"引送投胎"的，那么，这一点就不应该产生歧义。要知道，唐僧的成长历程，观音菩萨都给他记了账的。

14 揭秘：观音选定取经人始末

观音菩萨来到了长安之后，长安城里就发生了三大怪事：

1. 状元陈光蕊赴任逢灾，留下一子。

2. 皇帝唐太宗死而复生，要办水陆法会。

3. 和尚陈玄奘当选法会主持，菩萨当众显相点化。

这三件事都与"取经"有着最直接的关系，任缺一件，则取经不能成立。很显然，这三件事都是观音菩萨做的，从许多方面都可以看出，下面略举一二：

（一）关键人物魏征

1. 在陈光蕊事件中：状元陈光蕊结婚的第二天凌晨五更三点，魏征丞相奏太宗："臣查所属州郡，有江州缺官。乞我主授他此职。"太宗就命光蕊为江州州主，即令收拾起身，勿误限期。

这么大清早，魏征只一句话，就把陈光蕊推上了死路！时间、路线都是设计好了的。

2. 在唐太宗事件中：龙王求太宗看住魏征不要斩他，魏征偏要斩，使老龙冤魂来寻仇索命，把太宗逼到了阴间地府。

魏征还自以为是地充当好人，写个信给崔判官，殊不知，坏就坏在这个信上，不写这个信，还不知道魏征和他们是一伙的，写了这个信，才知道原来他是他们安置在唐太宗身边的一个间谍！

为什么这样说呢？因为他那封信根本就没起到半点作用。他的信还没有亮出来，崔判官早已跪在地上迎接来了，人家是接到上级的命令来的。不是这封信！

所以，魏征的这个信并没有起到帮助唐太宗的作用，仅仅只是起到了"暴露"自己身份的作用！

3. 在陈玄奘事件中：水陆法会选主持人，1200名和尚，最后"海选"出陈玄奘，其实只是由魏征与萧瑀、张道源这三个人来评选的，魏征的官最大，是丞相，皇帝的红人，萧瑀是副宰相，负责宗教的，张道源是太仆，说话不算数的。

干脆直接说，就是魏征选出的玄奘！

这个魏征真是可疑，三件事中，处处有他！并且只在每件事的关键时候出现。

我们从中也可以看出魏征的身份：在人间担任的是丞相之职，在仙界担任的是执屠刀行刑的刽子手之职。魏征自幼得授仙术，可在仙界之职实在是太低，所以想跳槽到佛派，正好被菩萨利用了，让他当个间谍。

（二）错乱时间的寓意

这三件事，从逻辑上讲，应该是先后关系，先有事件一，再有事件二，后有事件三，事件一至少在事件三前十八年。

而作者却一律改用"贞观十三年，岁在己巳"这同一个时间，好像这三件事是同时发生的。如此明显的逻辑错误，是很容易纠正的，作者却偏偏不纠正。那么，这里面究竟有什么寓意呢？

寓意就是：作者直指观音操纵了这一切。

第八回《观音奉旨上长安》讲了西天极乐世界究竟是什么样子的：

西方称第一，无相法王门。这里寒暑无侵不记年。大千之处没春秋。

佛祖曰："我处不知年月。"

如来的西天和唐太宗的东土是完全一样的时间概念，但如来佛却自吹是不存在时间观念的！所以，作者不惜连用三次"贞观十三年，岁在己巳"，以暗示这三件事都是菩萨做的！

（三）观音亲自出马

水陆法会上，玄奘法师正在讲经，这菩萨近前来，拍着宝台厉声高叫道："那和尚，你只会谈小乘教法，可会谈大乘么？"

唐太宗道："你为何与我法师乱讲，扰乱经堂，误我佛事？"

菩萨道："你那法师讲的是小乘教法，度不得亡者升天。我有大乘佛法三藏，可以度亡脱苦，寿身无坏。"太宗正色喜问道："你那大乘佛法，在于何处？"菩萨道："在大西天天竺国大雷音寺我佛如来处，能解百冤之结，能消无妄之灾。"

太宗大喜道："教法师引去，请上台开讲。"

菩萨便飞上高台，遂踏祥云，直至九霄，现出原身本像，托了净瓶杨柳。喜得个唐王朝天礼拜，众文武跪地焚香，满寺中僧尼道俗，士人工贾，无一人不拜祷道："好菩萨，好菩萨！"

观音菩萨的真身都现出来了，唐太宗能不相信吗？

喜得太宗即命众僧："且收胜会，待我差人取得大乘经来，再秉丹诚，重修善果。"

于是，最终演变成了这样一种结果：唐僧向西天出发了。

观音菩萨领如来佛金旨往大唐寻取经人，来的时候，是《西游记》第八回，离开的时候，是第十二回。至此，如来佛的东进扩张计划，观音菩萨通过种种手段运作，已经完成了一半的任务，找到了取经的"善信"。

观音菩萨果真是如来佛所说："有法力，神通广大，别个是也去不得。只有她去办得成。"

她终于办成了。

15 神仙也有派系：佛道相争

人有人的社会结构，神仙当然也有神仙的社会结构。我们可以根据《西游记》前几回的描述，归纳整理出一个神仙界的大概轮廓。

神仙们都是从哪儿来的呢？第三回，太白金星说："凡有九窍者，皆可修仙。"九窍，指两个眼睛、两个鼻孔、两个耳朵、一张嘴及前、后阴，共九窍。

也就是说，神仙是由人或动物修炼而成的。

就像达尔文的进化论所说，人是由猿或猴进化而成的一样，既然猿类可以进化成人类，那么，人，也同样可以进化成神仙。

人怎样才可以进化成神仙呢？方法主要有两种：修道，或是念佛。只要真正弄懂了道家的经典，或是坚定地信仰如来佛理论，就都可以修成神仙。

因此，神仙的派系，其实只有道、佛这两派。

当人修成神仙之后，便能上天入地，长生不老，呼风唤雨，高人一等。为什么呢？因为当神仙看人的时候，人就不再是人了，就和我们今天看到一个大猩猩时的感觉是一样的。

所以，神仙相对于人来说，个个都是法力无边的，个个都有超强的大规模杀伤性武器，日子过得逍遥无比，令凡人向往不已。

当修成神仙的人越来越多的时候，神仙们也会形成一个社会圈子，这个圈子的首领就是玉皇大帝。

玉皇大帝住在天上，天有三十三重。西游记第八回，观音菩萨感叹孙悟空大闹天宫时，作诗一首："十万军中无敌手，九重天上有威风。"由此可知：玉帝是住在第九重天上的。

玉皇大帝住在九重天上的金阙云宫，他是万神之主宰，是所有神仙中唯一称"朕"的一个，他的办公室叫做灵霄宝殿。

所以，灵霄宝殿也就是神仙界的朝廷。朝廷里的文武大臣，都是神仙中的高级公务员，地位显赫。那些地位低下的天兵天将，其实也都是从地上的凡人修炼成仙后上去的。

玉皇大帝掌管天上、地上、地下这"三界"中的所有神仙。

1. 天

天上的神仙相当多，其中地位最高的是三清。三清为元始天尊、灵宝天尊、道德天尊，这道德天尊就是太上老君，道派的掌门人，称为"道祖"，修道者的祖宗，因此，可以说绝大多数道派的神仙都是他的徒子徒孙。

他住在天的顶层，三十三重天上，离恨天。第五十二回，老君道："我这里乃是无上仙宫"，既然无上，可见上面再没有天了。老君的办公室叫做兜率宫。兜率宫里有个八卦炉，既生产药品，也制造武器。

可以说，太上老君是神仙们的老师，玉皇大帝是神仙们的领导。当太上老君来天庭的时候，玉皇大帝会亲自跑出来迎接。因此，太上老君在神仙界的地位举足轻重。

2. 地

地面只有一层，不像天有三十三层那么多。天上为"上界"，地上为"下界"，毫无疑问，相对天来说，地面是最底层的。地上的神仙主要分布在以下三个区域：

①陆地。

②陆地之外的海洋。

③海洋深处的孤岛。

这些地方都是神仙出没的地方。而陆地，又分为四块，曰：东胜神洲，南赡部洲，西牛贺洲，北俱芦洲。每个洲、海、岛，都有大小不同的各路诸侯式的神仙。

在地上所有的神仙中，如来佛的法力应该是最大的了，他招收了许许多多的学生，向大家传授佛法，所以他被称为"佛祖"。他的办公室叫雷音寺，雷音寺在西牛贺洲的天竺国的灵山顶上。

在整个《西游记》中，没有发现一个佛派的神仙是住在天上的。但是道派的神仙则是天上地上都有。所以，如来佛并不是地上所有神仙的领袖，他仅仅只是地上所有佛派神仙或是和尚的领袖。

3. 冥

地下面是冥界，也就是阴曹地府，冥界里，地藏王菩萨最大，地藏王菩萨下面是十殿阎王，阎王下面是判官。

所有的神仙们，都是靠凡人供养的。

凡人把自己收入的一部分贡献给了神仙，当然，不是像缴税那样，而是通过香火的形式交上去的。

而无论是哪的神仙，都是分派系的，要么是道派，要么是佛派，因此，大家其实都在一个碗里吃饭。

既然这两大派同在一个碗里吃饭，我吃得多了，就必然意味着你吃得少，那么，这佛道两派能和平相处么？当然不能！于是，佛道相争的故事开始了。

16 谁是大闹天宫的受益者

小说《西游记》的前七回，是以孙悟空为主线索的。

孙悟空大闹天宫，是西游记中非常精彩的一段故事。不过，这里面的谜团也比较多，孙悟空为什么要大闹天宫？天宫的神仙为什么就拿他没办法？大闹天宫的结果是什么？其中究竟有着怎样的内幕隐情呢？

有因必有果，有果必有因，我们不妨从故事的结果来反推。

反观大闹天宫的结果，是如来佛成为这一事件的最大受益者！

如来佛降伏了孙悟空之后，玉皇大帝请了一桌客。注意了，这饭局是有名堂的，低层次的人，可能在"饭"不在局，而这高层的交往，则是在"局"不在饭。

当时，有个神仙提议道："感如来无量法力，收伏妖猴。蒙大天尊设宴呼唤，我等皆来陈谢。请如来将此会立一名，如何？"

吃一餐饭，还要立个名，讲究真是多。

其实，在西游记中，有许多"饭局"都是有名目的。比如："蟠桃宴""丹元大会""兰盆会""仙酒会""钉钯宴"等等。

这些宴会的共同特点是：

1. 请客吃饭之前，先有个宴会的名目。

2. 然后再到各处去邀朋唤友来吃饭。

而这一次却是相反的。开始并没有宴会的名目，先请人来吃饭，吃着吃着，就有人想起来了，要给饭局取个名目。

纵观西游记中所有的饭局名目，都是由请客者预先取定好的，而这一次却不同，是叫"被邀请者"来取的。

这有什么问题呢？

这其实是：众神仙们出了一个很难回答的题目，叫如来佛回答。

因为如来佛帮玉皇大帝收伏了妖猴，玉皇大帝才请他吃饭。所以，叫如来佛取名的用意就是，大家都想看看如来佛究竟是怎样看待这件事情的。

当时，如来佛只带了两个人，而许多神仙中的厉害角色基本上都在场。这个问题其实是不太好回答的，不要想得太简单了。

因为给宴会取名本身就是主人的事，所以最常见的回答方式应该是："客随主便，请玉帝立一名。"这样，既给了玉帝面子，也回答了其他人出的难题。

如果玉帝也执意要如来取名，那么，如来取个"降妖会"之类的与主题相关的名目也就行了。

但是，如来佛没有这样，而是当着所有神仙的面，口出惊人之语："今欲立名，可作个'安天大会'。"

各仙老异口同声，俱道："好个'安天大会'！好个'安天大会'！"

安天大会！如来佛真是有量，也不避讳什么了，没有他，这天上就不得安宁，他这口气也太狂了！

孙悟空自称"齐天"，如来佛却道"安天"！这"安"可比"齐"的能耐大多了！

而各仙老说的"好个安天大会"，也没有那么简单！不同层次的人，理解、说法、表情、语气，肯定都是不同的！

我们不知道玉皇大帝在听到"安天大会"这个词后，是什么样的表情，紧接着是：长头大耳短身躯的南极老寿星到了。

寿星见玉帝礼毕，又见如来，谢曰："先听说那妖猴被太上老君弄到八卦炉里烧炼，以为这一下必要平安了，没想到他又反出。幸好如来善伏此怪，听说玉帝在此设宴奉谢，故此我闻风而来。没有他物可献，特具灵芝瑶草，碧藕金丹奉上。"

如来欣然领谢。

玉皇大帝是什么样的表情，不知道，但他肯定会说：你老同志吃了没有？大家一块儿吃吧，再搬把椅子，拿套餐具来！

寿星得座。

不一会儿，赤脚大仙又到。向玉帝行了个礼，又对佛祖谢道："深感法力，降伏妖猴。无物可以表敬，特具交梨二颗，火枣数枚奉献。"

如来又称谢了，叫阿傩、迦叶，将各所献之物，一一收起，方向玉帝谢宴。

通过安天大会，如来佛祖展现了自己的法力，使所有的神仙都见识到了自己的狠气，也使许多神仙明目张胆地倒向了自己这边。

同时，还探清了玉皇大帝的实力，玉皇大帝并没有多大的能耐，不过是个虚位元首而已。如来佛应该抓住时机，一步步地扩张、推进自己的地盘。

所以，西游记的故事，从大闹天宫一结束，紧接着就是如来传经，东进扩张。

如来佛并不是天上的神仙，在天上是没有他的席位的。但这一次，奉诏上天，一上去就露了脸，大出风头。你看：

如来佛一回去，众弟子问他是怎么回事，如来道："玉帝大开金阙瑶宫，请我坐了首席，立安天大会谢我。"大众听言喜悦，极口称扬。

不管怎么说，孙悟空大闹天宫的最终结果，是导致如来佛祖一出场就扬名立万了，孙悟空闹了这么大一场事，仅仅只是给如来佛祖做个衬托，而他自己却落得个牢狱之灾！什么好处也没得到。

那么，孙悟空与如来佛之间，是否存在一些不为人知的秘密呢？

17 弼马温是个多大的官

话说孙悟空学艺归来，整日游手好闲，为了寻到一件称手的兵器，跑到玉皇大帝管辖的东海自来水公司，强行向龙王敖总勒索钢管一根，又到火葬场殡仪馆大闹一通，把阎总的账本子都撕了。

敖总、阎总把孙悟空告到玉帝那儿。

玉帝道："哪路神将下界收伏？"

太白金星道："启奏陛下，不如降一道招安圣旨，把他宣来上界，拘束此间。若受天命，后再升赏；若违天命，就此擒拿。一则不动众劳师，二则收仙有道。"

玉帝闻言甚喜，就叫太白金星去招安。

来到天庭，既没有要他下拜，也没有追究他的责任，反而还给他封了个弼马温的官职。

当时猴王还是欢欢喜喜的，可一次喝酒的时候，猴王忽停杯问道："我这弼马温是个几品官衔？"众道："没有品从。"猴王道："没品，想是大之极也。"众道："不大不大，只唤做未入流。这样官儿，最低最小，只可与他看马。"猴王咬牙大怒道："这般藐视老孙！老孙在那花果山，称王称祖，怎么哄我来替他养马？此乃后生小辈下贱之役，岂是待我的？不做他，不做他！我将去也！"推倒公案，耳中取出宝贝，打出南天门去了。

这就是孙悟空的不对了。这叫什么？这叫不识好歹！

神仙都是人或动物修成的，经过N年的苦修，得了法术成了仙之后，还未必就是正果。

我们看神话小说，都知道修成一些仙法还是相对要容易些的，就是这个"正果"极为难求！有多少神仙为了这个"正果"，丢了性命不说，连魂魄都给人家打散了！

但是，大家却都不知道这个"正果"究竟是个什么。

今天，我就给这个神仙界的正果下个明确的定义："正果"，就是"编制"。

有编的，有封号的，就是"正果"，没有编的，没有封号的，就不是"正果"。

西游记中有许多妖怪的法力都特别大，非常厉害，一般神仙根本不是对手，但是因为他没有编，所以就不是正果，毕竟只是个妖仙。有了编之后，就不再是妖仙了，而是天庭认可的、合法的、持证上岗的"神仙"了。

孙悟空到天上来了，他一没有介绍信，二没有派遣证，三没有任何神际关系，四没有任何功劳贡献，他凭什么做弼马温？

这弼马温可是有"编"的！可是个正果！尽管级别很低，官儿最小，但好歹也是个正果啊！

天上的神仙寿命都长得很，一个位置一坐就是几千年几万年，想换个人很难，他来算是运气好的，恰逢御马监缺个正堂管事，这个位置该有多少眼睛盯着啊！

他一来就坐办公室，管着监丞、监副、典簿、力士、大小官员上十号人，要知道，这些下属也都是神仙啊，而且都是比他的资历要老得多的神仙！

我们再看增长天王，这个天王也不知当了该有几多万年了，还只是个守南天门的保卫科长而已，手下的天丁也只不过是些保安的级别。他们和孙悟空比，那是差得远！孙悟空直接在元首身边帮忙看管交通工具，应该是很有前途的！

孙悟空能得到这个位置，凭什么？无凭无据！因此，我们有理由怀疑：是玉皇大帝的偏爱！玉皇大帝绝对瞧得起他，一是看他还有些手段，敢去教训敖总和阎总，二是看他还有些机灵可爱，不似那帮神仙一个个的像木头。

他呢，还嫌官小！掀了办公桌，拿根钢管，忽来忽去的，打出御马监，径至南天门，反下界去了。众天丁们是怕他手里的家伙么？不是的，因为他是弼马温，是个领导，是"受了仙箓的，不敢阻当"。

回到花果山，他还说"那玉帝不会用人"。可是，他是受了"仙箓"的，怎么叫受了仙箓？简单点说，就是在天庭注册备案了的，已经是正牌的神仙了，不再是原先的那个"妖仙"。

受了仙箓的神仙，那可是受人尊敬、羡慕的。你看《西游记》第四回：

正饮酒欢会间，有人来报："大王，门外有两个独角鬼王，要见大王。"猴王道："教他进来。"

那鬼王整衣跑入洞中，倒身下拜。美猴王问他："你见我何干？"鬼王道："久闻大王招贤，无由得见，今见大王授了天箓，得意荣归，特献赭黄袍一件，与大王称庆。肯不弃鄙贱，收纳小人，亦得效犬马之劳。"

看到了吗？鬼王为什么跑来投奔他？又为什么以前久闻无由得见？他们说得非常实在：因为现在看到孙悟空是个受了仙箓的神仙。有证的，合法的。

没有天箓，你半个鬼毛都招不到！有了天箓，你不招，他自己就来了！还白得了一件名牌大衣！

猴王大喜，将大衣穿起，封鬼王为前部总督先锋。从后面可以看出，猴王经常穿这件大衣配他的紫金冠、黄金甲。

猴王又竖起一面大旗："齐天大圣。"自己单干起来了。

应该说，玉皇大帝对孙悟空是很够意思的，孙悟空的行为确实有些过分。当然，人各有志，他不愿意到你那儿就业，他喜欢自己独立创业，这个选择也不错，甚至是很好，所以也没有谁指责他。

18 孙悟空究竟有多大本事

孙悟空嫌弼马温官小，那么，他究竟有多大本事呢？我们有必要对他的战斗力进行一次客观公正的评价。

孙悟空反了天宫之后，托塔李天王奉旨来捉。

巨灵神是第一个与孙悟空单挑的人，"大圣轻轻轮铁棒，着头一下满身麻"。才一个回合，就敌不住跑了。猴王笑道："脓包，脓包！我已饶了你，你快去报信！"

哪吒是第二个出来单挑的人，斗了三十个回合，不分胜负。三十回合之后，悟空一棒打中哪吒臂膊，哪吒负痛逃走了。"太子负痛，不能复战。"很明显，哪吒也绝对不是他的对手！

李天王这一次带的仅是本部人马。从玉皇大帝派出的这帮人来看，说明他认为孙悟空还算不上什么狠人，至少当时是这样想的。

孙悟空在偷蟠桃、偷御酒、偷金丹之后，揣度道："不好，不好！这场祸，比天还大，若惊动玉帝，性命难存。走，走，走！不如下界为王去也！"

可见，他还是怕玉帝动真格的，搞不好会要了他的小命！

玉帝差四大天王，协同李天王并哪吒太子，点二十八宿、九曜星官、十二元辰、五方揭谛、四值功曹、东西星斗、南北二神、五岳四渎、普天星相，共十万天兵，布一十八架天罗地网，去花果山围困，定捉获那厮处治。

这一次派了十一路神仙，比上次多了十路！看来，玉皇大帝开始重视孙悟空了。

九曜星官最先出战，美猴王以一敌九，"把那九曜星战得筋疲力软，一个个倒拖器械，败阵而走"。猴王占优，却也伤不了他们。

李天王急调四大天王与二十八宿，出来群殴。大圣也调独脚鬼王、七十二洞妖王与四个健将出来对垒，杀了一天，独角鬼王与七十二洞妖王，这些所有的帮手，都被天神捉去了。

此时，猴王已经没了帮手，主力就他一个人，而来的十一路神仙仅参战了四路，还有七路根本就没动手！双方呈胶着状态，猴王已被围困，还没有捉住，可以算势均力敌，但明显已经处于弱势。

第三个和孙悟空单挑的人是木叉惠岸行者，"这大圣与惠岸战经五六十合，惠岸臂膊酸麻，不能迎敌，虚幌一幌，败阵而走"。

惠岸比哪吒只略强一点点，但也绝对不是孙悟空的对手！

后面来的那个二郎神，是第四个和孙悟空单挑的人，斗了三百多回合，不知胜负。两人开始斗法：

大圣变成麻雀，二郎就变个饿鹰。

大圣潜入水中变成一条鱼，二郎就变个鱼鹰，赶上来"刷"地啄一嘴。

大圣又变作一条水蛇钻入草中，二郎就变一只灰鹤，伸着长嘴来吃水蛇。

水蛇跳一跳，变做一只花鸨，这花鸨乃鸟中至贱至淫之物，不拘鸾、凤、鹰、鸦，都与之群交，二郎见他变得低贱，就取过弹弓，一弹子把他打个正着。

大圣滚下山崖，伏在那里又变，变成一座土地庙，牙齿变做庙门，眼睛变做窗户。二郎笑道：这畜生哄我进去，他便一口咬住。等我先捣窗户，后踢门扇！

大圣心惊：好狠，好狠！若打了牙，捣了眼，却怎么是好？扑的一个虎跳，又冒在空中不见了。

最后，太上老君用金钢琢打中他的头，猴王立不稳，跌了一跤，爬起来就跑，二郎神的狗赶上来，照腿上一口，又扯了一跌。急翻身爬不起来，被一拥按住，捆绑后，用勾刀穿了琵琶骨，再不能变化。

这是孙悟空在他花果山主场作战的情况。那么，孙悟空究竟有多大的本事呢？结论已经很清楚了：

孙悟空的本事，应该和二郎神是在一个档次的。

前三百回合，不分胜负，三百回合以后，孙悟空就要落入下风。总体上讲：孙悟空比二郎神还是要稍逊一筹。但也差不了多远，算作平手，并不为过。

孙悟空会的七十二变，正好也是二郎神的专长，二郎神又比他多一只眼睛，无论孙悟空怎样变，都能被二郎神识破，比变化，孙悟空一直是被二郎神压着在打，没占到半点便宜。

另外，二郎神还有条狗不可小觑，最先逮住孙悟空的，是这条狗！老君用金钢琢打中猴头，爬起来还能跑，那条狗赶上来就一口，孙悟空急翻身却爬不起来了！

孙悟空也就这点本事，一个二郎神他都应付不了，他居然敢跑上去大闹天宫！你叫我怎么说呢？就四个字：糊涂胆大！

或许有的朋友会反对说，孙悟空是被老君用金钢琢暗算的，否则他不会被捉住。笑话！你能使用暴力造反，你就不允许别人在背后暗算？没有这个道理嘛！

孙悟空在单打独斗上，的确算厉害的。但是，无论单打独斗有多么厉害，仅凭他一己之力，要想造反？恐怕还是不具备这个条件的。

后来，孙悟空在取经路上，经常说他就是当年"大闹天宫"的齐天大圣，想以此来恐吓妖怪，可是妖怪们在听到他的自我介绍之后，有几个怕他了？基本上都是这样说的：哟——原来那个闹天宫的，就是你呀，哇哈哈——你莫把老子笑死了！

19 孙悟空大闹天宫真的是在造反吗

上一回中，我们分析了孙悟空在花果山主场作战的情况，他的本事和二郎神大致持平，或略差一点点。

今天，我们再来看看他在天宫客场作战的情况：

1. 《西游记》第四回

猴王闻此，不觉心头火起，咬牙大怒道："……""忽喇"的一声，把公案推倒，耳中取出宝贝，幌一幌，碗来粗细，一路解数，直打出御马监，径至南天门。众天丁知他受了仙箓，乃是个弼马温，不敢阻挡，让他打出天门去了。

这是孙悟空嫌弼马温官小，反去时的表现。

这一次，仅打了一张办公桌，没有和任何人交手。因为众天丁知道他是个领导，"不敢阻当，让他打出天门去了"。

双方没有发生武力冲突。即使发生冲突，即使孙悟空打赢了，也算不得什么，因为这些天丁保安的级别实在太低，不能证明孙悟空有多厉害。

2. 《西游记》第五回

第五回中，详细描述了孙悟空偷桃、偷酒、偷丹的全部作案过程。捉拿归案后，押到斩妖台，大力鬼王刀砍斧剁，不能伤其身。火部众神放火烧，雷部众神以雷劈，也都不能伤。

3. 《西游记》第七回

即去耳中掣出如意棒，迎风幌一幌，碗来粗细，依然拿在手中，不分好歹，却又大乱天宫，打得那九曜星闭门闭户，四天王无影无形。好猴精！有诗为证……

这一番，那猴王不分上下，使铁棒东打西敌，更无一神可挡。只打到通明殿里，灵霄殿外。幸有佑圣真君的佐使王灵官执殿。他看大圣纵横，掣金鞭近前挡住道："泼猴何往！有吾在此，切莫猖狂！"这大圣不由分说，举棒就打，那灵官鞭起相迎。两个在灵霄殿前厮浑一处。

他两个斗在一处，胜败未分，早有佑圣真君，又差将佐发文到雷府，调三十六员雷将齐来，把大圣围在垓心，各骋凶恶鏖战。那大圣全无一毫惧色，使一条如意棒，左遮右挡，后架前迎。

这是孙悟空从八卦炉出来后，发的一次狠。这个时候已近似于疯狂，一个人连续与三伙人硬拼:

1. 打得九曜星闭门闭户，四天王无影无形。这说明：九曜星、四天王这一级别的神仙，被孙悟空打怕了。不敢出来嘛，当然害怕是主要原因。

2. 只打到灵霄殿外，遇到佑圣真君的佐使王灵官，两个在灵霄殿前斗得不分胜败。这说明：王灵官和孙悟空还有得一拼，不分胜败，武艺应该相差不远。王灵官是什么人？是佑圣真君的佐使，是在神仙朝廷灵霄殿外站岗值班的一个人。

3. 佑圣真君又调三十六员雷将，把大圣围在垓心鏖战。这个时候，王灵官与三十六雷将仅仅只能围困孙悟空，并不能捉住。孙悟空也攻不进灵霄殿去。

这就是孙悟空所谓的大"闹"天宫。究竟是怎样闹的，共计如下:

1. 破坏公物一次。

2. 盗窃三次。

3. 殴打的对象也就是这班子人，都是些上不了桌子的人！

我们再来看陪如来吃饭的是哪些人。玉帝传旨请: 三清、四御、五老、六司、七元、八极、九曜、十都，千真万圣，来此赴会。

玉帝派天兵去围剿花果山的时候，九曜星是排在前面的！而在陪如来吃饭的时候，九曜星排到末流了。

因此，很明显，玉皇大帝并没有安排九曜星以上的高级别神仙们出手。孙悟空打的都是"八极"这个级别以下的神仙。

所以，你不要因为孙悟空大闹了天宫，就以为他有多厉害，其实根本不是那么回事！仅三十六员雷将就把他困住了，他怎么可能反得了天宫？

其实，孙悟空一开始并没有造反的意思，也没有造反的理由，他要当齐天大圣，玉皇大帝也答应了，只怪他自己喝醉了，惹了是非，闯了大祸！连他自己也说："不好，不好！这场祸，比天还大。"

注意：孙悟空大闹天宫，只能叫"惹祸"，不能叫"造反"。

试想：破坏公物、盗窃公款、殴打同事，能叫造反？若真的想要造反，是肯定不会干这些事的。所以，作者用一个"闹"字，是非常贴切的，闹，就是搞破坏，搞捣乱。

干这些事，不一定要有多大本事，要的是不怕死的勇气！

在西游记中，有许多神仙、妖怪的本事都要比孙悟空大得多，但是却没有一个人敢像他这样胡来的。可见，孙悟空才是最具勇气的一个！勇气是什么呢？可能还是前面说得比较恰当：糊涂胆大。无知者无畏。

20 玉皇大帝为何要叫如来佛镇压孙悟空

孙悟空大闹天宫这一段，电视上放的是玉皇大帝吓得躲到桌子下面去了。

哪有这么夸张呢？按原著，根本不是这么回事。玉皇大帝是哪个？他是所有神仙中的皇帝，万神之主宰！他怎么可能会被一只猴子吓趴了呢？

《西游记》第六回：

> 却说玉帝拆开表章，见有求助之言，笑道："巨耐这个猴精，能有多大手段，就敢敌过十万天兵！"

玉帝只是笑道，并没有害怕的意思。

后来当孙悟空打到灵霄殿外，被王灵官与三十六雷将围困时，玉皇大帝"遂传旨着游奕灵官同翊圣真君上西方请佛老降伏。"接着就是如来"闻诏"后，对众弟子略作了一下交代，就到天上去了。

有的朋友可能会问：玉帝当时怎么不叫更厉害的神仙去收拾孙悟空啊？偏偏要去请如来佛呢？这有两个原因：

（一）按顺序点名

玉皇大帝先派李天王，又派九曜星，又派二郎神，逐步加码，直到如来佛。这是"按顺序"点的名，点到如来佛了，才叫他上来的。

这个时候的如来佛祖，要比道祖差远了，又远离神仙界的中心区域，长期不在天上露脸，还算不上是神仙界举足轻重的人物。他不出手，又有谁知道他的法力会那么超强呢？

所以，玉皇大帝"传旨"叫如来佛，如来佛"闻诏"而来，这就是一个很正常的程序。

注意：这"传旨""闻诏"充分说明了玉帝和如来是"君臣"关系。只有当如来为玉帝的下属时，才会"闻诏"而来。

电视上放的是玉皇大帝被孙悟空打怕了才去请的如来，逻辑上不通，要真是这样的话，如来佛就可以不用来了！等孙悟空把玉皇大帝赶下台之后，他再来，岂不是更好？

（二）怀疑如来佛

玉皇大帝大概是在想：这个孙悟空也没有多大能耐啊，他连个二郎神都搞不赢，他怎么就敢来闹天宫？他究竟是占的谁的势？究竟是什么人在背后撑腰指使？

神仙中，除了道派就是佛派，而如来是佛祖。所以，玉皇大帝很自然地就怀疑到了如来佛，才会叫如来佛收拾孙悟空！由此便可以看清楚孙悟空和如来佛究竟是什么关系！

于是，如来佛在第七回出场了。如来佛呵呵冷笑道：

"你那厮乃是个猴子成精，焉敢欺心，要夺玉皇上帝尊位？他自幼修持，苦历过一千七百五十劫。每劫该十二万九千六百年。你算，他该多少年数，方能享受此无极大道？你那个初世为人的畜生，如何出此大言！不当人子，不当人子！折了你的寿算！趁早皈依，切莫胡说！但恐遭了毒手，性命顷刻而休，可惜了你的本来面目！"

如来佛的话，有以下几个意思：

1. 你原来是个猴子成了精，和我佛派并没有任何关系。

2. 玉帝的尊位，没有任何人能够取代。

3. 你的处境非常危险！若遭毒手，性命顷刻而休！

4. 皈依到我的门下，从现在起，你就是我的人了。

5. 你若被他们打死了，就可惜了你的本来面目！

可是，孙悟空竟听不懂如来佛的暗示，居然还想跟他过两招，如来佛也没办法了，只好翻掌一扑，一巴掌把他压到五行山下。原先和孙悟空打斗的三十六员雷将一个个合掌称扬道：好厉害，好厉害！

这三十六雷将哪里知道其中的内幕，还在瞎起哄！如来佛是在惩罚孙悟空么？不是的，是在救他！如果如来佛不乘机罩住他，那些天上的大神仙们肯定会要了孙悟空的小命！

看原文上是怎么写的？如来佛是"轻轻地把他压住"。若重一点，不压成肉饼才怪！我们再看第三十三回，银角大王念动真言，移山来压孙悟空时，是什么效果？"那大圣力软筋麻，遭逢他这泰山下顶之法，只压得三尸神咋，七窍喷红！"

可见，真的用山去压孙悟空，孙悟空还是受不了的。

如来佛叫专人看管孙悟空，饿了，给他铁丸子吃；渴了，给他融化的铜汁饮。在五行山的这五百年，孙悟空动弹不得，他开始反思这一切了。

如来佛又在山上贴一道神符"唵嘛呢叭咪吽"。这道符，本来就是个护身符，不是用来惩罚他的，而是用来保护他的！

既然如来佛说孙悟空不是佛派的人，和他没有任何关系，那么天庭会就这样便宜了他吗？不整死他才怪！所以如来佛的这道符表面上看是在压孙悟空，其实是用来抵御道派神仙的进攻的，有这道符在，休想取走孙悟空的性命。

后来孙悟空对观音菩萨说："我在此度日如年，没有一个相知的来看我。"说明了什么？说明有那道符在，道派的神仙走不进来！

天庭方面会就此甘休么？他们会采取什么行动呢？且听下回分解。

21 天蓬元帅调戏仙女嫦娥之谜

孙悟空的师父菩提祖师究竟是谁？ 一般主要有三种说法：

1. 如来佛祖的弟子，须菩提尊者（据金刚经）。

2. 如来佛祖的师兄弟准提道人（据封神演义）。

3. 最激进的说法，就是如来佛祖本人。

无论何种说法，都可以肯定：孙悟空百分之百的是佛派弟子。

菩提祖师这个人很奇怪，他传艺给孙悟空之后，就彻底地消失了，好像他的存在仅仅只是为了教一教孙悟空而已。祖师算出孙悟空会惹祸，却不严加管教，说的是：

"你这去，定生不良。凭你怎么惹祸行凶，却不许说是我的徒弟，你说出半个字来，我就知之，把你这猢狲剥皮锉骨，将神魂贬在九幽之处，教你万劫不得翻身！"

意思是：

1. 无论你怎么惹祸行凶，我不管。

2. 你敢说出是我的徒弟，你就死定了。

对师父的名字要极为保密。因此，我们有理由怀疑，孙悟空大闹天宫，是佛派有意弄到天庭去捣乱的。因为祖师只交代了一件事：凭你怎么惹祸行凶，就是不能说出是我的徒弟！

果然，孙悟空因为这身好本事而闯了大祸。这一切，玉皇大帝肯定也想过来了，所以才会叫如来佛亲自来处理这件事。

如来佛把孙悟空压在五行山下，还用一道神符护着他，玉皇大帝还看不出来吗？玉帝早就想把猴子碎尸万段了，可有那道神符护着，道派的神仙走不过来，即使走过来了，也不好意思明目张胆地把猴子弄死。怎么办呢？

总之，地上佛派的一个神仙孙悟空是倒了大霉的，判了五百年监禁。而紧接着不久，天庭道派方面也有一个神仙倒了大霉。

这个神仙是谁呢？天蓬元帅，即后来的猪八戒同志。猪八戒同志出的什么事呢？耍流氓，调戏嫦娥，闹得让所有的神仙们都知道了。

我们来看看原著上是怎么说的：

那时酒醉意昏沉，东倒西歪乱撒泼。

逞雄撞入广寒宫，风流仙子来相接。

见她容貌挟人魂，旧日凡心难得灭。

全无上下失尊卑，扯住嫦娥要陪歇。

再三再四不依从，东躲西藏心不悦。

色胆如天叫似雷，险些震倒天关阙。

纠察灵官奏玉皇，那日吾当命运拙。

广寒围困不通风，进退无门难得脱。

却被诸神拿住我，酒在心头还不怯。

押赴灵霄见玉皇，依律问成该处决。

1. 逞雄撞入广寒宫。"逞雄"，就是你们都不敢！只有我敢！为什么他有这个胆子敢跑到别墅里来调戏嫦娥呢？或许是因为有玉皇大帝的许可，也或许是真的喝醉了。

2. 风流仙子来相接。注意：是嫦娥主动出来接的他。这个问题就大了。嫦娥怎么可能知道他今天会来？大概是他经常来，天天来吧。《西游记》中的嫦娥，在神仙界中，是被称为"风流仙子"的。

3. 见她容貌挟人魂。"挟人魂"这个词，足以证明天蓬元帅是第一次见到嫦娥这位风流仙子的。因此，他并不是经常来，天天来。那么，嫦娥究竟是来迎接谁的呢？我们就不知道了，但肯定是有人经常来，天天来的。

4. 扯住嫦娥要陪歇。一上来，二话不说，扯住嫦娥就要她陪睡，这天蓬元帅也真是的，怎么对待嫦娥像对待一个青楼女子一样？

5. 再三再四不依从。为什么不依从？这只可能有两个方面的原因：一是嫦娥要等的人不是他，当然就不会依从。二是肯定还有其他人就躲在附近，所以就不便于依从，因为天蓬元帅是逞雄来的。

6. 东躲西藏心不悦。早就听说了你是个风流仙子，怎么我来你就东躲西藏的？跟老子装清纯？所以心不悦，你不依，老子就硬上！

7. 色胆如天叫似雷，险些震倒天关阙。这个也太夸张了吧，怎么说也不至于弄这么大动静。嫦娥无论怎么叫，也不至于险些震倒天关阙，所以一定是天蓬元帅在叫，其目的多数是故意要让大家都知道。

8. 纠察灵官奏玉皇。很清楚，嫦娥并没有告状，而是被巡逻队发现后去告的状。广寒宫马上就被围困得水泄不通。尤其"进退无门难得脱"一句，说明天蓬既没有进门，也没来得及退出之时，就已经被诸神拿住了！

9. 那日吾当命运拙。那一天啊，是最倒霉的一天！还没搞，就被他们抓住了。

因此，整个事件的过程很清楚：

原天河大元帅，天蓬，性别：男。带酒逞雄，来到月亮小区花园别墅，遇到受害人嫦娥。嫦娥，性别：女。职业：不详。天蓬见嫦娥孤身一人，容貌出众，便色胆包天，欲行不轨，正强行拉扯之时，被巡逻队当场擒获，罪证确凿。

像天蓬元帅这种情况，行为上只是有这种企图，而事实上则是"未遂"，并没有实施暴力犯罪。最多只能叫"猥亵妇女"，或说是"性骚扰"。所以，原著上只把这一行为定位成"调戏"，是准确的。

仅仅只是在拉拉扯扯，其实也没发生什么事。那么，"调戏"是什么罪？有多大的罪？究竟该如何量刑？如何制裁？天庭有没有相关的法律法规呢？

按原文"依律问成该处决",处决,就是死刑。

这就叫人感到极不公平了。怎么那犯上作乱、大闹天宫的,才只判了个监禁,而这仅调戏了一下风流仙子的,就该是死罪呢?

22 天条与男女神仙的作风问题

　　天蓬元帅调戏了一下嫦娥，居然被玉皇大帝判为死刑。那么，"调戏"罪究竟有多大呢？是否量刑过重呢？

　　《西游记》第三十一回，与披香殿玉女私通的奎木狼，事发后对玉帝说"万岁，赦臣死罪"。可见，男女神仙私通是死罪。第十九回，天蓬调戏嫦娥，"依律问成该处决"。可见，即使调戏一下，也是死罪。

　　"依律"，律是什么？律是法令条文、规章制度。也就是说，神仙界禁止谈情说爱、男欢女爱，这些都是有"明文规定"的。抓住了就是死罪。

　　既然神仙界有明文规定，禁止神仙谈情说爱，惩罚还异常凶狠，那么，这说明了什么呢？说明神仙们其实都是有性欲的，否则，天庭制定这个"律"做什么？又何必要多此一举呢？

　　神仙们是否有性欲呢？《西游记》第六回，孙悟空嘲笑二郎神，怎么说的："我记得那年玉皇大帝的妹子思凡了，跑下界去，找了个男人，配合之后，生下的就是你么？"

　　有朋友可能会说，这只是极个别的神仙喜欢出轨。不是的，这绝对不是个别现象，而只会是普遍现象。因为任何组织、团体制定的规章制度，都不是用来针对个别人的，肯定是用来约束整个团体成员的！

　　神仙们都是由人进化的嘛，怎么可能没有性欲呢，但玉皇大帝制定的霸王条款实在是太厉害了，只准他自己有老婆，别人都不许有。怎么办呢？所以大家就只能偷偷摸摸地进行，而绝对不能明目张胆。

这是没办法的事，以至于你看到的那些神仙们，表面上都是很正派的。其实，这最多只能证明他们是在遵纪守法，却不能证明他们没有性欲。

天庭的制度很严厉啊，万一抓住了怎么办呢？我来告诉大家：这点破事也没啥了不得的，可大可小，真正执行起来，其实也没那么认真。看《西游记》第三十一回就知道了：

披香殿的玉女思凡了，想和奎木狼私通，二人相约，到下界去风流快活，这一去就是十三年。"地上一年，天上一天"，奎木狼有十三天没来上班，天上的神仙每日还是在打考勤，也没哪个检举揭发他。

后来被抓住了，押到玉帝面前。奎木狼是怎么说的？臣和她私通，是怕"点污了天宫胜境"才跑到下界去的。为什么要私奔？"是臣不负前期。"因为约好了的嘛，不能负了人家呀，说得还挺有理由的。

那么，玉帝怎么处分他的？是判的死刑吗？不是的，是"贬他去兜率宫与太上老君烧火。"带俸差操，有功复职。仅仅只是罚他去帮老君烧火而已，满打满算只烧了七天时间，就官复原职了。

这样看来，男女神仙私通了，即使被抓住了，也没事！这奎木狼就没受任何处罚。罚他去烧火，是因为他"旷工"不来上班，是这个事，而"私通"根本没处罚，如果要处罚，那就是死罪了。

因此，我们从中可以看出，天庭在男女关系、作风问题上的管理制度是：

1. 首先，有着严厉的、明文的"规章制度"，禁止男女神仙私通。

2. 其次，真的被抓住了，在执行上既可以追究，也可以不追究。

也就是说，在这一方面，是立法苛刻，执法松散。睁一只眼，闭一只眼，总体上来说，还是以宽大处理的居多。

可见，玉皇大帝也不是不通人情的，没大家想象中的那么冷酷。否则的话，所有的神仙都要被开除，都要被打回原籍去。那谁还到他这儿来上朝呢？

下面，我们再来看看天蓬元帅猪八戒同志的作风问题。

猪八戒同志仅仅只是与嫦娥拉拉扯扯，什么也没发生，还没进屋就被当场逮住了。因此，完全不构成"私通"。

再者，天蓬元帅掌管十万天河水兵，这个权力应该是非常大的，相当于水军提督，换算到现在，估计是海军军区司令了。

他能混到这个位置，就说明他不是一般的普通神仙，他的酒量肯定不会低，多数是海量，按说不至于犯这样的错误。即使犯了这样的错误，也不至于弄得让大家都知道，更不该主动弄得让大家都知道。

后来，"多亏太白李金星，出班俯囟亲言说。改刑重责二千锤，肉绽皮开骨将折"。这就说明，太白金星向玉帝求情，已经将死刑改成了"重责二千锤"。

但奇怪的是，天蓬元帅还是被处决了，被贬到下界来重新投胎转世为猪八戒。

更离谱的是，天蓬元帅居然没做任何申述狡辩，就全部认了。

如果这个处分对天蓬元帅不公平，那么，天蓬元帅一定会有许多怨言。但是看后来猪八戒的表现，其实根本就没有。

因此，我们有理由怀疑这是故意做出来的。

"调戏嫦娥"，仅仅只是一个借口，其目的就是为了能够下凡。天蓬元帅是在帮玉皇大帝执行秘密的、特殊的任务，才到下界来的。只有从这个角度看，以上的种种矛盾才可以全部解释得通。

那么，天蓬元帅究竟是去执行什么任务的呢？

23 天蓬元帅究竟为何下凡变猪精

上回说了，天蓬元帅下凡，应该是有任务的，那他究竟是去执行什么任务呢？我们联系上下文来看，大概只有两种情况，下面分别一一述之：

有一种说法是：玉皇大帝派天蓬元帅为卧底，混进取经队伍搞破坏。

也就是说，天蓬元帅下凡的任务，就是去充当"卧底"，玩"无间道"。这种说法，乍一看上去，还是比较有吸引力的，但是逻辑上讲不通。

因为这个时候的玉皇大帝，还并不知道如来佛会向东土传经扩张。如来传经，那是在安天大会五百年后的事情了！

再说，即使知道，也未必就能混得进去！因为取经的人员，那可都是观音菩萨亲自把关挑选出来的。

所以，玉帝派猪八戒"卧底"说，不能成立。

那么，我们只能进一步继续往下寻找答案。

天蓬元帅下凡后，投胎为猪八戒，虽然人身相貌发生了巨大变化，但是他的那个宝贝"钉钯"还在，只有这把钉钯才是和原先完全相同的地方。所以，这把钉钯就成为一条极为重要的线索。

我们先来看一下这个钉钯的来历，见《西游记》第十九回：

那怪（八戒）道：你错认了！这钯岂是凡间之物？你且听我道来——

此是锻炼神冰铁，磨琢成工光皎洁。

老君自己动铃锤，荧惑亲身添炭屑。

由此可见：这钉钯，根本就不是凡间之物，而是天上的"太上老君"亲自动手，挥锤打造的。因此，可以说，这把钉钯算得上是宝贝中的宝贝了。

这可不是猪八戒乱吹的。另见第八十九回，妖怪偷了他们三人的棒、钯、杖之后，大开"钉钯宴"。钉钯是上等宝贝，排第一的。

那么，这个钉钯究竟是干什么用的呢？我们来看原文中是怎么讲其功效的：

这钯下海掀翻龙鼍窝，上山抓碎虎狼穴。

诸般兵刃且休题，惟有吾当钯最切。

相持取胜有何难，赌斗求功不用说。

何怕你铜头铁脑一身钢，钯到魂消神气泄！

最后这一句话，道出了真相："何怕你铜头铁脑一身钢，钯到魂消神气泄！"对付铜头铁脑的人，用这把钉钯，是最佳工具！

在《西游记》中，各路神仙、妖怪的本事都不是一样的，各有特点，各有所长。并不是你会的别人也会，你有的别人也有。这"铜头铁脑一身钢"的，还只有孙悟空是的，别人都不是的。

所以呢，天蓬元帅应该是派下来消灭孙悟空的。拿这个钉钯把猴子钯死的！

因为天蓬元帅下凡的时间和孙悟空被镇压的时间是最接近的，而下凡的地点和孙悟空被镇压的地点也是最接近的。

那么，他为什么要在这个时候，带着这样一把钉钯，来到这样一个地方呢？怎么偏偏就这么巧呢？

很显然，"消灭孙悟空"，才是N种可能性中最大的一种。

孙悟空已经被镇压了，不便于直接把他打死，只好暗地里下手。如果天蓬是执行其他任务的话，就没必要改头换面嘛。

其实，猪八戒的本事和孙悟空差不多的。在《西游记》第十九回有交手记录："他两个自二更时分，直斗到东方发白。那怪不能迎敌，败阵而逃。"也就是说，猪八戒和孙悟空可以持续拼杀达八九个小时之长！

所以，玉皇大帝派他来消灭孙悟空，就是比较合适的。

当时，孙悟空被山压着，仅仅只有个脑袋伸在外面，根本不可能与猪八戒相斗，猪八戒拿着太上老君亲自用神冰铁打造的九齿钉钯，管你是铜头铁脑一身钢，这一钯就叫你魂消神气泄！几钯子就把孙猴子钯死了！

后来，在高老庄的时候，孙悟空撞着猪八戒了，猪八戒是怎么骂他的？"哏！你这诳上的弼马温，当年撞那祸时，不知带累我等多少！"

1. 孙悟空大闹天宫时，并没有连累天庭的什么神仙。

2. 孙悟空大闹天宫时，也不认识天蓬元帅，也不存在连累天蓬的事。

那么，天蓬遭贬之后，为什么他不怪自己调戏嫦娥，反而要说是孙悟空闯祸连累了他呢？可见，调戏嫦娥是假，消灭悟空是真。玉皇大帝派他来消灭孙悟空，所以他就受到了连累。

²⁴ 猪八戒的不归路

天蓬元帅下凡，应该是玉皇大帝安排的任务。前面已经分析了，这个任务不是充当"卧底"，而是充当"杀手"，干掉孙悟空的。

如果孙悟空犯的真是死罪，玉皇大帝完全可以明杀。但他只不过犯有以下几宗罪：破坏公物、盗窃公款、殴打同事、抵抗执法人员等等。最后锒铛入狱，判了个五百年或终身监禁，应该也可以抵罪了。

玉皇大帝既然没有明杀他，就说明他已经认可了如来佛的判法，这是没有异议的。那么，玉皇大帝为何又要背地里采用暗杀呢？

一般来说，凡是上级"暗杀"下级，90%以上的情况，都是为了"杀人灭口"！

是不是孙悟空知道了玉皇大帝什么见不得人的惊天大秘密，以至于玉皇大帝欲除之而后快呢？这我们就不知道了。所以，这里存在一个重大悬疑，我们暂时只能先这么"猜定"着，后面再找证据来论证。

再说猪八戒。

猪八戒既然奉命而来，那他为何迟迟没有干掉孙悟空呢？这个比较好解释。

1. 有如来佛的那道符在，猪八戒走不过去。

2. 玉帝把嫦娥送给天蓬享受一次，天蓬帮玉帝干掉孙猴子。但是玉帝坑害了猪八戒，还没干就被抓了，所以他下凡之后，也不去完成玉皇大帝交给他的任务，而是慢慢拖。

这两种可能都是有的。我们还得看猪八戒的实际行动，他下凡之后，究竟在做什么呢？《西游记》第八回：

怪物（八戒）道："叫做福陵山。山中有一洞，叫做云栈洞。洞里原有个卵二姐，她见我有些武艺，招我做了家长，又唤做倒插门。不上一年，她死了，将一洞的家当，尽归我受用。"

很清楚，玉帝叫他下来干掉猴子，他正好溜出来找乐子，我们的猪八戒同志才不会死心眼，在一棵树上吊死呢！

你看他，一下凡，钯猴子的事早抛到九霄云外去了，立马找了个相好的卵二姐，卵二姐死了，他呢，又立马找了个相好的高小姐，唐僧来的时候，高小姐已经是奄奄一息了！若再不来，肯定又是死了！

猪八戒把对付神仙的本事用在了凡人身上，居然没有一个神仙去控告他。

猪八戒的日子过得挺舒服逍遥的，做了几次人家的上门女婿，哪里像个劳改犯的样子？我们再来看天庭的另一个劳改犯，卷帘大将沙和尚，他究竟是受的什么样的痛苦。《西游记》第八回：

"我是灵霄殿下侍銮舆的卷帘大将。只因在蟠桃会上，失手打碎了玻璃盏，玉帝把我打了八百，贬下界来，变得这般模样。又教七日一次，将飞剑来穿我胸胁百余下方回，故此这般苦恼。"

卷帘大将也是天庭有罪的人，被下放到了流沙河。他受的苦是：每七日用飞剑穿胸胁百余下。

一个逍遥，一个痛苦，两人孑然相反。这沙和尚才像个受刑的样子。

如果猪八戒真的是因为"调戏嫦娥"而遭贬的，那么，他是有前科的，他怎么还敢一而再再而三地持续犯戒呢？就算他敢，那制度上也是不允许的！

玉帝为什么就不管他呢？因为还要指望他完成任务。

不过，猪八戒最终还是被迫放弃了暗杀计划。他为什么要放弃呢？《西游记》第十九回有交代：

行者闻言，收了铁棒道："呆子不要说嘴！老孙把这头伸在那里，你且筑一下儿，看可能魂消气泄？"那怪真个举起钯，着气力筑将来，扑的一下，钻起钯的火光焰焰，更不曾筑动一些儿头皮。唬得他手麻脚软，道声"好头，好头！"行者道："你是也不知。老孙因为闹天宫，偷了仙丹，盗了蟠桃，窃了御酒，被小圣二郎擒住，押在斗牛宫前，众天神把老孙斧剁锤敲，刀砍剑刺，火烧雷打，也不曾损动分毫。又被那太上老君拿了我去，放在八卦炉中，将神火锻炼，炼做个火眼金睛，铜头铁臂。不信，你再筑几下，看看疼与不疼？"

到这个时候为止，猪八戒已经确认了：他消灭不了孙悟空。计划破产。

但也说不定是因为别的原因，比如，杀手一旦完成任务，就极有可能也被杀掉灭口。这一点非常重要，所以，猪八戒迟迟不肯动手。

那么，猪八戒虽然没有完成这个任务，天庭方面是否也会就此而善罢甘休呢？恐怕没有那么简单。

25 唐僧如何哄骗孙悟空戴上紧箍咒

话说唐僧受观音菩萨点化，离了大唐国，去西天取经，当他来到五行山时，揭了那道帖子，放出了孙悟空，收做徒弟。

悟空打死猛虎那段，描写得特残忍：打得脑浆迸万点桃红，牙齿喷几珠玉块，将虎拖来，变出一把牛耳尖刀，剃去爪甲，割下头来，又是挑，又是剥，又是刮，又是割的，折腾出四四方方一块虎皮。

唐僧看了，不仅未动任何恻隐之念，反而口里称赞，心中暗喜。喜什么呢？这徒儿好手段，去西天，成正果，功德有望了。

悟空打死六贼，唐僧说："你全无慈悲之心，如何去得西天，做得和尚？"但又说："还好是山野中无人查考，若到城市，你也乱打，我可怎能脱身？"慈悲心还算有一丁点，但主要是怕自己受到牵连。

可猴子受不得人气，不用开赶，自己走："你既是这等，说我做不得和尚，上不得西天，不必恁般绪聒恶我，我回去便了！""呼"的一声，就不见了。

撇得那长老孤零零的直叹气，悲怨不已。

唐僧的情绪，从喜悦降到悲怨，正在嗟叹之际，观音菩萨化装成一个死了和尚儿子的老太婆走过来了，她送给唐僧一套衣帽，实为紧箍咒。并交代道："他若不服你使唤，你就默念此咒。"唐僧牢记在心。

不多时，孙悟空转来了。且看唐僧如何下套，哄那猴头戴上紧箍。

行者道："师父，你若饿了，我便去与你化些斋吃。"三藏道："不用化斋。我那包袱里，还有些干粮。"

行者便解开包裹，见到一顶嵌金花帽，行者道："这衣帽是东土带来的？"

当然不是从东土带来的。是刚才观音菩萨送过来的。

我们的唐僧同志，他究竟会不会撒谎呢？他当时又是怎么回答的呢？看原文：

三藏就顺口儿答应道："是我小时穿戴的。这帽子若戴了，不用教经，就会念经；这衣服若穿了，不用演礼，就会行礼。"

孙悟空不是有火眼金睛吗？可火眼金睛也识别不了唐老师会要诈！所以他就欢欢喜喜地把帽儿戴上了。其实呢，我看这是多此一举，孙悟空能够主动转来，就说明他还是有心保唐僧去西天的，否则，他就跑了，不会回来了。

也就是说，无论有没有这个紧箍咒，孙悟空的"心"，其实已经"定"了，他已经决定了要护送唐僧去西天。他转来，就是自愿的。

这个时候，紧箍咒已经成功地戴在猴子头上了。唐老师下一步做什么呢？看原文：

三藏见他戴上帽子，就不吃干粮，却默默地念那紧箍咒一遍。行者叫道："头痛，头痛！"那师父不住地又念了几遍，把个行者痛得打滚。

这就叫人搞不懂了，孙悟空现在并没有做什么错事啊，怎么要无缘无故地念了一遍，又不住地念了几遍，把个行者痛得直打滚呢？哦，唐僧这是在做试验，先试验一下这个紧箍咒究竟灵不灵。

紧箍咒肯定是灵的。因为这是如来佛研发的高科技产品，密码声控的，如来把密码告诉观音，观音告诉唐僧，唐僧嘴里念念有词，通过声音输入一连串的密码，经验证后，紧箍咒立即启动，开始勒卡脑袋，把个猴头整得几番差点丢了性命。

孙悟空伸手去头上摸摸，似一条金线儿模样，紧紧地勒在上面，取不下，揪不断，已在此生了根了。他就耳里取出针儿来，插入箍里，往外乱捎。

三藏又恐怕他捎断了，口中又念起来。他依旧生痛，痛得竖蜻蜓，翻筋斗，耳红面赤，眼胀身麻。

最后，孙悟空痛得只叫：

"莫念，莫念！念动我就痛了！这是怎么说？"

三藏道："你今番可听我教诲了？"

行者道："听教了！"

"你再可无礼了？"

行者道："不敢了！"

这样，天不怕地不怕、神通广大的孙悟空，在唐三藏面前，就变得老老实实、服服帖帖了！你看，他跪在地上哀告，我随你西去，我愿保你，我再无退悔之意了。

三藏道："既如此，伏侍我上马去也。"那行者才死心塌地，抖擞精神，束一束绵布直裰，扣背马匹，收拾行李，奔西而进。

孙悟空从五行山一出来，就在哄骗之下戴上了紧箍咒，心里肯定是不服气的。这一笔账，孙悟空并没有算在唐僧头上，而是算在观音头上。

可以肯定的是，尽管他戴了紧箍咒，依然还是不怕观音，因为他什么都不怕。你看，行者大怒道："不消讲了！这个老母，坐定是那个观世音！她怎么那等害我！等我上南海打她去！"

毕竟后面又有甚话说，且听下回分解。

26 孙悟空为何要火烧观音院

　　《西游记》第十四回，观音菩萨唆使唐僧欺骗孙悟空戴上了紧箍咒，孙悟空愤愤不平。第十六回，师徒二人途经一座观音禅院时，天晚借宿。

　　这一座寺庙，叫观音禅院，也就是观音菩萨连锁店。这儿的老板是一位高龄老和尚，极富。他手下有两百多名和尚，寺院规模相当大。在这一回中，作者是怎样刻画这些和尚嘴脸的呢？

　　老和尚看中了唐僧的袈裟，要求借去看一夜。唐僧是怎么对悟空说的？

　　"珍奇玩好之物，不可使见贪婪奸伪之人。倘若一经入目，必动其心；既动其心，必生其计……殒身灭命，皆起于此，事不小矣。"

　　这个老和尚给唐僧的第一印象是：贪婪奸伪之人。不能给他看。

　　孙悟空不怕，偏要拿给他看："放心，放心！都在老孙身上！"你看他不由分说，急急地走了去，把个包袱解开，取出袈裟！

　　那老和尚见了这般宝贝，果然动了奸心，想方设法把袈裟骗到手，拿在后房灯下，对着袈裟号啕痛哭。哭到二更时候，还不歇声。大家都纷纷为他出了不少主意，可是老和尚依然哭声不止，怎么劝也劝不住。

　　这个时候，一个和尚说："我们想几个有力量的，拿了枪刀，打开禅堂，将他杀了，把尸首埋在后园，只我一家知道，却又谋了他的白马、行囊，却把那袈裟留下，以为传家之宝，岂非子孙长久之计耶？"

　　老和尚见说，满心欢喜，却才揩了眼泪道："好，好，好！此计绝妙！"即便收拾枪刀。

你看，他一直哭，哭到有人说出杀人越货时才不哭了，满心欢喜，揩了眼泪叫好。

内中又有一个和尚说，此计不妙，我有一个不动刀枪之法："每人要干柴一束，舍了那三间禅堂，放起火来，教他欲走无门，连马一火焚之。就是山前山后人家看见，只说是他自不小心，走了火，将我禅堂都烧了。那两个和尚，却不都烧死？又好掩人耳目。袈裟岂不是我们传家之宝？"

那些和尚闻言，无不欢喜，都道："强，强，强！此计更妙，更妙！"遂教各房头搬柴来。

先说"杀人"，是老和尚一人叫"好"，后说"放火"，是所有的和尚都叫"更妙"！这就是观音菩萨连锁店里的实况记录。

那么，他们的杀人放火计划究竟能不能得逞呢？孙悟空又是怎么应对的呢？行者暗笑道："与他个顺手牵羊，将计就计。"

好行者，一筋斗跳上南天门，找广目天王借辟火罩，天王道："你差了，既是歹人放火，只该借水救他，如何要辟火罩？"

行者道："你哪里晓得就里。借水救之，却烧不起来，倒相应了他；只是借此罩，护住了唐僧无伤，其余管他，尽他烧去。快些快些！此时恐已无及，莫误了我下边干事！"那天王笑道："这猴子还是这等起不善之心。"

罩子借来，护住了唐僧，孙悟空又在干什么呢？

他爬到屋顶上看着那些人放火，等他们把火一放，孙悟空就捻诀念咒，望巽地上吸一口气吹将去，一阵风起，把那火转刮得烘烘乱着。好火，好火！胜如赤壁夜鏖兵，赛过阿房宫内火！

就这样，把个观音菩萨连锁店烧了个精光！

观音菩萨在这一方的香火被孙猴子一夜之间给捣毁了，损失数目不详。若要追究责任，根本不关孙悟空的事。因为这火也不是他放的！

你说孙悟空怕观音菩萨不？他怕个鸟，他怕，戴上了紧箍咒就没办法了？你能叫他不自在，他也一样能叫你不舒服！你拿他没法。

第二天，唐僧起来了，不知道是真不知还是假不知，呀！怎么都变成了红墙？悟空说，你还做梦哩！昨天果然被你说中了，他要杀我们。最后，唐僧问清楚了，不是孙悟空放的火，就说，我不管你！我只要我的袈裟！

袈裟被来救火的黑熊精偷走了，孙悟空请菩萨来降黑熊精时，说了一番颇耐人寻味的话："菩萨，我悟空有一句话儿，叫做将计就计。"菩萨道："你说。"

"菩萨若要依得我时，我好替你作个计较，也就不须动得干戈，也不须劳得征战，妖魔眼下遭瘟，佛衣眼下出现。菩萨要不依我时，菩萨往西，我悟空往东，佛衣只当相送，唐三藏只当落空。"

这一番话，看起来，孙悟空好像是在说怎样对付黑熊精，其实是个双关语，这是在和菩萨谈条件。虽然戴了这个紧箍咒，但以后凡事还是都得依他孙悟空的！

并不仅仅只是眼下的这一件事咧。眼下收伏黑熊精，若不依孙悟空的，难道菩萨就收伏不了么？笑话。孙悟空根本没必要这样说嘛。

所以，他指的是"取经"大事。若不依我时，唐三藏就要落空！我叫你的事办不成！

说得很清楚，"我悟空有一句话儿，叫做将计就计"。怎么叫将计就计？我就用你的办法，来破坏你的事！这个词，孙悟空在对付老和尚放火时曾经说过一遍了的。

那菩萨咋办呢？没办法，只得也点点头儿，答应他的条件。孙悟空还怕菩萨不？

27 取经队伍一共究竟有多少人马

如来佛祖有经书三藏，欲永传东土，任命观音菩萨为项目总监。如来佛的要求是：去东土寻一个"善信"，教他到我处求取真经。

注意：如来佛并没有指定一定要谁来取经。

谁来都是可以的。大家看西游记，好像非得唐僧去不可，其实不是的，张僧李僧王僧刘僧都是可以来的，只要你愿意来取经，就是在帮他传教，帮他抢地盘，帮他扩大势力范围，他是求之不得的。

究竟是谁来，这由观音菩萨决定，观音安排谁来，就是谁来。

观音菩萨找到了一个"善信"，谁？就是唐太宗。

唐太宗要取如来佛的经，就指派唐僧去西天帮他取。而唐僧又是在观音的操纵下诞生的。于是，唐僧就成为最关键的取经人。

这一路上的妖魔鬼怪实在太多，走不过来咋办？观音菩萨找了一班人，一路上保护着取经人。明的有四个，暗的有三十九个。

我们先说暗的。暗中保护唐僧的有：六丁六甲、五方揭谛、四值功曹、一十八位护教伽蓝。这三十九位神仙中，唯金头揭谛昼夜不离左右。其他的各个轮流值日听候。

这些神仙都穿着隐身衣，所以你看不到，包括唐僧也看不到。

他们的主要工作任务是，除了保护唐僧的安全之外，还要密切监视唐僧的言行，密切监视那几个妖怪徒弟，为他们打考勤记分，并且随时向观音菩萨汇报情况。

除了这三十九个低级神仙之外，观音菩萨还安排了四个明的，这四个明的都是一路上收的妖怪:

1. 孙悟空

大圣道:"如来哄了我，把我压在此山，五百余年了，不能展挣。万望菩萨方便一二，救我老孙一救!"菩萨道:"你这厮罪业弥深，救你出来，恐你又生祸害，反为不美。"大圣道:"我已知悔了，但愿大慈悲指条门路，情愿修行。"

那菩萨闻得此言，满心欢喜，对大圣道:"你既有此心，待我到了东土大唐国寻一个取经的人来，教他救你。你可跟他做个徒弟，入我佛门，再修正果，如何?"

大圣声声道:"愿去，愿去!"

2. 猪八戒

那怪（八戒）道:"前程前程，若依你，教我嗑风!常言道，依着官法打杀，依着佛法饿杀。去也，去也!还不如捉个行人，肥腻腻的吃他家娘!管什么二罪三罪，千罪万罪!"

菩萨道:"人有善愿，天必从之。汝若肯归依正果，自有养身之处。世有五谷，尽能济饥，为何吃人度日?"

怪物闻言，似梦方觉，向菩萨施礼道:"我欲从正，奈何获罪于天，无所祷也!"

菩萨道:"我领了佛旨，上东土寻取经人。你可跟他做个徒弟，往西天走一遭来，将功折罪，管教你脱离灾瘴。"

那怪满口道:"愿随，愿随!"

3. 沙和尚

沙和尚本是玉皇大帝的卷帘大将，因在蟠桃会上，失手打碎了玻璃盏，被玉帝打了八百，贬下界来，又七日一次，以飞剑穿胸百余下方回。

菩萨道:"你在天有罪，既贬下来，今又这等伤生，正所谓罪上加罪。我今领了佛旨，上东土寻取经人。你何不入我门来，皈依善果，跟那取经人做个徒弟，上西天拜佛求经？我教飞剑不来穿你。那时节功成免罪，复你本职，心下如何？"

那怪道："我愿皈正果。"

4．小白龙

小白龙是西海龙王敖闰之子，因纵火烧了殿上明珠，被其父王表奏天庭，告了忤逆。玉帝把它吊在空中，打了三百，不日遭诛。

观音菩萨听到它的叫唤后，向玉帝要来做个脚力。玉帝送与菩萨，这小龙叩头拜谢活命之恩，听从菩萨使唤。后变成白龙马给唐僧骑。

我来帮观音菩萨分析这四个来路不正的人选：

首先，这四个都是犯人。

小白龙就像一条被挂起来准备宰掉的狗一样被菩萨救了，所以它是最甘愿听从菩萨使唤的，以谢救命之恩。它若敢有一丝不轨，菩萨宰掉它，同样和宰掉一条狗一样。

孙悟空是佛派私徒，应该好点化的，并且他是"已知悔了"，又是用保唐僧换自由的，所以，多数是真心愿去保唐僧的。只是他的脾气不好，不听使唤，不服管教，喜欢自作主张。

另外两个，原先都是天庭道派的人，沙和尚这个人深沉得很，他究竟是不是真心要西去呢？多数是真的，因为他受刑过重，苦不堪言，希望菩萨救他脱离苦海。

但也有人问，沙僧会不会是玉皇大帝用苦肉计派来的卧底呢？这一点，也不能完全排除。不过，这种可能性比较小。

最可疑的就是那个猪八戒。他是唯一没有受苦受罚的人，他的日子过得挺自在挺滋润的，并且敢和菩萨当面顶嘴，那他为什么会在突然之间就要皈依佛门，还说"我欲从正"？没理由啊。

猪八戒的转变确实太大了，这太可疑了！而且，他没有提任何要求与菩萨交换。不像那几个都是向菩萨求救，用"保唐僧"换"自由"的。猪八戒是唯一的一个不加任何条件就主动要求进来的，那他到底有什么企图呢?

那么，会不会有这样一种可能：沙和尚与猪八戒两个，虽然没有此任务，但却乘机抓住机会，混进取经的队伍，然后从中搞破坏，再向玉皇大帝将功赎罪呢?

这种可能性倒是比较大的。所以，还有待于作进一步的观察。

28 如来佛送给观音菩萨的3个金QQ

《西游记》第八回，如来佛祖让观音菩萨去东土寻一个"善信"来取经，菩萨道："弟子此去东土，有甚言语吩咐？"

如来取出锦襕袈裟一领，九环锡杖一根，对菩萨说："这袈裟、锡杖，可与那取经人亲用。"又取出三个金QQ，递与菩萨道：

"此宝唤做紧箍儿。虽是一样三个，但只是用各不同，我有金紧禁的咒语三篇。假若路上撞见神通广大的妖魔，你须是劝他学好，跟那取经人做个徒弟。他若不伏使唤，可将此箍儿与他戴在头上，自然见肉生根。各依所用的咒语念一念，眼胀头痛，脑门皆裂，管教他入我门来。"

那菩萨闻言，踊跃作礼而退。

如来一共给了观音五件宝贝。袈裟、锡杖，这是指明了给取经人亲用的，所以菩萨不敢贪污。而那三个金QQ，观音则私藏了两个，变成自己的啦。

如来并没有指明一定要去Q谁的脑壳。因此，如来的指示可以这样理解：

1. 用金QQ去Q神通广大的妖魔，念紧箍咒咒他。

2. 让神通广大的妖魔来做取经人的徒弟。

3. 取经人的徒弟，只有三个编制的指标。

4. 究竟选谁做取经人的徒弟，由观音菩萨自己来安排。

我们来看观音菩萨是怎么做的：

第一个金QQ把孙悟空Q住了，送给取经人做了徒弟。

第二个金QQ把黑熊精Q住了，自己带回去帮她看门守山。

第三个金QQ把红孩儿Q住了，自己带回去做个善财童子。

观音菩萨用这三个金QQ虽然Q住了三个神通广大的妖魔，但她只给了取经人一个，自己却留用了两个。

而猪八戒与沙和尚都是玉皇大帝的人，这两个家伙有明显的卧底嫌疑，可菩萨却没有对他们采用什么控制手段。

三个金QQ的顺序是：金、紧、禁。

若按上级指示，这是给取经人徒弟用的，那么，就应该分别套住：猴、猪、沙三人。但是，观音菩萨却套住了：红、空、熊三人。

观音菩萨既然是这样用的这三个金QQ，这就说明了，在观音菩萨的眼里：

1. 红孩儿才是最神通广大的妖魔。

2. 孙悟空与黑熊精也都是比较神通广大的妖魔。

3. 猪八戒与沙和尚还算不上是神通广大的妖魔。

孙悟空虽然厉害，但也胜不了黑熊精。《西游记》第十七回：他两个从洞口打上山头，自山头杀在云外，吐雾喷风，飞砂走石，只斗到红日沉西，不分胜败。两人打成平手。可见，黑熊精可以抵得上一个孙悟空。

而红孩儿差点把孙猴子挂了，菩萨收伏红孩儿时还找李天王借了三十六把天罡刀，李天王当年也没有用这来对付孙猴子，可见红孩儿要比孙悟空厉害得多。

《西游记》第四十二回，后面有一段，让孙悟空看得怕！当红孩儿被三十六把天罡刀穿住后，菩萨叫她的徒弟木叉赶上去，用降魔杵（有千斤重）如筑墙一般，筑了有千百余下，那妖精，穿通两腿刀尖出，血流成汪皮肉开。好怪物，你看他咬着牙，忍着痛，且丢了长枪，用手将刀乱拔。行者却道："菩萨啊，那怪物不怕痛，还拔刀哩。"

如来佛赐给观音菩萨的金紧禁三个箍儿，紧箍儿，先与孙悟空戴了；禁箍儿，收了黑熊精做守山大神；金箍儿，一直舍不得用，最后收伏了红孩儿。

这金箍儿是这三个金QQ里最厉害的一个，一个抵五个，套着红孩儿的头顶，双手与双脚。

可见，红孩儿要比孙悟空厉害得多！

在观音菩萨眼里，"红、空、熊"这三个才是神通广大的妖魔。

当然，西天路上肯定还有更加厉害、更加神通广大的妖魔，如果有比观音菩萨法力还大的妖魔，那么，观音菩萨即使有这三个金QQ，恐怕也是收伏不了的，所以在观音菩萨法力可控的范围内，这三个人才是最牛的妖怪！

现在，我们可以做个简单比较，取经班子假设为两组：

甲组：唐僧，红孩儿，孙悟空，黑熊精。

乙组：唐僧，孙悟空，猪八戒，沙和尚。

很显然，甲组要比乙组更为得力些。

但是，观音菩萨却是选择的乙组，她宁愿让两个有卧底嫌疑的奸细混进来，也不把那两个更加神通广大的妖魔给唐僧，而是留为己用，好为她做事，以扩充自己的势力。

由此可见，在佛门，即使是观音菩萨，也会干雁过拔毛的事。虽然她没按照佛祖的意思办，但她最终还是完成了任务，所以如来佛也没有追究她。

29 圣僧唐三藏究竟还有没有情欲凡心

话说唐僧师徒四个人凑齐了，一路向西前进。几个菩萨们吃饱了撑得慌，变成大美女跑来试他们一试，要把他们师徒四个招来做女婿，结果把猪八戒给吊在树上了。这一回就叫《四圣试禅心》。

究竟又试出了什么呢？我们得仔细看。

傍晚时分，唐僧师徒来到一处人家，行者正望里偷看，忽走出一个半老不老的妇人来，娇声问道："是什么人，擅入我寡妇之门？"八戒饧眼偷看，你道她怎生打扮——脂粉不施犹自美，风流还似少年才。

进来后，妇人道："小妇人有家资万贯，良田千顷。只生了三个女孩，前年丧了丈夫，小妇娘女四人，意欲坐山招夫，四位恰好，不知尊意肯否。"

菩萨究竟要试他们什么？大概有两个方面：一是试他们是否真心实意地去西天取经，二是试他们是否还有凡心（主要指性欲）。

我们的唐师傅在听到这桩美事后是什么表现呢？原文："三藏闻言，推聋妆哑，瞑目宁心，寂然不答。"

又问之后，"那三藏也只是如痴如蠢，默默无言"。

唐师傅究竟在想什么呢？这只存在以下两种可能：

1. 想留下来结婚。

2. 想继续去西天。

因为他根本就没有表态。"推聋妆哑，寂然不答"，就说明他心里还在考虑，那我们就只能认定他留与走这两种想法各占一半。谁也不能打包票说唐僧没有留下来结婚的意思。

甚至，从理论上讲，"不回答"应该是最接近"默认"的。

那妇人又说：我今年四十五岁。大女儿真真，二十岁；次女爱爱，十八岁；小女怜怜，十六岁，俱有几分颜色，料想也配得过列位。"若肯放开怀抱，长发留头，与舍下做个家长，穿绫着锦，胜强如那瓦钵缁衣，雪鞋云笠！"

此言一出，唐僧师傅是什么样的反应呢？你看："好便似雷惊的孩子，雨淋的虾蟆，只是呆呆挣挣，翻白眼儿打仰。"

唐僧听到这番话后，为什么会受惊？

我可以肯定地说，唐僧是想留下来结婚的！

老妇人先说有家资万贯，娘女四人，唐僧只是推聋妆哑，反正他没说，你就不知道他到底想不想。后来说了三个女儿的具体情况，唐僧要是不想的话，那他是不会一惊的，最多和先一样，继续装聋做哑。

唐僧要是想留下来结婚的话，那后面就是怎样配的问题！

怎样配？老妇人要唐僧"与舍下做个家长"，就是用他这个童男子帅哥配四十五岁半老不老的寡妇，而三个丑八怪徒弟配三个美貌的黄花闺女，他唐僧能不吃惊么？

而猪八戒闻得这般富贵，又配十八岁的小妹妹，他就心痒难挠，坐在椅子上似针戳屁股，左扭右扭的，忍耐不住，走上前，扯了师父一把道："师父！这娘子告诵你话，你怎么佯佯不睬？好道也做个理会是。"

师父猛抬头，"咄"的一声，喝了一顿。

唐僧心里肯定是很烦的，要是他没有留下来结婚的意思，那他可以很干脆、很直接、很明白地说清楚，并不需要发火，很简单就能处理得很妥当的一件事，可他就是不做声。这不做声算什么呢？是想还是不想？谁知道呢？

唐僧自己不表态，却偏偏又说出这样一句话来："悟空，你在这里罢。"

你看，这还是师父说的话吗？师父完全有权力禁止他们在这儿结婚，一切行动听指挥，都给我去西天，谁也不许妄想！这不是一句话吗？

可他就是不说，他却叫悟空留在这里结婚！叫悟空留在这里结婚，这就是一种"反试探"，人家不是要招四个吗？他先派出一个打头阵试探试探，这一个能成，他也准能成！

行者道："我从小儿不晓得干那般事，教八戒在这里罢。"八戒道："哥啊，不要栽人么。大家从长计较。"三藏道："你两个不肯，便教悟净在这里罢。"

那妇人见他们推辞，就把门关了。师徒撇在外面，八戒埋怨道："师父忒不会干事，把话通说杀了。"悟净道："二哥，你在他家做个女婿罢。"八戒道："兄弟，不要栽人。从长计较。"

行者道："计较甚的？你与这家子做了女婿罢，我不检举你。"

那呆子道："胡说，胡说！大家都有此心，独拿老猪出丑。常言道：和尚是色中饿鬼。那个不要如此？都这们扭扭捏捏的拿班儿，把好事都弄得裂了……你们坐着，等老猪去放放马来。"

猪八戒说"大家都有此心"，应该是句实话，否则，他不敢这样当面顶撞师父。

老猪去放马，猴子就跟踪，三藏交代道："悟空，你看便去看他，但只不可只管嘲他了。"行者道："我晓得。"

为什么不要嘲他？唐僧还想多打探点情况，然后再作决断。

我们的唐僧师父在这一场戏中的表现，自始至终，都是最棒的！

因为他一直都没有露出太大的马脚，反正他就是不表态，他一个不表态，你就不知道他究竟是怎么想的！无论你有多少怀疑，都只是怀疑，他唐僧可是没有说出来哦。

反过来说，菩萨们精心策划的这场对唐僧的考验，就是完全失败的！因为你并没有试探出唐僧的真实想法，仅仅只是戏弄了一下猪八戒而已，那猪八戒本身就是个大流氓，不需要试就知道的，你还试他干什么？

唐僧才是取经人，考核的对象是唐僧，在考核的过程中，唐僧只是耽误了一下时间而已，根本就还没有作答，按说，考核还没结束，应该继续进行才对呀。

可是，第二天早上醒来的时候，菩萨们已经走了，房子都没了，考核居然就这样草草收场了！

你说怪不怪？这件事实在是太可疑了，菩萨们忙了大半天，究竟在忙什么呢？

30 《四圣试禅心》究竟试出了什么

在《四圣试禅心》这一回中，唐僧对几个美女已经是动了心的，但他不表态。尽管他没有表态，我们还是可以从他的行为看得出来，他派出一个徒弟打头阵，试探女方是否真心嫁给他们，这几个徒弟各自说了一番话：

孙悟空说："我从小儿不晓得干那般事。"

猪八戒说："大家从长计较。"

沙和尚道："你看师父说的话。弟子蒙菩萨劝化，受了戒行，等候师父。自蒙师父收了我，又承教诲，跟着师父还不上两月，更不曾进得半分功果，怎敢图此富贵！宁死也要往西天去，决不干此欺心之事。"

沙和尚搬出菩萨压唐僧，宁死也要往西天去，这是很有分量的，唐僧从此不敢再小看了这个沙僧，他肯定会怀疑沙僧是菩萨特意安排来监督他的，所以一路上对这个沙僧总是不冷不热。

而孙悟空是花果山的猴王，一座山上只有猴王一个人有交配权，所有的母猴都是他的，小猴都是他的种，否则，他怎么会叫他们为"孩儿们"呢？

第四十二回孙悟空去请菩萨时，菩萨还怕孙悟空骗她貌美的善财龙女，说他不是好心，专一只会骗人。孙悟空道：菩萨这等多心，我自从入了沙门，一向不干那样事了。这就说明他以前还是干的。

而现在，孙悟空居然说"我从小儿不晓得干那般事。"就绝对是假话，又说："叫八戒留在这儿。"这句话就是推脱之辞！

唐僧从此事之后，对孙悟空是百般刁难！老是要赶他滚蛋，为什么？领导安排给你打头阵试探的任务，你不去完成，推脱给别人，领导要你这样的人干什么？

猪八戒说"大家从长计较"，这是合唐僧的心意的，而且他主动充当了探路者的角色，替领导分忧解难。所以，尽管他出了丑，唐僧也没有批评他，只是说他"虽是心性愚顽，却只是一味蠢直"。

事后，唐僧肯定会想，这次多亏他老猪了，否则出丑的就是我老唐！这从后面可以看出，无论猪八戒怎样使坏，唐僧也总是护着、偏袒猪八戒。同气相求嘛，唐僧是喜欢猪八戒这个人的。

因此：凡是领导要你做的，你就积极地去做，不要管他是对的还是错的。

人人都在说假话，只有猪八戒说的"大家都有此心……和尚是色中饿鬼。那个不要如此？"是真话，是实话。

当然，猪八戒也不是能够揣摩领导的意思，否则他也不会向菩萨们说"想我那唐僧人才虽俊，其实不中用。我丑自丑……"

在这次短暂的、仓促的考核中，菩萨要考验唐僧的两个方面：一是是否真心实意去西天取经，二是是否还有性欲。

唐僧的相貌是没有话说的。唐僧的年龄正值性欲的旺盛期，说他没有性欲这是不可能的！不需要试，绝对有！前面我们已经分析过，神仙们都是有性欲的，何况唐僧还是个凡人啊！

唐僧这个取经人是观音菩萨一手安排的。如来佛并没有指定一定要唐僧来，也没有规定说一定要来个没破身的处男，更没有规定说只有处男才能成得了佛（何况如来佛自己就不是处男，原是王子，不知道有多少女人）。

如来佛的要求很简单、很明确：要的是来一个"善信"。

唐僧这一路走过来确实不容易，来自两个方面的因素可能导致取经失败：

1. 唐僧被妖精吃了。（外因）

2. 唐僧自己不走了。（内因）

外因其实好解决，而内因就不好办了！唐僧要是真的在路上找个女人结了婚，不往西天去了，你说咋办？

所以，菩萨就有必要试他，不能叫试，应该叫警告！

唐僧那副德行是被菩萨看出来了的，尽管他不表态，也说明是有些非分之想的，菩萨们也不敢再继续试下去了，再试下去，唐师傅真的把持不住了，也不好收场，所以就把好色的猪八戒吊到树上，以警告唐僧：

你什么时候都不要动妄念！你的一举一动，我们什么时候都清楚得很！

这叫"杀猪骇唐"！

大家看西游记，总以为是猪八戒出了丑，猪八戒本来就是个屡教不改，无可救药了的！难道菩萨们不知道吗？教训他的真实意图就是在恐吓唐僧！否则，考核还没结束，菩萨们咋就走了呢？

不许唐师傅对女人动心，这是观音菩萨强加给他的，其主要目的是怕他不往西走了。除此之外，并没有其他的什么不利。

唐师傅对领导的这一苛刻要求只能被动接受。这一路上只能被动地控制自己的感情，克制自己的冲动，压抑自己的性欲。

前面我们已经说过，凡是领导要你做的，你就得积极去做，不要管他是对的还是错的。现在，我们还得明白另一个道理：凡是领导不让你做的，其实正是他们想做的！

第二天醒来，菩萨们已经走了，房子都没了，考核就这样草草收场了！孙悟空说：昨日是菩萨在此显化我等。三藏闻言，合掌顶礼，见树上挂着一张简帖，简帖的第一句话写着："黎山老母不思凡。"

"黎山老母不思凡"，意思就是：黎山老母思凡了。否则，完全可以不写这句话，既然写了，就是此地无银三百两。

黎山老母思凡了，和观音菩萨一起约了普贤、文殊这两个菩萨出来玩一玩，两个大美男，两个大美女，四个人一起出差，神仙们都是喜欢出差的。

神仙们要出差，总得找个理由吧，找什么理由呢？就是试探唐僧师徒是否真心去西天取经，只有这个理由才可以出差到这没有人的荒山野岭中来。

前面说过，神仙们都是有性欲的，神仙们虽然没有配偶，但并不能说明他们就没有性生活，神仙们为了自己的工作、地位、权利等等，婚配的年龄早就错过了，年龄大了，身份变了，根本就没有配偶配了！

怎么办呢？所以就会特别喜欢出差，最好是男女神仙一起出差，最好是出差到没有人的荒山野岭中来。风流快活一夜情之后，第二天各回各的家，各上各的班。

你们不要以为我是瞎说的，只是作者不愿明说罢了，真的是要试唐僧的话，观音菩萨一个人就够了，她手下喊几个人还不简单吗？干吗要找那个风骚的黎山老母来！还有普贤、文殊这两个菩萨，那可都是有名的美男子哦！

观音菩萨这次出来可没有叫上她身边形影不离的那个小帅哥哦，就凭这一点就很不正常，干吗要背着他的小情郎呢？不知道大家看西游记仔细看了没有，观音菩萨身边有个小帅哥，叫惠岸，也就是木叉，哪吒的哥哥，作者在描述这个家伙的时候，不止一次地反复说"那惠岸行者善使一条铁棒，不离菩萨左右"！怎么这次不要他来呢。

《四圣试禅心》这一回，我看唐师傅的表现还是不错的，菩萨们也没试出个什么来，倒是把菩萨们自己给试出来了！

31 唐僧为什么要赶走孙悟空

经过菩萨变美女考核之后，唐僧与孙悟空的矛盾就出来了。尽管出丑的是猪八戒，但唐僧讨厌的是孙悟空。三打白骨精这一回，得仔细看好了。

孙悟空三打白骨精，结果是什么？是猴子很牛B把白骨精打死了？是的，但这不是最终结果，最终结果是把猴子赶滚蛋了！

那么，我们就有必要仔细研究这件事的起因与经过，看看"叫猴子滚蛋"是属于偶然事件还是必然事件。

在这一回，唐僧念了三次紧箍咒，赶了猴子三次，非常的无情。

第一次说：有甚话说！你回去罢！我不要你做徒弟。

第二次说：有甚话说！你是个无心向善之辈，有意作恶之人，你去罢！

第三次说：猴头！还有甚说话！你在这荒郊野外，一连打死三人，还好无人检举，倘到城市，你拿了那哭丧棒，乱打起人来，撞出大祸，教我怎的脱身？你回去罢！

在这一事件中，猪八戒显得异常兴奋，硬是挑唆了三次。

第一次唆嘴：师父，这个女子是此间农妇，送饭下田，路遇我等，却怎么栽她是个妖怪？哥哥的棍重，走来试手打她一下，不期就打杀了！怕你念紧箍咒，故意使个障眼法儿，变做这等东西，演幌你眼，使不念咒哩。

第二次说：师父，不好了！那妈妈来寻人了！师兄打杀的定是他女儿。

当唐僧赶悟空走时，八戒又说：师父，他要和你分行李哩。你把包袱里的旧褊衫，破帽子，分两件与他。

第三次说：师父，那个是祸根哩。行者打杀他的女儿，又打杀他的婆子，这个正是他的老儿寻来了。我们若撞在他的怀里，呵，师父，你便偿命，该个死罪；老猪为从，问个充军；沙僧喝令，问个摆站；那行者使个遁法走了，却不苦了我们三个顶缸？

当孙悟空打死了妖怪后，八戒高兴地笑了："好行者！风发了！只行了半日路，倒打死三个人！"

又唆嘴道："师父，他的手重棍凶，把人打死，只怕你念那话儿，故意变化这个模样，掩你的眼目哩！"

猪八戒虽然显得非常积极，但他只是向领导反映了一下情况而已，究竟该怎样处理，那是领导的事，他可没有越权哦。

而唐僧呢，先假装一下慈善，等那呆子一开口挑唆，他就马上念紧箍咒，把猴子往死里咒，咒完了就开赶！你悟空可不要怪我哟，要怪你就怪这猪八戒多嘴！

总之，孙悟空被赶走了。虽然猪八戒从中挑拨了的，但毕竟唐僧是领导，决定权在他。从一开始，要赶走孙悟空就是唐僧的意思。

他为什么铁了心要赶猴子滚蛋呢？我们再看这件事的起因，发现在遇到白骨精之前，唐僧早就看孙悟空不顺眼了！

最先是在菩萨变美女试他们的时候，猴子不配合领导，领导已经很烦他了。

当时，猪八戒向唐僧提了个建议：先含糊答应，哄她些饭吃，今晚落得一宵快活，明日肯与不肯，只在乎你我。

这个建议真的是很不错的，是合乎领导的心意的，但猴子却又挖苦打破，让他干不成！

更可恨的是，这个猴崽子竟然先知道是菩萨来检查工作，却不跟老子说一声，存心想看老子出丑！不是八戒顶着，可怎得了！

现在，走到白骨精的地盘了。

三藏道："悟空，我这一日，肚中饥了，你去哪里化些斋吃？"行者陪笑道："师父好不聪明。这等半山之中，前不巴村，后不着店，有钱也没买处，教往那里寻斋？"

三藏心中不快，口里骂道："你这猴子！想你在两界山，被如来压在石匣之内，也亏我救你性命，做了我的徒弟。怎么不肯努力，常怀懒惰之心！"

悟空被莫名其妙地训了摸不着头脑："弟子亦颇殷勤，何尝懒惰？"

三藏道："你既殷勤，何不化斋我吃？我肚饥怎行？"

行者道："师父休怪，少要言语。我知你尊性高傲，违慢了你，便要念那话儿咒。你等我化斋去。"

你看，白骨精还没来，他已经是越看猴子越不爽了！总之要寻由头找茬子，百般刁难孙悟空。

这个时候，白骨精来了，变做个花容月貌的女儿，说不尽那眉清目秀，齿白唇红。唐僧的眼力很好，是他第一个发现白骨精的，白骨精的打扮是：露着酥胸。

三藏一见，连忙跳起身来，合掌当胸道："女菩萨，你府上在何处住？是甚人家？有甚愿心，来此斋僧？"

前面我们已经说过，唐僧是有性欲的，不但有，而且正值旺盛期，现在，悟空不在身边，唐僧见到这个美女时的第一反应是"跳起身来"，注意了，唐僧的这个动作："跳"是极其罕见的！跳了之后，一口气连问了人家三个问题。

然后，两个人你一言我一语地攀起来了，像说相声一样，打得火热。唐僧大概与美女之间十分健谈，仅两人的对话，就占了小说几乎一页的篇幅，这是西游记中最长的对话了！

悟空化斋回来了，认得是妖精，当头就打，长老扯住道：悟空！你来打谁？

行者道："师父，这个女子是个妖精。"

三藏道："你这猴头，如何乱道！你怎么说她是个妖精？"

行者道："师父，我知道你了，你见他那等容貌，必然动了凡心。若果有此意，叫八戒伐几棵树来，沙僧寻些草来，我做木匠，就在这里搭个窝铺，你与他圆房成事，我们大家散了，却不是件事业？何必又跋涉，取甚经去！"

唐僧哪里吃得他这句言语，羞得个光头彻耳通红。

由此可以看出，孙悟空被唐僧开除和尚籍、工作籍的根本原因是：窥探领导私生活，以作风问题威胁、恐吓、侮辱领导，情节极其恶劣！

什么问题都会有商量的余地，唯有这，任何一个领导都无法容忍！

因为唐僧看猴子不爽是在白骨精出现之前！所以我们有理由相信，即使没有白骨精事件，唐僧也会找其他借口开除猴子的。

32 唐僧肉是一种稀有资源

白骨精被孙悟空打死了。她根本就不是孙悟空的对手，完全可以选择回避，可她为什么还要死逮着唐僧不放手呢？因为她知道唐僧肉的价值，唐僧肉仅此一个，过了这个村，再没这个店了。

白骨精是第一个说出唐僧肉价值的妖怪。见西游记第二十七回：

果然这山上有一个妖精，孙大圣去时，惊动那怪。他在云端里，踏着阴风，看见长老坐在地下，就不胜欢喜道："造化，造化！几年家人都讲东土的唐和尚取大乘，他本是金蝉子化身，十世修行的原体。有人吃他一块肉，长寿长生。真个今日到了。"

由此可以看出，这肉体凡胎的唐僧，原来居然是个稀有资源！有人吃他一块肉，就可以长寿长生！

白骨精的目的很直接，就是冲着"吃唐僧肉可以长生不老"这唯一的目的来的！为了达到这一目的，她不惜冒着生命危险，半天挨了三次打，结果还是没吃到，反丢了小命。

下面，我们就来研究一下，在《西游记》中，具体都有哪些东西吃了可以延长寿命。

第一种：蟠桃。

《西游记》第五回，玉皇大帝派孙悟空看管蟠桃园。

大圣看玩多时，问土地道："此树有多少株数？"土地道："有三千六百株。前面一千二百株，花微果小，三千年一熟，人吃了成仙了道，体健身轻。中间一千二百株，层花甘实，六千年一熟，人吃了霞举飞升，长生不老。后面一千二百株，紫纹细核，九千年一熟，人吃了与天地齐寿，日月同庚。"大圣闻言，欢喜无任。

所以马上就想设法去偷！

再看各路神仙都来赴蟠桃宴，就可以说明：神仙们对蟠桃是存在"需求关系"的。

第二种：人参果。

《西游记》第二十四回，讲到西牛贺洲万寿山五庄观有一颗异宝灵根，唤名草还丹，又名人参果：

三千年一开花，三千年一结果，再三千年才得熟，短头一万年方得吃。似这万年，只结得三十个果子。果子的模样，就如三朝未满的小孩相似，四肢俱全，五官咸备。人若有缘，得那果子闻了一闻，就活三百六十岁；吃一个，就活四万七千年。

偷吃之后，猪八戒还要，行者道："兄弟，你好不知止足！这个东西，比不得那米食面食，撞着尽饱。象这一万年只结得三十个，我们吃他这一个，也是大有缘法，不等小可。"

可见，人参果的产量极低，所以极为珍贵。

蟠桃和人参果是可以延寿的。而太上老君的"丹"，并没发现有延寿的描述。所以，丹只能算是药，凡人吃了可以活命，神仙吃了可以治病。

《西游记》第五回，老君道："老道宫中，炼了些九转金丹，伺候陛下做丹元大会，不期被贼偷去，特启陛下知之。"可见，老君的金丹，主要供给对象是玉皇大帝。

因此，无论老君的金丹有何妙用，都与普通神仙无缘，那可不是拿出来招待普通神仙的。

蟠桃在天宫，你吃不到，人参果虽在地上，但一万年只结三十个，很难等到它熟，就是等到了也实在太少，根本没你的分。

因此，这两种延寿的资源对于一般的妖怪来说，基本上是弄不到的。所以，唐僧肉就成了第三种可以延寿的稀有资源。

唐僧肉是一种可以替代蟠桃、人参果的解决生死问题的特种食物！否则，怎么会有那么多的妖怪想吃唐僧肉呢？

注意：凡是想吃唐僧肉的妖怪，都只有一个"非常确定"的目的，就是要长生不老！没别的目的。

1. 各路不同的妖怪，居然都只有一个相同的目的：吃唐僧肉，以求长生不老。

2. 妖怪们偏偏都只单盯着"唐僧肉"，再没有说吃第二个、第三个人可以长生不老的了。

唐僧肉的缺点就是太少，仅此一个，不像蟠桃吃了可以再长。

而他的优点就是：唐僧没有法力，比较容易捉住，能吃到的几率相对较大。你看，那么多的妖怪都在打唐僧肉的点子，却没一个敢去偷蟠桃、人参果的！

所以，唐僧肉对于一般的妖怪来说，就是仅有、唯一的机会，是绝对稀有的资源。过了这个村，再没这个店。

另外，说唐僧肉稀有，是单从妖怪的角度来说的。

因为妖怪如果吃不到唐僧肉，那他就没有延寿的东西吃了，所以就稀有。而神仙们不吃唐僧肉，还有延寿的果果吃，那唐僧肉就不怎么稀有了。

33 妖怪与神仙究竟有什么区别

　　上回说了，可以延长寿命的食物共有三种：蟠桃、人参果、唐僧肉。神仙可以吃到前两种，而妖怪们吃不到，所以，对于妖怪来说，唐僧肉就绝对是个稀有资源。

　　妖怪为什么要吃唐僧肉呢？妖怪们自己说的只有那么明确了：因为唐僧是金蝉子转世，有人吃他一块肉，长寿长生。

　　凭这一点就可以证明：妖怪们根本就不能长生不老！正因为他不能长生不老，所以才需要吃可以长生不老的食物来延长寿命。

　　也就是说，妖怪的本事再大，也还是有寿命限制的，并不是一修炼成妖精，就永生不死了。如果妖怪是永生不死的，那就不会对唐僧肉感兴趣了，也不会冒死吃唐僧了。

　　但是，有的朋友可能会说，你说的是妖怪，并不是神仙，一旦修成神仙，就不会死了。

　　如果要这样说的话，那我请问你：妖怪与神仙究竟有什么区别？

　　你该不会说，妖怪是动物修成的，神仙是人修成的吧。许多人都受电视剧的误导，总以为妖怪是动物变的，神仙是人变的。错得好笑！天庭二十八宿，全部都是动物，但他们却是地地道道的神仙！这你怎么解释？

　　还有，你说孙悟空、猪八戒这两个半人半兽的家伙，究竟算神仙，还是算妖怪？你说得清楚么？

那么，妖怪与神仙究竟有什么区别呢？他们的划分标准到底是什么呢？前面其实已经讲过：只有修成正果了的，才是神仙。没有修成正果的，就是妖怪。

怎么叫修成正果了呢？在仙界混到"编制"了的，就是正果。没混到编的，就不是正果。你不要闭着眼睛想当然，成了正果就是法力无穷、永生不死，根本没有这么回事。

正果和法力，各是各，两回事。法力好比本事，是老师教的，自己练的。而正果，则既不是老师教的，也不是你自己练的，这是领导给的！

因此，你的法力大小、技能高低和这个正果是没有半点关系的！

《西游记》第三回，玉帝问："这妖猴是几年产育，何代出身，却就这般有道？"这个时候孙悟空还没有到天上去，玉帝说的是"这妖猴"，就说明此时的孙悟空还是个"妖"。

而一封他个弼马温，他马上就变成了个"仙"。太白金星说这叫"收仙有道"。

孙悟空从"妖"到"仙"的转变，仅仅只取决于他是否在天庭登记注册了的，是否接受上级神仙的领导。

在这个过程中，孙悟空的本事，有没有因为他从一个"妖"变成"仙"而发生变化、得到升级呢？根本就没有！还是他原先学到的那些本事！

《西游记》第四回，孙悟空嫌弼马温官小，他不要这个"编"了，不接受上级神仙的领导，反了。李天王来剿时，哪吒喝道："泼妖猴！"这个时候，他就又变成了个"妖"！

而在玉帝答应他做齐天大圣之后，他就又是个"仙"了。

在西游记中，孙悟空是从妖到仙，从仙到妖，又从妖到仙，又从仙到妖，反反复复次数最多的一个了！所以就很容易从他身上看到"仙"与"妖"究竟有什么区别。

因此，我们可以得到十分明确的"妖"、"仙"认定标准：就是"编制"，没有别的。

所以，"妖"与"仙"之间，仅仅只存在"身份"上的区别。除了身份不同之外，其他的都是一样的。

也就是说，如果不论身份的话，神仙就是妖怪，妖怪就是神仙。根本就不存在任何区别！

那么，既然妖怪们不能长生不老，神仙们肯定也一样不能长生不老。既然妖怪们需要吃长生不老的食物，神仙们也肯定是一样的需要吃长生不老的食物。

在这个地方，妖怪和神仙就有区别了。什么区别呢？有编制的神仙就可以吃天上的蟠桃，没有编制的妖怪就吃不到蟠桃。所以，神仙当然就可以长生不老，而妖怪就不能长生不老。区别就在这儿。

那么，又凭什么说，只有神仙才可以吃到蟠桃呢？因为蟠桃是天庭玉皇大帝发给有正规编制的神仙们的俸禄。神仙们上班来拍马，玉帝当然就要给他们发工资。若你不是他单位的人，那他凭什么给你。

从哪可以看出，蟠桃是天庭玉皇大帝发给有正规编制的神仙们的俸禄呢？西游记第四回，太白金星奏道：

"就教他做个齐天大圣。只是加他个空衔，有官无禄便了。"玉帝道："怎么唤做'有官无禄'？"

可见，"有官无禄"这个词是太白金星临时想出的。玉皇大帝从来就没有听说过。那么，以往的神仙们，应该都是"有官有禄"的。

金星道："名是齐天大圣，只不与他事管，不与他俸禄，且养在天壤之间，收他的邪心，使不生狂妄，庶乾坤安靖，海宇得清宁也。"

可见，齐天大圣的名号虽然是个神仙，但不怎么正规，是不发俸禄的神仙，是山寨版的神仙。什么是俸禄呢？俸禄就是朝廷发给下属的报酬。天庭发的俸禄就是蟠桃。《西游记》第六回，玉帝说：

"就封他做个'齐天大圣'，只是有官无禄。他因没事干管理，东游西荡。朕又恐别生事端，着他代管蟠桃园。他又不遵法律，将老树大桃，尽行偷吃。及至设会，他乃无禄人员，不曾请他，他就设计赚哄赤脚大仙，却自变他相貌入会，将仙肴仙酒尽偷吃了，又偷老君仙丹，又偷御酒若干，去与本山众猴享乐。”

天庭开蟠桃宴，为什么不请孙悟空？因为玉皇大帝说得很清楚："他乃无禄人员，不曾请他。"那么，所请的，就必是有官有禄的正规神仙了。

因此，可以得出结论：只有正规神仙，才有资格吃得上蟠桃。

1. 玉皇大帝只邀请"正规神仙"吃蟠桃。

2. 玉皇大帝不会邀请"非正规神仙"吃蟠桃。"无禄人员，不曾请他"。

3. 玉皇大帝更不会邀请"妖怪"吃蟠桃了。

34 西游揭秘：神仙究竟会不会死

既然神仙、妖怪都需要吃特殊食物来延长寿命，这就说明神仙、妖怪们其实都是有寿命的。否则，他永生不死的话，就没必要吃特殊食物来延寿了。

有朋友说，神仙既然已经修炼成了神仙，那他就不会死了。真的吗？我说这是在想当然，这种想法和孙悟空年轻时的想法是一样的。

今天，我们就来分析一下：神仙究竟会不会死。

神仙肯定是会死的。神仙们不仅会死，而且还个个都很怕死！如果神仙不会死，那龙王、阎王、土地为什么还怕孙悟空打死他呢？如果孙悟空不会死，那他又为什么还怕如来佛打死他呢？

西游记第五回，孙悟空揣度道："这场祸，比天还大，若惊动玉帝，性命难存。"如果神仙是不会死的，那孙悟空干吗还要担心性命难存呢？这不是多此一举吗？

可见神仙也是会死的。

我们再从孙悟空学艺来看神仙的生死问题。

《西游记》第二回，孙悟空半夜里走后门跪在师父床前说：

"望师父大舍慈悲，传与我长生之道罢，永不忘恩！"祖师道："你今有缘，我亦喜说……当传与你长生之妙道也。"

悟空要学"长生"，师父也传了"长生"。悟空自以为都学会了，但师父却说"却只是防备着三灾利害"。"师父之言谬矣。"悟空听了根本不信，我已经学会长生不老了，却怎么有个"三灾利害"？

祖师道："此乃非常之道，夺天地之造化，侵日月之玄机。丹成之后，鬼神难容。虽驻颜益寿，但到了五百年后，天降雷灾打你，须要见性明心，预先躲避。躲得过寿与天齐，躲不过就此绝命。"

从这里可以看出：虽然修炼了长生不老，可以驻颜益寿，但到了五百年后就有一灾，躲不过"就此绝命"。还是要死的。如果躲过了呢？

"再五百年后，天降火灾烧你。这火不是天火，亦不是凡火，唤做阴火。自本身涌泉穴下烧起，直透泥垣宫，五脏成灰，四肢皆朽，把千年苦行，俱为虚幻。"

从这里可以看出：再五百年又有一灾，躲不过，则"把千年苦行，俱为虚幻"。还是要死的。千年苦行都白修了。

"再五百年，又降风灾吹你。这风不是东南西北风，不是和熏金朔风，亦不是花柳松竹风，唤做赑风。自囱门中吹入六腑，过丹田，穿九窍，骨肉消疏，其身自解。所以都要躲过。"

从这里可以看出：再五百年又有一灾，躲不过，则"骨肉消疏，其身自解"。还是要死的。

那么，神仙究竟会不会死呢？神仙肯定是会死的。在什么情况下会死呢？在"躲不过灾"的情况下就会死。多长时间有一次灾呢？平均约五百年有一次灾。这是谁说的？孙悟空的师父菩提老祖说的。

孙悟空想得倒简单，他以为修炼之后，就可以无休止地长生不老了，他还说"师父之言谬矣"。究竟是他错了，还是师父错了？

通过"修炼"成仙之后，活个几百岁应该是没问题的，神仙的寿命是凡人寿命的好几倍，这就好比凡人的寿命是猿猴寿命的好几倍一个道理。

如果想要无休止地长生不老下去，那就只有一关一关地过，把每一道灾都要躲过才行。

悟空闻说，毛骨悚然，叩头礼拜道："万望老爷垂悯，传与躲避三灾之法，到底不敢忘恩。"

那么，祖师有没有传他呢？没有。因为祖师教他的是七十二般变化，这七十二变并不能躲灾。

怎么说不能呢？看《西游记》第三回，当孙悟空活到342岁的时候，阴司里的两个差人拿一张批文来索他的魂，那两人道："你今阳寿该终，我两人领批，勾你来也。"抓他到阎王殿里。

人的生死，都是由判官来判决的，判官只能对阎王管辖范围内的人进行裁判。那么，孙悟空究竟是不是还归阎王管呢？孙悟空为此和阎王发生了纠纷：

1. 孙悟空说："我老孙修仙了道，与天齐寿，超升三界之外，跳出五行之中，为何着人拘我？"

2. 阎王的账本子上记着："直到那魂字一千三百五十号上，方注着孙悟空名字，乃天产石猴，该寿三百四十二岁，善终。"

很清楚：判官们只判了孙悟空342岁阳寿。而孙悟空则认为：他既然已经修成了神仙，又有七十二变，就不应该死了。也不该阎王管辖了。

这两种冲突之中，必有一方是错的。谁错了？孙悟空错了。要是阎王错了，阎王又怎会去向玉帝告状呢？阎王告的是"不服拘唤"，这不服拘唤就说明：孙悟空虽然成了仙，但还是归阎王管辖的。

阎王当然知道孙悟空是已经修炼成仙了的。因为阎王并没有按凡人标准判他几十岁，而是按神仙标准判的他几百岁！

这就只能说明：在程序上，普通神仙的生死，依然还是归阎王管。如果孙悟空真的躲过了天灾，那就不在阎王的管辖范围之内了，阎王也就没权力抓他了，他也就不会和阎王发生纠纷了。

而阎王是批出公文去抓孙悟空的，这就是按法定程序办的事。在程序上，孙悟空还并没有脱离阎王的管辖范围，这就说明孙悟空还只是个普通神仙。

所以阎王就有权力去抓他。但在执法的过程中，孙悟空却"不服拘唤"，不遵循法定程序，公然将执法人员"打为肉酱"！那么，阎王就只有向玉帝告状了。

因此：西游记中的普通神仙都是有寿命的，修炼成仙之后，寿命要比凡人高好几倍，其基本寿命，平均是在约五百岁左右不等。绝不是传说中的那样，可以无休止地永生不死。

在《西游记》中，我们可以很容易地找出：神仙为了永生不死，而不得不通过服用特殊食物来添加寿命的例子。

原文第五回中写道：赴蟠桃宴最积极的一个人，乃是赤脚大仙。他来得最早，是第一个赶来赴宴的人。孙悟空问他去干什么？他回答说："蒙王母见招，去赴蟠桃嘉会。"

那么，去赴蟠桃嘉会的终极目的，究竟又是什么呢？书上写得非常清楚："名称赤脚大罗仙，特赴蟠桃添寿节。"

看到了没？

赤脚大仙特地赶来赴王母的蟠桃宴，是去"添寿节"的。说得很明白，天宫所定期举办的蟠桃大会，的的确确就是为神仙们增加寿命而办的！

35 神仙究竟都吃些啥好东西

通过前面的分析可以知道，人或动物经过修炼之后，是可以成为神仙的，但神仙并不是永生不死的，普通神仙的寿命一般是五百岁左右。

而蟠桃、人参果、唐僧肉，是仅有的可以解决生死问题的特殊食物！既然是解决生死问题的，那么，其重要性不言而喻，是头等大事！神仙界所有神仙的所有行为、目的都必然是围绕着这一最重要的生死问题在活动。

吃特殊食物是为了解决生死问题，吃到了的就能延长寿命，没吃到的就不能延长寿命。

另外，无论哪个神仙或妖怪，除了想千方设百计弄到特殊食物解决生死问题以外，每天，还要起早贪黑地想千方设百计弄到常规食物以解决生计问题。

"生计问题"，仅次于"生死问题"。

无论是神仙还是妖怪，一日三餐，总得先得把嘴糊住，否则的话，大限还没到，中途却因为没有饭吃而饿死了咋办？所以，除了特殊食物之外，每天还有"常规食物"。

常规食物又分素的、荤的。素的是饭菜蔬果，荤的就是肉。

又有的朋友可能要说了，神仙他既然已经修炼成了神仙，就可以不吃东西了。呵呵，咋可能呢？我告诉你，神仙是人进化的，不是人退化的，咋能不吃东西呢？神仙不仅要吃东西，而且比人要吃得多，比人吃的要好得多。

你看，当几个妖怪们聚在一起的时候，他们在干什么？在吃饭喝酒。

你再看，孙悟空结拜的七弟兄，天天在一起做什么？还是在吃饭喝酒。

你再看如来佛，如来佛和玉帝、老君总共只见了一次面，这一次他们在做什么？还不是在吃饭喝酒！

你说神仙吃不？不吃饭喝酒，那还叫神仙？

神仙们都吃些啥子呢？可能也吃素吧，只是可能。吃不吃荤呢？肯定吃荤，这个是肯定的。你可能又要说我在胡扯了。我跟你们说，神仙就是妖怪，妖怪就是神仙，妖怪吃什么，神仙也吃什么，这是一样的。

既然妖怪是吃荤的，那神仙也吃荤。荤的就是肉，在各种肉类之中，最好吃的是人肉！

就说取经队伍中那个最老实的沙和尚，你说他吃不吃人？他不仅吃人，而且还是专业的只吃人。沙和尚号称"久占流沙界吃人精"，为什么要叫他"吃人精"呢？因为他平均每天要吃大约40斤以上的人肉！

原文："三二日间，出波涛寻一个行人食用。"一个行人，按轻的算，少说也有100斤重。他三二日就吃一个。就这样他还直喊饿，"没奈何，饥寒难忍"。

那猪八戒吃人不？也吃人，"占了山场，吃人度日"，但他比沙和尚又好一些。因为他还有田种。既吃人肉，也吃庄稼。

孙悟空吃人不？也吃人，《西游记》第二十七回，孙悟空对唐僧讲吃人肉的勾当：

行者笑道："师父，你哪里认得！老孙在水帘洞里做妖魔时，若想人肉吃，便是这等。或变金银，或变庄台，或变醉人，或变女色。有那等痴心的，爱上我，我就迷他到洞里，尽意随心，或蒸或煮受用；吃不了，还要晒干了防天阴哩！师父，我若来迟，你定入他套子，遭他毒手！"

神仙就是妖怪，本质上是一样的，没有区别的。妖怪吃什么，神仙就吃什么，所不同的就是：神仙的级别、身份越高，就比妖怪吃的档次、品位越高！

孙悟空在天上待了一段时间后，回到洞里，那些小猴们就拿最好吃的给他吃，他还故意呲牙咧嘴道："不好吃，不好吃！"

天上吃的，肯定要比地上吃的好些。我们再来看玉皇大帝招待如来佛时，吃的是什么？吃的是龙肉，喝的是凤汤，炒龙肝，熬凤髓，就和我们宰一条狗、杀一只鸡是一样的。

如来佛吃不吃呢？照吃，并不忌荤，也不戒酒。如来佛的酒量如何呢？肯定是可以的，虽然喝得大醉，但醉而不倒，嘴里还喊着"不妨，不妨"，并且还能酒后驾驶，安全飞抵雷音寺。原文上怎么说的？走的时候是"众各酩酊"。

这"众各"就是大家全部都喝醉了，也不是他一个，这"酩酊"的标准释义，就是醉得迷迷糊糊的。

所以，神仙既要吃特种食物以延长寿命，也要吃常规食物以防中途饿死。

这龙肉、凤肉、人肉，在神仙们眼里，仅仅只是一盘菜！仅仅只是每天的常规食物，仅仅只能够填饱肚子，充一餐之饥而已！

西游记中，白骨精是第三个要吃唐僧的妖怪，在白骨精之前，也曾有两个妖怪要吃唐僧。一个是寅将军，一个是黄风怪。

寅将军完全不知道唐僧的底细，所以他不知道唐僧肉是特殊食物。他以常规食物来对待的，准备把唐僧留作下一餐充饥。

黄风怪不是很想吃或是不敢吃，为什么？这个我们以后会讲。

白骨精并没有把唐僧当做一顿饭，她就是冲着这个稀有资源来的，挨打也要去吃，冒死也要去吃！但结果却被打死了。

白骨精的死，属于意外事故，这就和人一样，寿命的大限还没到，却被人砍了，被车撞了，提前死了。

为了解决生死问题，却死在了生死问题上。噫！光有稀有资源还不够，还得有本事不被人打死才行！

36 怎样衡量神仙们的实力

长生不老的食物，共有三种：蟠桃、人参果、唐僧肉。

对于妖怪来说，前两种他们就休想吃到啦，所以，他们只剩下一个选择了，就是想办法吃唐僧肉。

要吃唐僧肉，首先得识货，比如最开始的那个寅将军，就是因为不识货而白白错过了机会。白骨精是识货的，但正是因为她识货，反而把性命丢了。

白骨精是被孙悟空打死的。这样的死，按凡间的话说，叫"非正常死亡"，按仙界的话说，叫"枉死的，无收无管"。没经判官判的，死得不明不白。

神仙妖怪都是会死的，不仅每五百年一灾躲不过会死掉，就是平日无灾无难的时候，也有可能因遭到别的神仙妖怪的袭击而死掉。

可见，要想不死，除了需要吃特种食物之外，还得具备一定的本事，以确保不被别人打死才行。

那么，要想不被别人打死，需要具备哪些条件呢？我们可以将神仙妖怪们的实力，由低到高来排个序：

1. 有一定的武艺；

2. 有一件称手的兵器；

3. 有一样超强的法宝；

4. 有较高的法力；

5. 有自己控制的较大的势力范围。

基本上就是这五要素。

级别越高，自身的安全系数就越高；级别越低，就越是容易被别人打死。

按照这个标准，可以很简单、很容易、很快地衡量出一个神仙或妖怪的厉害程度。

孙悟空有武艺，而且他的武艺还很出色、很精湛。他的兵器是一根金箍棒，金箍棒可以替代部分法宝的功用，但主要还只是一件兵器，所以，孙悟空就最多只能算是属于第三个层次的神仙或妖怪。

猪八戒、沙和尚，有武艺，有兵器，属于第二个层次或比第二个层次略高一点点的神仙或妖怪。

有没有厉害的法宝，是完全不一样的，比如老君的圈儿、菩萨的瓶儿，这些东西比什么兵器都厉害。基本上都是遥控、声控的，只需要对着对方晃一下，或按一下钮，或喝一声，或叫一下姓名，你的武器就被他没收了，甚至连人都要化成脓血！

西游记中有些妖精的武艺并不高，但是他有法宝，并且法宝的设计实在太先进，比如金银童子、青牛精等等，有法宝时，就比孙猴子厉害得多，而没法宝时，啥也不是。

有法力的神仙几乎都不再使用什么武器、法宝之类的玩意了，就凭自己本身的心、意、神、气等等，就行了，不拿武器比拿武器还要厉害！像镇元大仙一挥手，连人带马全装袖子里了，如来佛一巴掌就压住猴子了，根本就不用抄什么家伙。

孙悟空行不行呢？他还不行，若不用金箍棒，他的战斗力就必然差些。

为了不被别人打死，大家都在不停地升级，你一升级，就必然对我造成威胁，我不得不升级，这样下去，就是恶性循环，所以，除了自身单个的能力之外，还要建立自己的势力范围才够厉害。

如来佛的势力范围非常大，他控制了整个佛界。他凭的是什么？ 是法力，甚深法力。那么，他有多少法宝、什么兵器、多高武艺，都已不重要了，佛界的厉害人物都在他的手下听调，你说他该有多厉害！

而玉皇大帝的势力范围为最大，他控制了整个神仙界。他凭的是什么？凭的是他老婆园子里的那些果果，别处没有，只有他有。一棵树该要结多少果果？他有3600棵树，完全可以供应所有神仙的需求。

因此，所有神仙的生死问题都控制在玉皇大帝的手里。你说他该有多厉害！

每次蟠桃宴，各路神仙都要赶来拍马屁，就是如来佛也不敢马虎。玉皇大帝说："我这儿有只毛猴子在捣乱，你过来处理一下。"如来佛也只得马上停下手上的工作，立即赶过来。

自己控制的势力范围越大，安全就越有保障。自己的势力范围不大，咋办呢？加入较强大的势力范围之中，安全就也有了保障。

比如，像太白金星、文殊菩萨等等这类的许许多多的神仙，其实根本就没什么法力，也没兵器没武艺，但他们是强大势力中的重要人物，很有面子的，根本就不用打，只动嘴说一句：悟空，这是我的哪个哪个，你休要打他。悟空就得停手。

现在，我们再来看想吃唐僧肉的白骨精，她是哪个级别的妖怪呢？

白骨精没有加入任何一个势力范围较大的组织，她的势力范围仅为自己的老巢白虎岭巴掌大点窝儿，甚至也没发现她手下有一个小喽啰，因此可以说她没有势力。也没见她使什么法宝，也没拿兵器，也没武艺。

那么，白骨精只是一个最低层次的妖怪，连第一个层次都达不到。按照上面衡量神仙实力的标准来看，白骨精没有任何实力。再从整个作案的过程来看，白骨精的确没有任何手段，她仅仅只会"换马甲"这一招。

你看，白骨精她连续换了三次马甲，三次都被发觉了，还是被揪出来打死了！

白骨精，完全一草根妖精，就她还想吃唐僧肉？唐僧肉是给她吃的？想得倒美！

37 唐僧取经是在做戏吗

有些朋友把唐僧取经仅仅只当做是如来、观音导演的一出闹剧，认为是表演，是作秀，走走过场而已。这绝对说不通！今天，有必须纠正这一谬论。

如果单单只从"如来要提拔唐僧"这个角度来看，"作秀论"似乎还是有道理的，因为唐僧是观音菩萨选定好了的一个提拔对象。但是，仅从这个角度观察，得出的结论就必然是片面的、狭窄的。我们应该从整体、全局的角度来观察。

唐僧取经，仅仅只是"整体"计划的一个组成部分而已，整体计划是什么？是如来传经！

如来的地盘，原本只在西牛贺洲，但他要把他的经传到本不属于他管辖的东土来，要东土的芸芸众生都给他交香火钱，要抢走原属于天庭道派的生意！这样就势必会与天庭道派发生摩擦冲突。

所以如来佛自己不便于出面露脸，他就把这个艰巨的任务交给他下面的一个人去做，他下面的这个人再一层层地往下交代，最后落实到唐僧师徒四人的身上，唐僧四人就是这个计划的终端执行者。

因此，唐僧取经，走那么远路，捉那么多妖，都只是整个故事的一个分枝而已！如来传经，才是整个故事的主干！

对于唐僧来说，能够得到如来佛的提拔，是终极目标！而对于如来佛来说，提拔取经人唐僧，仅仅只是他这个计划中的副产品！

扩张自己的势力范围才是他如来佛的终极目标！

拿现代社会来说，任何一个国家的领导人通过"作秀、表演、走过场"来提拔一个干部还是比较容易的，下面的人甚至还会积极配合。

但是，企图通过"作秀、表演、走过场"来扩张自己的地盘，侵吞对手的地盘，那是绝对不可能的事！

对手会配合你吗？不打死你才怪！

如来佛的最终目的是为了扩张自己的地盘，因此，"作秀论"就绝对说不通！这就只能用"斗争论"来解释！既然是斗争，就必定是暴力的、残酷的、血腥的！

下面，我们就来看看妖怪的类别构成，主要分为三大类：

1. 天庭道派的势力。

2. 佛派内部的势力。

3. 割据一方的野势力。

如果说佛派内部的妖怪，有配合如来做戏的嫌疑，这倒也说得过去。但是，天庭道派呢？割据一方的野势力妖怪呢？难道他们也都心甘情愿地配合如来做戏？

如果大家真的仅仅只是在配合如来做戏，那么：

1. 唐僧根本就没有必要胆战心惊，怕得要死。

2. 取经队伍也没有必要将妖怪们都打死。

人家好心好意地配合你做戏，结果却一棒子将人家打死了，这总说不过去吧。

我们再来看看各类妖怪的结局究竟是怎样的：

1. 天庭系的妖怪首领，基本上是被天上的大神仙们救走的。他们手下的小妖基本上是被斩尽杀绝的。他们的地盘没有了。

2. 佛派的妖怪首领，基本上是被佛派的大神仙们救走的。他们手下的小妖基本上是被斩尽杀绝的。他们的地盘没有了。

3. 野势力的妖怪首领，弱势的都被孙悟空打死了，强势的都被佛派收编了。他们手下的小妖基本上是被斩尽杀绝的。他们的地盘没有了。

也就是说，所有的妖怪都没有收益，全部都是亏损。并且最幸运的妖怪也只是保了条命。他们多年积累的产业，则毁于一旦。

试问：哪有这样牺牲自己，配合别人作秀的呢？

因此，我们说，唐僧取经绝不是因为一个领导要提拔一个干部而进行的作秀表演，而是为了抢地盘、扩张自己的势力范围所进行的一场残酷的斗争！

38 "西游记"亦是"稀有计"

如来佛办不成的事，观音菩萨可以办成。

如来要抢道派的地盘，道派不可能不管。但在观音的运作下，先将大唐国的皇帝变成"善信"，使皇帝迫切需要这些经，用皇帝命令唐僧去取经，取经的性质就变成"奉大唐皇帝之命"了，而不再是"如来要抢地盘"了，合理合法了，这一招实在是高。

西天这一路上的各路妖怪，都不同程度地阻碍了唐僧取经，要想解决这个困难，我们以常理推之，方法无外乎有以下三种：

1. 最简单、最高效的方法是："回避。"比如绕道走，或者是化装后再走，总之，不要让妖怪发现、盯上，才是最好的办法。

2. 万一被妖怪发现了，或是抓住了，还可以"谈判"。比如说，这是如来、观音的弟子，你们不能吃他。又比如说，我和天上的某某神仙有交情，给个面子。只要谈判得好，说不定妖怪就把唐僧放了。

3. 如果谈判失败，万不得已时，才用武力来解决。

总之，"回避"要比"谈判"容易得多，"谈判"又比"厮杀"要容易得多。因为厮杀赌命，在什么时候都是风险最大的做法。

可是，我们发现取经队伍只采用最笨、最难、风险最大的方法，除了厮杀，还是厮杀，根本不用最简单的方法。难道神仙比凡人傻吗？

为什么会是这样呢？其中的玄机就是：观音菩萨要借机扩大自己的势

力范围，消灭其他所有的敌对势力！

只有从"消灭妖怪"的角度来看，取经队伍的这种行为才是最高效率的！否则就无法解释那么笨拙的运行方式了。

你看，每次遇到妖怪，唐僧从来不回避，总是坐在最显眼处任妖怪抓去！你再看，孙悟空从来不和妖怪谈判，张口"打为肉酱"，闭口"夷为平地"，上去就是乱打，不出人命不罢休。

为什么？因为回避、谈判，只会减少消灭妖怪的数量与质量。所以，不回避、不谈判，才是真正最简单、最高效（消灭妖怪）的方法！

最终的受益者是观音菩萨，若没收益，她又怎肯那么卖力呢？

可并不是所有的妖怪都与她作对，妖怪们要吃人很简单，并不会稀罕一个过路的和尚，有许多妖怪都不想惹这个事。为了能消灭他们，观音菩萨就用吃了可以长生不老的金蝉子作诱饵，引妖出洞！

吃金蝉子是妖怪们唯一的一次长生不老的机会，所以妖怪们才会舍得押上性命去赌、去拼，这样才能把他们一网打尽！

天庭系的妖怪并不稀罕金蝉子（唐僧）的肉，再说他们与唐僧也没有利害冲突，怎么办呢？观音菩萨放出那只天庭认为罪该万死的猴子，让他们来诛杀！猴子必然要与他们殊死搏斗，最后将他们斩尽杀绝！

佛派自己内部的妖怪绝对不敢吃唐僧肉，观音菩萨通过利用孙悟空来打击排挤其他的派系，以扩大自己的影响。

这三股势力的妖怪，按观音菩萨的指示:一律消灭！

这才是为什么要他们徒步而行的真正原因，否则的话，就叫孙悟空直接飞到西天把经取过来不就得了！如果是飞过去的话，那么，观音就得不到那些地盘了。

所以，取经就成了一个幌子，并且规定他们只能慢慢走，其真实目的就是要消灭各路妖怪！因为唐僧每一次都是被当做一个"饵"放出去的，紧接着，就是妖怪们倒了大霉！

在这件事中，观音菩萨与悟空、八戒、沙僧结算的方式是：打死妖怪的质量与数量！他们把这称之为"功果"！

注意：这个"功果"完全不同于佛经中的"功果"，佛经中的"功果"多是以修行、渡人、劝善等为判定标准的，而西游记中的"功果"则是以打死妖怪的质量与数量为判定标准的！

衡量你的功劳大小，全凭你会不会打，会不会杀！所以孙悟空才会对打杀妖精异常兴奋，甚至每到一处，还要向人打听哪里有妖怪，他好有生意做，打得越多，功劳越大，多劳多得嘛！

观音菩萨极善于用人，她安排的这个取经班子是很好的组合了：

1. 唐僧在妖怪眼里是稀有资源，而在观音菩萨的眼里，仅仅只是一个运作的棋子而已。是当做一个"饵"去钓妖怪的。

2. 为唐僧选保镖，选中了猪八戒、沙和尚，这两个原来都是玉皇大帝的人，有很明显的卧底嫌疑，观音菩萨既然敢用，就说明这两个家伙是好对付的，料他们也翻不起什么大浪。

把对手方的两个人收编了，是完全符合"把自己的势力范围进一步渗透、扩张、推进"这个大原则、大方针的。而选用佛派其他的妖怪就违背了这个大方针，反而因小失大了。

所以，猪八戒、沙和尚两个看起来好像没用，其实是从大局着眼的。

3. 所有的反对势力都必须一一消灭，只有这样，才能真正扩张自己的势力范围！所以这件事就必须安排一个非常喜欢惹是生非的金牌打手去做，于是，孙悟空就成了最佳人选！再没有比他还喜欢惹事的人了。

孙悟空最爱干这种事，三天不打人，手就发痒。

若换一个人，假设比孙悟空还厉害，法力虽然很大，但不喜欢惹是生非，而是采用拉关系、套交情的手段，使妖怪们放行，那么，唐僧是走过去了，但观音菩萨的势力范围却并没有扩大。

这，绝对不行！

取经队伍，似拙实巧。各位，看西游记，不要只作"记"看，要作"计"看，不要只作西游记看，要作"稀有计"看。

39 第一个不愿为难唐僧的妖怪

唐僧赶走了孙悟空之后，由谁担任开路的工作呢？猪八戒。由谁担任化斋的工作呢？还是猪八戒。总之，孙悟空的工作都落到了猪八戒头上。

唐僧道："八戒，我这一日其实饥了，哪里寻些斋饭我吃？"八戒道："师父请下马，在此等老猪去寻。"唐僧问："哪里去？"八戒道："莫管，我这一去，钻冰取火寻斋至，压雪求油化饭来。"

八戒比悟空会说话。但会说话并不等于会办事。

那呆子虽走得辛苦，却化不到斋饭，寻思道："我若就回去，对老和尚说没处化斋，他也不信我走了这许多路。须是再多幌个时辰，才好去回话。也罢，也罢，且往这草科里睡睡。"呆子就把头拱在草里，只管睡起。

唐僧一等也不来，两等也不来，饿得发慌，天又黑了，便叫沙僧去寻八戒。沙僧离开后，唐僧独自一人坐不住，就到处转，忽看见一座宝塔，金顶放光。他就走了过去，结果被黄袍怪逮住了！

黄袍怪是一匹大灰狼，修炼得道，成了精，并且混得很不错，在天庭担任二十八宿奎星之职，正果啊，有编的咧，因此，准确地说，黄袍怪并不是妖精，而是一个神仙。

有编的，本事再小也是神仙，没有编的，本事再大也还是妖怪。换言之，合法的妖怪即是神仙，不合法的神仙即是妖怪。如果不按这个标准来衡量，你根本就区别不了！

那么，从逻辑上讲，成为神仙的必经之路就是：

1. 人或动物在最初的时候，要有"缘"得到高层神仙的点化。如孙悟空拜菩提祖师学艺，老鼠精偷听如来佛讲课等等。没有"缘"，就没有成仙的半点可能性。

2. 有缘还不行，还得自己刻苦修行，通过苦修可以获得一定的法术，升级为"妖"。成为妖的人，被称为妖道、妖僧、妖仙、妖人等等，成为妖的动物们则被称为妖怪、妖精，多数是漂亮的叫妖精，丑的叫妖怪，不等。

3. 成了妖之后，本事虽然有了，但还没有地位，就得想办法挤进主流圈子，混个正果，弄个编制，才能成为真正的"神仙"。

这一步说难也难，说易也易，上面有大神仙罩着，给你安排个编，举手之劳，你就一步登天了，如果没有关系，那你就得不停地混啊、拍啊、送啊，或许还有一线希望。

因此，成为神仙的过程就是：人或动物通过"修炼"先成为妖精，再从妖精通过"混"成为神仙。

黄袍怪一定是从大灰狼升级到妖精，再从妖精升级到神仙的，也一定是从地上混到天上去的。

那么，他所在的碗子山这个地盘，就是他的老巢，就是他的家，就是他控制的势力范围！这和孙悟空是一样的，孙悟空在天上任职的时候，下面还有个花果山是他的老巢。

黄袍怪在天上任二十八宿奎星一职，二十八宿分东南西北四个区，奎星在正西方，而且是西方白虎星区的总头目，是个领导，所以他就有条件迟到、早退或是根本就不用上班。

天上每三天打一次考勤，他已经连续十三天没上班报到了，考勤还是照打，也没有哪个检举他。

天上的白虎星区位于西方，奎星对应的位置正是他的地盘碗子山，这是通往西天的必经方向，唐僧取经要从他的家门口走，他就有条件捕获住唐僧。

现在，他已经捕获住唐僧了。准确地说，是唐僧自己送上门来的。一个小妖报道："大王，外面是个和尚哩，团头大面，两耳垂肩，嫩刮刮的一身肉，细娇娇的一张皮，且是好个和尚！"

黄袍怪就问："你是哪里和尚？从哪里来？到哪里去？快快说明！"三藏就如实地说：我是奉大唐皇帝敕命，往西方取经的僧人。黄袍怪就呵呵大笑道："果然是你。正要吃你哩，却来的甚好，甚好！"

显然，他是知道唐僧肉的价值的，不过他不稀罕，因为他是天上的神仙，可以吃蟠桃，所以他不会像别的妖怪一样把唐僧肉当稀有资源，对于他来说，唐僧肉可吃可不吃，若吃也仅仅只当一顿饭吃。

那怪道："我要吃人，哪里不捞几个吃吃？这个把和尚，到得那里，放他去罢。"所以，最后他还是把唐僧放了。

唐僧到了宝象国，按说，黄袍怪这一关就已经过了，但是猪八戒、沙和尚两个硬是要没事找事，再跑转去打黄袍怪。因为唐僧虽然过去了，但是他们的"功果"还没有到手。

黄袍怪来到宝象国，对国王说唐僧是一只老虎精，并把唐僧变成一只虎，用铁绳锁了，关在铁笼子里。

黄袍怪这个神仙是吃人的，晚上喝酒的时候，把一个弹琵琶的女子，抓过来把头咬一口。自斟自酌，喝一盏，扳过人来，血淋淋地啃上两口。

既然他是喜欢吃人的，为什么他不吃唐僧？他有两次机会都没吃啊，可见他并不想吃唐僧，既然他不想吃唐僧，干吗还要赶来宝象国把唐僧变成一只虎呢？

这就只有一种解释：他的上级安排他除掉唐僧，而他既不敢违抗上头的意思，又不敢与观音菩萨结仇，怎么办呢？所以，他就只好假借宝象国国王之手打死唐僧！这样，才能两边都不得罪。

40 太上老君与观音菩萨的隐秘暗战

过了黄袍怪的碗子山，便是金角大王、银角大王的地盘：平顶山。

金角大王、银角大王是太上老君家里烧火的两个童子，仅仅只是老君私人的仆役，并不在天庭任职，因此，他们不是正果。不过，跟老君混的，要想成为神仙也容易，就看他们是否舍得为老君卖命。

这两个家伙和别的妖怪不同，他们居然是拿着唐僧师徒四个人的画像来捉的！银角大王先抓了猪八戒、唐僧与沙僧，金角大王每一次都说他抓错了！那么，我们有理由怀疑，金角大王的真正目的，就是冲着孙悟空来的！

天庭最先安排猪八戒干掉孙悟空，猪八戒不仅没有，反而还加入了取经队伍。所以，这次太上老君亲自出马，务必要致孙悟空于死地！

你们不要以为我在瞎说，这是有充分证据的！上一回黄袍怪事件是怎么收场的，各位知道么？

黄袍怪连续旷工十三天，孙悟空跑到天庭去闹，玉皇大帝对黄袍怪的处分简直太离谱了，居然是贬他去兜率宫与太上老君烧火，带俸差操，有功复职。

把黄袍怪贬到太上老君处，其实就是去向老君汇报情况！正因为有黄袍怪汇报的情况，金角大王才会有唐僧师徒四人的画像！

黄袍怪贬到老君处是去烧火的，为什么要他去烧火？因为太上老君要把他烧火的两个人安排下去干掉孙悟空！明白过来了没有？

为什么不安排别人，偏要安排这两个童子下来呢？因为平顶山是这两个童子的老巢！他们手下有三百多小妖，外面不远处还有个老妈，她也有不少大小妖怪，还有个舅爷，他也有几百妖兵，所有这些证明：这是一群比较庞大的有血缘关系的家族势力！

平顶山是唐僧西去的必经之路，正因为此地是金角大王、银角大王的势力范围，所以太上老君才会安排他们下来！那么，他们下来之后，谁帮老君烧火呢？就让黄袍怪暂时去帮太上老君烧火。

这一步棋真是妙啊，各位，看西游记，不要像电视上那样当系列片去看，它实际上是连续的，前后都是有密切关系的！它是一计不成又生一计的结果！

你莫看太上老君、观音菩萨那些大神仙们表面上关系好得很，其背后的斗争甚为残忍，他们笑谈几句话，足以让下面的人押上性命去殊死搏斗，去血腥屠杀！

太上老君与观音菩萨在这一回合中角逐的目标是：孙悟空。

在战斗的布局阶段，老君让金角、银角带着他的家当紫金葫芦、玉净瓶、幌金绳、七星宝剑、芭蕉扇五件法宝来的，两个家伙不可能像搬家一样一次性偷走，绝对是老君给他们的！

而观音菩萨也在同一时刻暗中运作，她派日值功曹预先通知孙悟空：要小心了！你还不曾撞见这等狠毒的妖怪，那妖怪随身有五件宝贝，神通极广大。

战斗一开始，银角大王变个道士让孙悟空背，孙悟空正算计要把他掼入山崖摔死，那妖怪就使个移山倒海的法术，念动真言，遣来须弥、峨眉、泰山三座大山压住行者。那大圣力软筋麻，只压得三尸神咋，七窍喷红。

这一次，孙悟空已经到了死亡的边沿，并且已经哭了，幸好金头揭谛（观音菩萨派来的）让山神把山移走了，悟空才得以死里逃生。

后来，孙悟空被吸到葫芦里，即使不死，也休想出来，他又使了个计逃跑了。一天经历了两次生死大关，是非常罕见的，不是想要他的命，又是为了什么？

在战斗的中局阶段，孙悟空极其顽强，一次又一次的挑战、被捉、逃命、反扑，最后，孙悟空赢了，五件法宝也都被他收缴了！

这是一场你死我活的战斗！孙悟空有两次差点死掉，以致他疯狂反扑，把金角大王、银角大王两个妖怪都干死了！把数百个小妖全部都打死了！把妖怪的亲戚们也全部都斩尽杀绝了！

猴子果然神通广大，观音菩萨也不需要出面了，一定躲着在笑呢，而太上老君则是亲临现场，目睹了这一切！惨败啊！那两个不争气的童子太让他失望了。

当战斗结束之后，太上老君就反悔了，不甘心宝贝就这样被人拿走，所以他跳出来猛地走上前扯住三藏马，道："和尚哪里去？还我宝贝来！"

大圣起到空中道："什么宝贝？"

老君道："葫芦是我盛丹的，净瓶是我盛水的，宝剑是我炼魔的，扇子是我扇火的，绳子是我一根勒袍的带。那两个怪，一个是我看金炉的童子，一个是我看银炉的童子。只因他偷了我的宝贝，走下界来，正无觅处，却是你今拿住，得了功绩。"

老君说得倒轻巧，童子偷了你的宝贝，你会寻不到？哦，你寻不到，恰巧这个时候，你就忽然又寻到了？这也太没水平了吧，若不是要拿走他的宝贝，他还不会出来！

孙悟空还不明就里地说："你这老官儿，着实无礼，纵放家属为邪，该问个铃束不严的罪名。"

这老官儿实在是大大的狡猾！大大的阴险！你猜太上老君是怎么说的？老君道："不干我事，不可错怪了人。此乃海上菩萨问我借了三次，送他在此托化妖魔，看你师徒可有真心往西去也。"

姜还是老的辣！他居然说这是你的领导故意叫我在此考验你的！量

你也不敢去找你的领导对质！他也不怕穿帮露馅，反正他说的只是"海上菩萨"，没有说是哪个菩萨，也没说是哪个海上的菩萨，更没有说是观音菩萨！

孙悟空听了，大骂道：这菩萨咋的就那么坏！把老孙害毒了！教保唐僧西天取经，我说路途艰涩难行，她曾许我到急难处亲来相救，如今却反使妖精来害死老孙，又骂道："该她一世无夫！"就是活该她一辈子找不到男人！

41 拿神仙当佣人的妖怪：红孩儿之谜

如来佛给了观音金、紧、禁三个圈圈，禁箍儿套的是黑熊精，紧箍儿套的是孙悟空，最舍不得用的那个金箍儿套的是红孩儿。因此，在观音菩萨眼里，红孩儿是个比孙悟空更为神通广大的妖魔。

怎么神通广大呢？我们从以下4个方面来研究：

1. 法力

红孩儿究竟有多厉害呢？和悟空交过手，武艺其实平平，也没有什么法宝，但是他会吐火，那火是三昧真火，乃道家不传之秘。这就说明红孩儿是个有法力的妖怪，比孙悟空至少要高一个层次。

西游记中有法力的妖怪，就那么有数的几个。既然红孩儿能使三昧真火，那么，传授他三昧真火的人，肯定也是非同一般。

试想：如果孙悟空不请观音菩萨，或其他人来助战，将如何胜之？没有办法的。

孙悟空胜不了红孩儿的三昧真火，捻着避火诀是可以不怕火烧的。但红孩儿不仅会吐火，还会吐烟，一口烟喷出，孙悟空就受不住了。书中写道："那妖见他来到，将一口烟，劈脸喷来……原来这大圣不怕火，只怕烟。"

当年大闹天宫，孙悟空被老君放在八卦炉中炼过，熏坏了眼睛，故至今只是怕烟。那妖又喷一口，行者当不得，纵云头走了。

按说知道孙悟空怕烟的人应该是太上老君，那红孩儿又是怎么知道的呢？这一点就比较奇怪了。

2. 家世

红孩儿号称圣婴大王，按原著只是个婴儿，但他的实际年龄却是三百岁。我们来看红孩儿的长相：

面如傅粉三分白，唇若涂朱一表才。

鬓挽青云欺靛染，眉分新月似刀裁。

战裙巧绣盘龙凤，形比哪吒更富胎。

双手绰枪威凛冽，祥光护体出门来。

红孩儿是牛魔王与铁扇公主的儿子，按说，应该有一部分牛精的模样，可红孩儿没有。他长得非常漂亮，比哪吒还好看，比哪吒还有富贵相！

另外，牛魔王与铁扇公主都不会吐火，红孩儿却会吐火，并且吐火是他的专长，这一点也比较奇怪。

孙悟空和他攀亲时说，我和你父亲牛魔王是兄弟。红孩儿举枪就刺：泼猴头！我与你有甚亲情？哪个是你贤侄？你是哪里人，我是哪里人，怎么得与我父亲做兄弟？

红孩儿既不相信，也瞧不起牛魔王的兄弟。

3. 势力

我们再来看看红孩儿的势力有多大，这可以和金角、银角做个对比：

《西游记》第三十三回中讲：金角、银角神通广大，法术高强，念动真言咒语，拘唤土地在他洞里，一日一个轮流当值。

行者听见当值二字，却也心惊，高声大叫道：苍天，苍天！我也曾遍访明师，传授长生秘诀。想我那随风变化，伏虎降龙，大闹天宫，名称大圣，更不曾把山神、土地欺心使唤。今日这个妖魔无状，怎敢把山神、土地唤为奴仆，替他轮流当值？天啊！既生老孙，怎么又生此辈？

孙悟空不能，那是很正常的。因为山神、土地是天庭的基层干部，而金角、银角则是太上老君的童子，他们当然就有办法将山神、土地唤为奴仆驱使。

《西游记》第四十回中讲了红孩儿的势力：

孙悟空唤当地的山神土地来见，一下子就来了六十个！三十名山神，三十名土地，把猴子吓了一跳："怎么就有许多山神土地？"

众神叩头道：这山上只有一个妖精，弄得我们少香没纸，血食全无，一个个衣不充身，食不充口，那魔王神通广大，常常把我们山神土地拿了去，烧火顶门，黑夜与他提铃喝号。小妖儿又讨什么常例钱。正是没钱与他，只得捉几个山獐野鹿，早晚间打点群精；若是没物相送，就要来拆庙宇，剥衣裳，搅得我等不得安生！

可见，红孩儿管辖的地盘是相当大的！天庭设在这里的基层干部，全部都被他当佣人在使唤！

孙悟空没有这个能耐，就是红孩儿的父亲牛魔王也没有这个能耐！红孩儿咋就有这么大的能耐？这可比他的父亲牛魔王还要牛！

因此，凭这一点可以肯定地说，红孩儿这个野势力妖怪，其实是属于天庭系的！他要是在天庭没人，又怎能使唤下面的基层干部呢？

前面的金角、银角，我们已经知道了是仗的太上老君的面子。那么，这红孩儿又仗的是谁的面子呢？

4. 结局

红孩儿不仅差点把孙猴子挂了，而且就是观音他也不怕，他居然敢变成观音的模样去骗猪八戒，即使观音菩萨亲自来了，他还敢朝观音菩萨刺几枪。

红孩儿这个妖怪非常嚣张，谁也不服。当孙悟空请来观音菩萨时，红孩儿说："泼猴头，错认了我也！你把我圣婴当做什么人？又去请个什么脓包菩萨来。"

可见，在红孩儿的眼里，就是观音本人，也只是个"脓包菩萨"，算不得厉害人物。

可无论怎样，红孩儿的法力绝对不会比观音大，红孩儿的势力范围也绝对不会比观音大，但他根本就不把观音菩萨放在眼里，这就引出一个疑

煮酒探西游

问: 红孩儿究竟是仗的什么人的势力, 胆敢如此嚣张狂妄?

最后菩萨使计用金箍儿套住了红孩儿, 处理方式也是很奇怪的。不是贬, 而是升, 居然是封红孩儿做了善财童子, 直接从妖怪成为一个有正规编制的神仙。

这想吃唐僧肉的, 身无寸功, 反倒先成了正果。而那保护唐僧的, 依然还在前线继续卖命。这究竟是怎么回事呢?

42 佛与道的较量：车迟国斗法

话说唐僧取经路过车迟国，这个国家很大，很富裕，只是国王敬道灭僧。孙悟空依惯例前去打探，一是探路，二是探有没有妖怪，他好立功果。

这里的道士说，国王好道爱贤。而和尚却说，国王偏心无道。

国王怎么无道？偏心。只喜欢道士，不喜欢和尚。

车迟国原先是信佛的国家。二十年前，一场干旱，国王拜天求雨，僧人在一边拜佛，道士在一边告斗，都请朝廷的粮饷。谁知那和尚不中用，空念空经，不能济事。

后来三位国师一到，唤雨呼风，拔济了万民涂炭，却才发恼了朝廷，说那和尚无用，拆了他的山门，毁了他的佛像，追了他的度牒，不放他回乡，赏赐给道士们当奴仆小厮使唤。

并且，"各府州县乡村店集之方，都有一张和尚图，上面是御笔亲题。若有官职的，拿得一个和尚，高升三级；无官职的，拿得一个和尚，就赏白银五十两"。

和尚悲惨的原因：是他们求不来雨，空念经，空吃朝廷粮饷。

道士得志的原因：是他们的三个师父能呼风唤雨，拔济万民。

孙悟空听说他们的师父能呼风唤雨，估计就是妖怪，于是，动了心思，想拿他们立功果。

这三个国师乃是虎力、鹿力、羊力大仙。他们虽有些小法术，但还不是正果，应该算作妖怪。不过，他的"五雷法"却是个真的。

这"五雷法"有什么用处？

原文一：天君道："那道士五雷法是个真的。他发了文书，烧了文檄，惊动玉帝，玉帝掷下旨意，径至九天应元雷声普化天尊府下。我等奉旨前来，助雷电下雨。"

原文二：原来那些土地神氏因他有五雷法，也服他使唤。

从这两点可以看出，道士发的公文是真的，既能求得雨来，又能使唤土地。那么，这三个家伙就绝对是天庭系的妖怪。

虽然他们没有正式编制，但依然可以发布一些正式公文，并且一报上去，玉帝就批。看样子，他们还只是待在基层锻炼的"实习神仙"，已经上岗执行公务二十年了，只是还没转正。

因此，准确地说，三个国师还处于"半妖半仙"的状态。能不能最终成为有编的正式神仙，就要看他们在试用期的表现如何。

凭良心说，他们表现得较好，弄得车迟国二十年风调雨顺。并且，他们也不是作恶多端之辈。最重要的是：他们不是要吃唐僧肉的妖怪。也没看到车迟国有吃人的记录。

他们仅仅只是对本地和尚不太友好，究其原因，还是怪那些和尚自己没本事，竞争不过道士。

这国师是二十年前来的，按说，不至于和取经队伍发生冲突，那么，这场冲突又是怎么发生的呢？

起先，孙悟空打死了两个小道士，晚上又伙同八戒、沙僧去三清观，毁了圣像，偷吃供品，还把尿给国师们喝。

孙悟空让三位国师喝了他们的尿之后说："我弄个手段，索性留个名罢。"大叫道："吾将真姓，说与你知。大唐僧众，奉旨来西……蒙你叩拜，何以答之？哪里是什么圣水，你们吃的都是我一溺之尿！"

那道士闻得此言，拦住门，一齐动叉钯扫帚瓦块石头，没头没脸往里面乱打。

孙悟空把圣像毁了，供品也偷吃了，尿也给他们喝了。为什么还要说出"大唐僧众"的真实姓名来？这不是没事找事吗？

因此，这一次的佛道交锋，是孙悟空主动挑起来的，不像前三次，是道派先惹的他们。

孙悟空为什么要没事找事呢？为了功果。我们来看前三次：

1. 黄袍怪，玉帝包庇了，孙悟空没捞到功果。

2. 金银童子，送了老君人情，孙悟空又没捞到功果。

3. 红孩儿，观音菩萨弄去了，孙悟空还是没有捞到功果。

他已经空费了三趟力！花那么大劲，业绩就是上不去！你说咋办？现在好不容易碰到几个道行浅的，他能就这样轻易放过吗？

于是，在孙悟空的循循诱导下，双方开始斗法。

比求雨，比静坐，比猜物，逐次升级，越赌越大，一直赌到砍头、剖腹、下油锅的时候，双方都把性命押上了，孙悟空才哈哈大笑道："造化，造化！买卖上门了！"

这买卖，就是功果。

这一次，三个国师死在孙悟空手里，孙悟空连得了三个功果。羡慕得猪八戒咬着指头对沙僧道："我们也错看了这猴子了！"

或许有的朋友会问，为什么这一次没有天上的大神仙来救这三个妖怪呢？这一回妙就妙在孙悟空并没有"降妖捉怪"，而是在和他们"赌博"，既然是赌嘛，技不如人，愿赌服输！

三个国师都死了，那国王就倚着龙床大哭，泪如泉涌，只哭到天晚不住。

哭什么呢？没人给他求雨了，也没人给他祈福了。这个损失大呀！还要按孙悟空的，再出榜招僧，招这些和尚来做什么？吃白饭啊，这些和尚又不会求雨。

孙悟空呢？他才不管你咧，功果一到手，下一步是什么？马上开路。

行者高呼道：“他本是成精的山兽，同心到此害你，因见气数还旺，不敢下手。若再过两年，你气数衰败，他就害了你性命，把你江山一股儿尽属他了。幸我等早来，除妖邪救了你命，你还哭甚？哭甚！急打发关文，送我出去。”

43 呆子猪八戒难道真的很呆吗

三打白骨精，猪八戒三句话就把猴子赶滚蛋了，黄袍怪一回，猪八戒又三句话就把猴子喊转来了。

孙悟空老是嘲笑猪八戒是呆子，可从这个角度看，猴子居然是被呆子牵着鼻子耍了又耍。

《西游记》第三十回，孙悟空被赶走后，黄袍怪把唐僧变成了一只虎。那小白龙心想："我今若不救唐僧，这功果休矣，休矣！"但他打不过黄袍怪，还负了伤，于是，小龙叫八戒再请孙悟空回来。

猪八戒存在两个选择：请人，或是不请人。

如果猪八戒选择"请人"，就说明他还是有继续取经的念头。如果猪八戒选择"不请人"，就说明他已经存了心要使取经班子散伙。

如果选择"请人"，又存在至少以下两个选择：请观音菩萨，或是请孙悟空。

如果请观音菩萨，说明猪八戒还是想去取经，只是不愿有孙悟空参与。如果请孙悟空，说明猪八戒既想去取经，也想有孙悟空参与。

事实上，猪八戒选择的是请人，并且请的人又是孙悟空。那么，既然如此，他当初又何必要把孙悟空赶滚蛋呢？

猪八戒对小白龙说："前者在白虎岭上，打杀了那白骨夫人，他怪我撺掇师父念《紧箍儿咒》。我也只当耍子，不想那老和尚当真的念起来，就把他赶逐回去，他不知怎么样的恼我。"

可见，真正要赶走孙悟空的人是唐僧，猪八戒不过只是一种幸灾乐祸的正常反应罢了。那么，赶走了孙悟空，对猪八戒有没有好处呢？还是有的。

他们保唐僧，都是以打妖怪算功果的，你得的多，就意味着我得的少，反之亦然。这就构成了竞争关系。因此，在猪八戒的眼里，孙悟空就是个最强有力的竞争对手。

对待竞争对手的第一选择，是斗争，也即排斥、打压等等手段。通过排挤掉竞争对手，猪八戒就可以获得最大的竞争优势。

猪八戒的武艺比孙悟空差不了多少，当然就会想：你能打妖怪，我老猪也一样的能！你若不在了，功果就都是我的！

第二十九回，宝象国，八戒对国王说："我乃是天蓬元帅，只因罪犯天条，堕落下世，幸今皈正为僧。自从东土来此，第一会降妖的是我。"

老猪自认为，自从东土来此，第一会降妖的是他。

就是唐僧，也认为他行。第二十七回，唐僧赶孙悟空走，悟空说："我去我去！去便去了，只是你手下无人。"唐僧发怒道："看起来，只你是人，那悟能、悟净就不是人？"

可见，唐僧也认为猪八戒、沙和尚还是有手段的。

但后面的事实证明了：猪八戒他捉不了妖怪！不仅如此，孙悟空的各项工作也都转嫁到了猪八戒的头上，又要开路，又要挑担，又要化斋，又要降妖，这就给猪八戒带来了极大的负担。

猪八戒化不到斋时就怀念猴子："当年行者在日，老和尚要的就有。今日轮到我的身上，诚所谓当家才知柴米价。"

于是，猪八戒又把孙悟空激回来了。从这个时候起，猪八戒改变了策略，放弃斗争，采用合作。

斗不过竞争对手，就退而求其次，通过合作，使自己的收益能够增加，也不失为明智之举。孙悟空得大头，猪八戒得小头。若不这样，猪八戒将一无所得。

于是，猪八戒就开始偷懒了，再也不卖力了，专门瞅空子抢孙悟空的胜利果实，这其实是一种成本支付最低、利益获得最大的好点子。

当孙悟空十分卖力地打妖怪时，猪八戒就守在哪儿等着，节约消耗，当孙悟空将要取胜时，他就冲上去抢功。

这就存在白抢一个大功劳的好机会。如果孙悟空有功劳，则猪八戒一般都会分到小份额的功劳，并且孙悟空最费力，猪八戒不费力。若孙悟空没有功，则大家都没有功，孙悟空白费力，猪八戒则没费力。

《西游记》第四十一回，孙悟空初次与红孩儿交手，猪八戒就一直在旁边看，发觉红孩儿的武艺其实不行，就决定出手抢功了。

八戒暗想道："不好啊，行者溜撒，一时间丢个破绽，哄那妖魔钻进来，一铁棒打倒，就没了我的功劳。"你看他抖擞精神，举着九齿钯，在空里，望妖精劈头就筑。

结果，红孩儿吐火了，猪八戒又第一时间逃走。

这应该是最早的智猪博弈了，紧盯着强者，搭顺风车。猪八戒一直采用这个策略，直到他最终修成正果。

猪八戒很呆吗？这呆子其实相当狡猾的，仅仅就因为他长得呆，所以很不容易被识破。以至于大家都误以为猪八戒的实力和孙悟空相差太远。

猪八戒以前是在天庭混过的，当然知道道派的实力。在他看到孙悟空一个人就能战胜金角银角，并且夺得老君的五件宝贝时，就知道佛派的厉害了，从此，就是太上老君，他也再不放在眼里了。

第四十四回，到三清观偷吃供品，看看这呆子是怎样对待道派的元始天尊、灵宝道君、太上老君这三尊圣像的：

猪八戒爬上高台，将原象都推倒，把老君一嘴拱下去道："老官儿，你也坐得彀了，让我老猪坐坐。"八戒自己变做太上老君，坐在上面。

完了没有？还没完，再看：

这呆子有些夯力量，跳下来，把三个圣像拿在肩膊上，扛将出来。到那厢，用脚蹬开门看时，原来是个大东厕，笑道："这个弼马温着然会弄嘴弄舌！把个毛坑也与他起个道号，叫做什么五谷轮回之所！"那呆子扛在肩上且不丢了去，口里咽咽哝哝的祷道：

"三清三清，我说你听：远方到此，惯灭妖精，欲享供养，无处安宁。借你坐位，略略少停。你等坐久，也且暂下毛坑。你平日家受用无穷，做个清净道士；今日里不免享些秽物，也做个受臭气的天尊！"

说罢，就望茅坑里一掼，溅了半身臭水。

猪八戒再也莫想回天庭去了。当然，菩萨们自会私下讨论的：呵呵，猪八戒这个人可以！

44 西游记中最厉害的法宝是什么

话说唐僧师徒路过金兜山，山前有个金兜洞，猪八戒看见没人，便贪心拿了人家三件纳锦背心，结果被那洞主独角兕大王给逮住了。

兕大王的来头不小！他是太上老君的坐骑青牛精，既然是独角的，又叫兕，又是青色的，所以估计它应该是犀牛的一种。

兕大王抓唐僧，是有充足的理由的，因为他抓的是偷他衣服的贼，人赃俱获，赖都赖不脱的。

孙悟空寻上门来了，高叫道："那小妖，快教他送我师父出来，免教你等丧了性命！"兕大王出来了，孙悟空道："你孙外公在这里也！快早还我师父，两无毁伤！若道半个不字，我教你死无葬身之地！"

你看！孙悟空一来，不分青红皂白，就和人家讲狠，这是绝对行不通的，拿了人家的衣服，已经是很理亏的了，怎么说也得先跟人家赔礼道歉或解释误会才对，可他没有，不但没有，反而还威胁、恐吓要打死人家！那就更是他的不对了。

大家看《西游记》，应该客观公正地去看待每一个人、每一件事，不要因为他是孙悟空，是主角，那他的所作所为就都是对的，这种想法是极其有害的。平心而论，在这件事上，孙悟空企图恃强欺人，就显得很混账！

岂知那兕大王也不是个好惹的，有一身好武艺，却不曾试过，听说是孙悟空，反而是满心喜欢：正要他来哩！

那妖魔喝道："你有些什么手段，敢出这般大言！你师父偷盗我的衣服，见有赃证，故此我才拿他。你今果有手段，即与我比试，假若三合敌得我，饶了你师之命；如敌不过我，教你一路归阴！"

看样子，这个妖怪并不是想吃唐僧肉，而是要和孙悟空比试比试。

两个就打起来了。结果，人家拿出个圈圈幌了幌，就把他的金箍棒给抢走了。

孙悟空到天上去查妖怪的踪迹，说要问玉帝个钤束不严。许真人笑道："这猴头还是如此放刁！"孙悟空马上就放精明了，道："不是放刁，我老孙一生是这口儿紧些，才寻的着个头儿。"这个意思就是：我的口很紧，我什么也不会对如来佛说的，你们就帮帮忙吧。

经查，天庭并无思凡下界者。玉帝宽恩，着悟空挑选天将去帮忙擒捉妖怪。

悟空请来托塔李天王与哪吒，又点两个雷公使用。到了金兜山，哪吒变作三头六臂，兕大王也变作三头六臂。哪吒又将砍妖剑、斩妖刀、缚妖索、降魔杵、绣球、火轮儿六般兵器一变十，十变百，百变千，千变万，如骤雨冰雹，纷纷密密，望妖魔打去。

兕大王公然不惧，取出白森森的圈子，望空抛起，叫声："着！"把哪吒的六般兵器全部都没收了。

悟空又请火德星君来此放火，那妖魔把这放火的火龙火马、火鸦火鼠、火枪火刀、火弓火箭，一圈子又套去了。

悟空又请水德星君灌水，那妖魔见水来，取出圈子，撑住二门。水都流到外面去了。

孙悟空见事不谐，将毫毛拔下一把，变做三五十个小猴，一拥而上，兕大王急拿出圈子，把那三五十个小猴也收了，得胜贺喜而去。

孙悟空善偷，又分两次到洞里把所有兵器、毫毛都偷出来，但就是偷不了妖怪的那个圈儿。

最后，孙悟空使金箍棒迎战兕大王。哪吒太子、火德星君一起发狠，即将六件神兵、火器等望妖魔身上抛来。这边又天王举刀，雷公使屑，不分上下，一起拥来群殴。

那魔头巍巍冷笑，袖子中暗暗将宝贝取出，撒手抛起空中，叫声："着！"唿喇的一下，把六件神兵、火部等物、雷公屑、天王刀、金箍棒，尽情又都捞去，得胜而回。众神依然赤手空拳。

最后，孙悟空实在是没有办法了，只好去找如来佛。

如来佛听说了之后，即令十八尊罗汉开宝库取十八粒"金丹砂"与悟空助力。罗汉们放砂陷住了兕大王，兕大王急取圈子，叫声："着！"把罗汉们的十八粒金丹砂又尽套去了。

这一场，丝毫不亚于当年天兵天将围剿孙悟空，孙悟空可没有兕大王这么潇洒，把人家的兵器一股脑全部收走！

那个宝贝圈子实在太厉害了，来什么，收什么，几乎就没有他收不了的！也没什么能克制得了它！这个圈儿叫做"金刚琢"，就是道祖太上老君当年打孙悟空脑袋的那个圈子。

通过读《西游记》，我们明白一个道理：最牛的人，并不使用刀枪剑戟拳脚棍棒，最牛的人都是极善于使"圈儿"的人！

佛祖如来有圈儿，道祖老君有圈儿，这两大牛人都是使圈儿的！佛祖的圈儿专套脑壳，一念咒语，脑门皆裂，管教他入佛门来！道祖的圈儿专套兵器，凭你什么武器法宝，尽情地一股脑全部没收！

所以，这《西游记》中最厉害的法宝，就是圈子。

这一场故事起于西游记的正中间第五十回，孙悟空通过取经路上的磨炼，开始升级了，因为他也在学习怎样使圈儿了！

故事开头，孙悟空去化斋，转身欲行，却又回来道："师父，我知你没甚坐性，我与你个安身法儿。"即取金箍棒，在地下画了一道圈子，叫他们坐在圈内，不许出来。

孙悟空对唐僧道："老孙画的这圈，强似那铜墙铁壁，凭他什么虎豹狼虫，妖魔鬼怪，俱莫敢近。但只不许你们走出圈外，只在中间稳坐，保你无虞；但若出了圈儿，定遭毒手。千万千万！至嘱至嘱！"

这才是孙悟空第一次使圈儿，并不是电视上放的白骨精那一回。

那么，他画的这个圈儿，究竟有没有作用？有多大作用？因为没有验证，所以谁也不知道！但可以肯定的是：他在吹牛！因为他的金箍棒都会被人家没收，又何况金箍棒画的一道圈儿呢。

猪八戒根本就不相信他的鬼话：他将棍子划个圈儿，却叫我们坐牢！假如真有虎狼妖兽来时，如何挡得住？只好白白的送与他吃了。

说得唐僧也是半信半疑。

孙悟空画这个圈儿的真正用意是：唐僧没坐性，好乱跑，画个圈儿把他框定限制住，免得化斋回来还要到处去寻人吃饭。

至于他画的那个圈儿究竟有没有作用，已经不重要了，重要的是这是一个重大标志，标志着猴头已经开窍了，已经开始耍手段使圈儿了，他的圈儿已经初步具备"控制"特征的雏形了，他使的圈儿也能套住几个人了！

至少，那唐僧师父是被他套住了的！

这件事结束的时候，唐僧道："徒弟，万分亏你！言谢不尽！早知不出圈痕，哪有此杀身之害。"行者道："不瞒师父说，只因你不信我的圈子，却教你受别人的圈子。多少苦楚，可叹，可叹！"

三藏闻言，感激不尽道："贤徒，今番经此，下次定然听你吩咐。"

45 胆敢敲诈如来佛的人是谁

兕大王是太上老君的坐骑青牛精。他捉了唐僧，口口声声说要吃了唐僧，却一直不吃，那他究竟想干什么？

兕大王对孙悟空说，若三合敌不过我，教你一路归阴！也不知孙悟空败了几合，兕大王就是不打死猴头，那他又究竟想干什么？

孙悟空打不赢他，就到处请救兵。第一次，兕大王说："这猴子铁棒被我夺了，想是请得救兵来也。"第二次，兕大王说："你这泼猴，又请了什么兵来耶？"无论孙悟空请什么救兵，兕大王都没有意见，总想看看他请的是哪个。

可后来听说只孙悟空一人，没请什么兵时，兕大王就恼火了："你那三个和尚已被我洗净了，不久便要宰杀，你还不识起倒！去了罢！"

兕大王当然是不会吃唐僧的，因为他每次得胜回府，都要欢庆一番，吃的是蛇肉、鹿脯、熊掌、驼峰、山蔬果品、香喷喷的羊酪，大碗宽怀畅饮。酒宴已经吃了四五席了，也没有吃唐僧肉。

可见，他说"你那三个和尚不久便要宰杀"，就是在恐吓孙悟空：你不要绕来绕去了，我已经等得不耐烦了，快把你们最厉害的那个家伙找来说话！

孙悟空这次并没有请观音菩萨，为什么？因为他看出来了，观音菩萨也胜不了那个圈儿。那个圈子实在太厉害了，来什么，收什么，没什么能克制得了它！所以孙悟空就直接去找如来佛。

如来佛听说后，对行者道："那怪物我虽知之，但不可与你说。你这猴儿口敞，一传道是我说他，他就不与你斗，定要嚷上灵山，反遗祸于我也。"

那妖怪敢到灵山来闹事，连如来佛都怕他！为什么？因为他是太上老君故意放出来挑衅的！

最初，如来佛向所有神仙宣布："今欲立名，可作个安天大会。"是他如来佛祖"安"的天！如此有意拔高自己身价，就等于是狠狠扇了道祖一嘴巴！道祖心里能舒服吗？从此双方暗暗地较上了劲儿！

所以，这兕大王看起来是在对付唐僧、孙悟空，其实是冲着如来佛来的。

何况这件事，兕大王无错，是唐僧师徒理亏，偷了人家的衣服，还要打死人家，这走哪都是说不通的！

如来佛敢上去帮忙打么？要真打起来，道祖就要和佛祖斗法了，那佛道两派就要大火拼了！

有许多人都想知道究竟是如来佛厉害，还是太上老君厉害，请不要问这么严重的问题，今天我来告诉大家，两个都厉害，这两个人是不能斗法的，他们就像两个国家的总统一样，手里都是有超级法宝核武器的，一旦打起来，不管谁厉害，大家都得一起报销玩完！所以，你永远都不可能知道究竟是谁更厉害。

那么，如来佛究竟是怎么摆平这件事的呢？

他派十八尊罗汉开宝库取十八粒"金丹砂"与悟空助战，罗汉比菩萨还差，能打得赢兕大王么？如来佛为什么要派必败的人去呢？孙悟空也表示怀疑，如来佛骗他说："教罗汉放砂，陷住他，使他动不得身，拔不得脚，凭你揪打便了。"

事实上，金丹砂根本就陷不了兕大王，一交手，金丹砂也被兕大王收去了。其实，兕大王在没用圈的时候，金丹砂也没能陷住兕大王。

这个结果如来佛是知道的，所以，如来佛在事先特意秘密吩咐降龙、伏虎两位罗汉，那妖魔神通广大，如失了金丹砂，就教孙悟空去找太上老君，必可一鼓而擒也。

孙悟空知道后说："可恨，可恨！如来却也闪赚老孙！当时就该对我说了，却不免教汝等远涉！"

这里面就存在问题，如来佛为什么不直接叫孙悟空去找太上老君？而是要先失了金丹砂，再去找太上老君？如来佛早已给出了两种答案：

1. 直接叫孙悟空去找太上老君的后果是：那妖怪定要嚷上灵山跟如来佛拼命！

2. 失了金丹砂再去找太上老君的后果是：必可将那妖怪一鼓而擒获！

怪哉！两种决然相反的结果，居然取决于是否失了"金丹砂"！不失金丹砂有祸，只有失了金丹砂才能擒住妖怪。这究竟是咋回事？

我们再看，太上老君是怎么来的？老君装作一副很糊涂的样子，和悟空东扯西拉，直到听悟空说兕大王已将金丹砂抢去后才来的！

金丹砂究竟是什么？原著中有很详细的描述：

"此砂本是无情物，盖地遮天把怪拿。只为妖魔侵正道，阿罗奉法逞豪华。手中就有明珠现，等时刮得眼生花。"

那么，金丹砂不是刀兵，不是水火，乃是无情之物，可以遮天盖地，一亮出来，便能逞豪华，叫人眼生花。这是什么？这是钱啊！爹爹！世上除了钱之外，再没有更符合这些特征的了！

如来佛是非常有钱的，他的弟子下山，为别人念一遍经，最低收费为三斗三升米粒黄金。他还不满足，还要扩张。这下好了，被太上老君抓住了把柄，抓的可是偷衣贼哦，他把唐僧掐住不放，叫你取不成经，看你怎么办！

如来佛果然佛法无边，送钱！送钱！有钱能使鬼推磨，钱一打过去，魔王自然就走了。

如来佛是叫十八罗汉开"宝库"取的这十八粒"金丹砂"，我们知道，真正厉害的武器都是私人随身秘密携藏的，能够叫下人去开的柜子，一般装的都是公物，十八罗汉开的这个宝库，就应该是一个公共财物保险柜。

下砂的时候，"把头低了一低，足下就有三尺余深，须臾，又有二尺余深"。可见，这一粒"金丹砂"，就相当于一座金山，如来佛一次性就送了太上老君十八座金山。书上写得明明白白，这些罗汉是奉法旨来逞豪华的，不是来斗殴的。

如来为什么要安排孙悟空去请太上老君？因为大战金角银角之后，悟空将五件宝贝还给了老君，老君便欠下悟空莫大的人情。所以叫悟空去，才是最合适的人选。

太上老君当然是满意的。故事结尾写道："均平物我与亲冤，始合西天本愿。魔咒刀兵不怯，空劳水火无怨。老君降伏却朝天，笑把青牛牵转。"

老君是笑着把牛儿牵回去的，他笑什么？他的牛儿为他争了气，刀兵不怯，水火无功，他把唐僧掐住不放，凭你用什么武器，莫想！任你使尽千般计，莫想！不拿钱出来是不行滴！

你不是要传经吗，那好，你得分我一半的利润，是结亲还是结冤，由你自己选择，"均平物我"了，方能合你西天本愿。所以老君笑了：

"哈——哈——哈——"

唐僧这一关呐，是如来佛花钱买过去的。否则，取经的故事，到此就结束了！大家看《西游记》，最容易犯的一个通病就是人物一出场，便想当然的认为谁厉害，其实不是滴，不经过一番博弈、较量，有谁知道会是什么结果呢？

佛祖与道祖在残酷的竞争中，双方终于相互妥协了，佛道并存的格局就此而定。从此之后，两家相安无事，再无争战。

这一场故事起于西游记第五十回，终于五十三回，五十，为全书百回之中点，五十三，为取经过程（从观音奉旨上长安到功成行满见真如）之中点。作者有意巧安排，将道佛两祖置于正中间，以示各占一半，平分秋色也。

46 佛派的妖怪有人罩

佛道相争，孙悟空亲历五战而定。天庭道派从此不再为难他们。

西天路上，不仅有道派的妖怪，还有佛派内部的妖怪。这些妖怪是不敢吃唐僧肉的，那么，他们都在干些什么呢？

最先出场的佛派妖怪是黄风怪，他抓了唐僧并没吃，为什么？

黄风怪本是灵山脚下一个得道的黄毛貂鼠，他天天听如来讲经，不可能不知道唐僧的底细，既然他知道吃唐僧肉可以长生不老，但他还是没吃，这就说明他并不是冲着"唐僧肉"来的。

西游记第二十回，黄风怪听说手下捉了唐僧，吃了一惊道："我闻得前者有人传说：三藏法师乃大唐奉旨意取经的神僧，他手下有一个徒弟，名唤孙行者，神通广大，智力高强。你怎么能毂捉得他来？"

当时刚收了八戒，但黄风怪知道有唐僧、孙悟空，这就说明他的消息还是很快捷的，"闻得前者有人传说"，就只会是佛派内部的高层人员。

黄风怪的目的是要与孙悟空"见见手段"，他的三昧神风吹得孙悟空受不住，可见，他是有法力的，但是他却没有相应的正果。

那么，他的真正目的其实是想混个编制。

唐僧取经，有三个徒弟的指标，现在唐僧还差一个徒弟，如果孙悟空对付不了他的三昧神风，就会把观音请来，他就可以向观音申请保唐僧去西天，从而可以得到一个编制，正式加入这个较大的势力范围。而且，成了正果之后，就有资格去吃果果了，也用不着吃唐僧。

所以，唐僧在黄风怪的眼里，并不是"肉"资源，而是"壳"资源，他想借唐僧这个壳上市。可惜被孙悟空钻了空子，搬来灵吉菩萨把他拿去立了一功。

这个妖怪本来是想捉几个凡人的。捉凡人干什么？"做案酒"。案酒就是下酒菜。如果不是遇到孙悟空，可想而知，黄风怪的日常生活就是日复一日的"捉凡夫，做案酒"。

黄风怪归谁管呢？归灵吉菩萨管。行者举棒就打，菩萨拦住道："大圣，莫伤他命，我还要带他去见如来。……（因偷油）如来照见了他，不该死罪，故着我辖押，但他伤生造孽，拿上灵山。今又冲撞大圣，陷害唐僧，我拿他去见如来，明正其罪，才算这场功绩哩。"

1. 黄风怪押在这里服刑，由灵吉菩萨监管。

2. "但他伤生造孽，拿上灵山"说明他在服刑期间，因吃人被发现后，又拿上灵山。

3. "今又冲撞大圣，陷害唐僧"说明他这回吃人又被发现了。可见这黄风怪是个惯犯。

4. "我拿他去见如来，明正其罪，才算这场功绩哩。"灵吉菩萨又可以拿他去找如来算功了。

黄风怪如果不出事不被发觉，则肯定还会继续"捉凡夫，做案酒"。至于他有没有孝敬孝敬灵吉菩萨，书上没写，不能瞎猜。黄风怪如果出了事被发觉了，灵吉菩萨就拿他去领功请赏，这个书上写得很清楚。

至于怎么处理，可想而知，还不是再押过来继续服刑！

取经队伍成员凑齐之后，遇到的第一个佛派妖怪，是乌鸡国的假国王青毛狮。

这个妖怪没有半点要吃唐僧肉的意思。但他是个妖怪，又是道士，所以孙悟空就想打他立功。行者笑道："不消说了，他来托梦与你，分明是照顾老孙一场生意……想那妖魔，棍到处立要成功。"

正要结果了那妖怪时，只见那东北上空，一朵彩云里面，厉声叫道："孙悟空，且休下手！"原来是文殊菩萨。这妖怪青毛狮乃是文殊菩萨的坐骑。

行者道："菩萨，这是你坐下的一个青毛狮子，却怎么走将来成精，你就不收服他？"菩萨道："悟空，他不曾走，他是佛旨差来的。"行者道："这畜类成精，侵夺帝位，还奉佛旨差来。似老孙保唐僧受苦，就该领几道敕书！"

由此可见，这个妖怪是如来佛安排来的。他在这儿办的是公事。

菩萨道："你不知道，当初这乌鸡国王，好善斋僧，佛差我来度他归西，早证金身罗汉。因是不可原身相见，变做一种凡僧，问他化些斋供。被吾几句言语相难，他不识我是个好人，把我一条绳捆了，送在那御水河中，浸了我三日三夜。多亏六甲金身救我归西，奏与如来，如来将此怪令到此处推他下井，浸他三年，以报吾三日水灾之恨。一饮一啄，莫非前定。"

文殊菩萨的这番话很值得细细分析：

1. 这乌鸡国王原先是信佛的，并且如来佛还给了他一个成正果的指标。（沙和尚最后就是封的金身罗汉。）

2. 文殊菩萨没有武功，是佛派高层里混日子的一个领导。

3. 只因这国王得罪了文殊菩萨，便遭到了三百六十五倍的报复，或说是"报应"。可见如来的惩罚是相当严厉的。那妖怪推国王下井，是如来下达的佛旨。

4. 国王为什么要得罪文殊菩萨？因为看他不像个好人。

5. 不过，按照文殊菩萨所说的"一饮一啄，莫非前定"来解释的话，定是那菩萨前世里欠了这国王的，所以这国王一条绳把他捆了，送在御水河中，浸了三日三夜。莫非前定？

6. 整个事件中，妖怪青毛狮并无责任，他不过只是在奉命行事。因为这妖怪"也不曾害人，自他到后，这三年间，风调雨顺，国泰民安，何害

155

人之有？"

那个国王，只有自认倒霉！不仅倒霉，还要大大地感谢佛派！是佛派的和尚又给了他第二次生命。你看他感动成什么样子了：

那皇帝哪里肯坐，哭啼啼跪在阶心道："我已死三年，今蒙师父救我回生，怎么又敢妄自称尊？请哪一位师父为君，我情愿领妻子城外为民足矣。"

为什么？因为他不知道是文殊菩萨害的他，他只知道是个终南山的道士害了他的性命，夺了他的江山！

佛派的妖怪，变成一个道士，去执行推人下井的公务，这一手够绝的。

47 通天河吃人案的背后

话说唐僧师徒路过通天河时，遇到一个专吃娃娃的妖怪，唤做灵感大王。这个妖怪和八戒、沙僧有一段非常搞笑的对话：

妖邪道："你原来是半路上出家的和尚。"八戒道："我的儿，你真个有些灵感，怎么就晓得我是半路出家的？"妖邪道："你会使钯，想是雇在那里种园，把他钉钯拐将来也。"八戒道："儿子，我这钯不是那筑地之钯，你看……"

那个妖邪哪里肯信，举铜锤劈头就打，八戒使钉钯架住道："你这泼物，原来也是半路上成精的邪魔！"那怪道："你怎么认得我是半路上成精的？"八戒道："你会使铜锤，想是雇在那个银匠家扯炉，被你得了手，偷将出来的。"妖邪道："这不是打银之锤，你看……"

沙和尚见他两个攀话，忍不住近前高叫道："那怪物休得浪言！古人云，口说无凭，做出便见。不要走！且吃我一杖！"妖邪使锤杆架住道："你也是半路里出家的和尚。"沙僧道："你怎么认得？"妖邪道："你这个模样，象一个磨博士出身。"沙僧道："如何认得我象个磨博士？"妖邪道："你不是磨博士，怎么会使擀面杖？"沙僧骂道："你这孽障，是也不曾见……"

这一番对话，看似幽默，实则话中有话。

半路出家，这个词比喻的是：中途改行，从事另一工作。妖怪说八戒、沙僧是"半路上出家的和尚"。这是的，八戒、沙僧原先都是做妖怪的，后来半路出家，改了行，当了和尚。

而八戒说妖怪"你这泼物，原来也是半路上成精的邪魔！"这句话就有问题了。

这番对话的意思是：

1. 妖怪看他们不像个当和尚的样子。（八戒、沙僧，原来不是和尚，现在做了和尚。）

2. 八戒看他不像个做妖怪的样子。（那个妖怪，原来也不是妖怪，现在却做了妖怪。）

既然是半路上成精的妖怪，那么，他原先是做什么的？如果原先是个动物，通过修炼成了妖精，那就不叫改行了。如果原先就是个妖精，现在还在做妖精，那就更不能叫改行了。

所以，原先多半是个神仙，改了行，当妖怪。

这个妖怪是谁呢？是观音菩萨的宠物金鱼精。所以可以肯定是佛派内部的妖怪。

这个家伙在通天河边陈家庄开了一家观音菩萨连锁店，名曰"灵感大王庙"。"灵感"，是观音菩萨的简称，全称是：大慈大悲救苦救难灵感观世音菩萨。

这个金鱼精每次来的时候，都是一阵"香风"，并不是普通妖怪的"腥风"，所以不像个妖怪的样子。

他在这里做什么呢？吃人。准确地说，是在吃儿童。向村民强行勒索娃娃，每次要两个儿童以及猪羊牲口供献他。他便保当地风调雨顺，若不祭祀，就来降祸生灾。

这一次，金鱼精又按惯例来吃娃娃的时候，与取经队伍撞了车。

猪八戒假变成童女一秤金，金鱼精来的时候没有防备，被八戒一钉钯打掉了一片鳞。后来又见面时，八戒喝道："你前夜与我顶嘴，今日如何推不知来问我？我是东土大唐圣僧之徒弟，往西天拜佛求经者。你弄玄虚，假做什么灵感大王，专在陈家庄要吃童男童女？"

猪八戒开始还以为他是假借灵感观音之名，没想到居然是真的！

那妖邪道："你这和尚，甚没道理！你变做一秤金，该一个冒名顶替之罪。"

金鱼精并不认为自己吃人不对，反而是猪八戒不对，猪八戒这样做，是犯了罪！犯的什么罪？冒名顶替之罪！犯了哪家的罪？观音菩萨。看来，这金鱼精还准备去向菩萨投诉猪八戒同志的。

所以，猪八戒便喝道："你这泼物，原来也是半路上成精的邪魔！"

这妖怪作法使通天河结冰，于河上捉了唐僧。孙悟空道："我上普陀岩拜问菩萨，看这妖怪是哪里出身，姓甚名谁。寻着他的祖居，拿了他的家属，捉了他的四邻，却来此擒怪救师。"

找到菩萨后，菩萨急得连衣服都来不及穿了，又怕鱼儿被他们打死了，又怕鱼儿把唐僧吃了。你看那菩萨：懒散未梳妆，容颜多绰约，散挽一窝丝，贴身小袄缚，赤了一双脚，精光两臂膊。

行者慌忙跪下道："弟子不敢催促，且请菩萨着衣登座。"菩萨道："不消着衣，就此去也。"

要知道，当时的通天河地冻天寒，冰厚三尺！嘿嘿。穿衣服都顾不上了。八戒与沙僧远远看见，嘻嘻哈哈道："师兄性急，不知在南海怎么乱嚷乱叫，把一个未梳妆的菩萨逼将来也。"

八戒与沙僧二人下拜道："菩萨，我等擅干，有罪，有罪！"

按常理，八戒与沙僧应该说"菩萨早""菩萨好"之类见面打招呼的客套话。可是，他们张口却是"有罪"。

这两个家伙其实精得很！有罪，有什么罪？打妖怪保唐僧会有罪么？根本就没罪嘛！他们其实已经很清楚这是怎么一回事了，所以故意对菩萨说"我等擅干有罪"，看菩萨如何说。

观音菩萨根本就没有理睬这两个家伙，面无表情，什么也没说，就直接把鱼儿捞走了，然后叫悟空下水救师父。那金鱼精呢，也没有受到菩萨的任何惩罚。

吃人案提都没提，就跟没这回事一样，不了了之!

那金鱼精吃了九年的娃娃，观音为什么从来就不管管他呢？因为观音并不知情，她说"不知是哪一日，走到此间。"现在为什么要管呢？因为现在观音又算出来了，她说"算着他在此成精，害你师父"。

这菩萨究竟会算不会算？如果唐僧不和金鱼精撞车，菩萨会不会来呢？书上没写，则不可知，也不好猜。

最后，皆大欢喜。你看：

那八戒与沙僧，一齐飞跑至庄前，高呼道："都来看活观音菩萨，都来看活观音菩萨。"一庄老幼男女，都向河边，也不顾泥水，都跪在里面，磕头礼拜。

这才是大慈大悲的鱼篮观音菩萨显灵。

48 西游记中最奇特的妖怪

六耳猕猴是《西游记》中最奇特的一个妖怪，怎么奇特呢？我们来看一看：

（一）人物奇特

西游记主要是看孙悟空的戏，六耳猕猴这个妖怪居然敢冒充主角孙悟空，上演了一出《真假美猴王》的好戏。

按妖怪的胆量、能力与勇气大致可以分为三种：

1. 怕孙悟空的妖怪根本不敢冒充孙悟空。

2. 不把孙悟空放在眼里的妖怪根本不屑于冒充孙悟空。

3. 和孙悟空势均力敌的妖怪，手段也颇高了，完全没有必要冒充孙悟空。

六耳猕猴这个妖怪的本事和孙悟空是一样的，他完全有能力独霸一方，干吗还要冒充孙悟空呢？因此，这个妖怪就显得格外的奇特。

（二）地点奇特

唐僧遇到六耳猕猴的地方，是强盗出没的山林，这里至少有三十个以上的强盗在此地谋生活，这就说明这个山头是属于强盗的，按说不会有妖怪，若有妖怪，则强盗们根本无法生存，更不可能结成团伙，形成气候，早就被妖怪捞去吃了。

可见，六耳猕猴这个妖怪并不是本地妖怪，那他是从哪儿来的呢？

西游记中的妖怪无论法力大小，都有一块属于自己的地盘，厉害的妖怪管得宽一些，不厉害的妖怪地盘小点，怎么说也得有一片生存的土壤，否则，他是成不了妖的。

六耳猕猴呢？他有没有自己的地盘呢？有，在花果山，乘孙悟空不在的时候，他跑到花果山占山为王了，并且没有被其他的猴子们发觉。

可见，六耳猕猴对孙悟空的行踪及过去的经历了如指掌。

（三）行为奇特

妖怪们都有很强烈的领地感，只在自己控制的势力范围内吃人，基本上吃的都是你自己瞎了眼送上门来的，或是采用手段把你诱骗去的，一般不会越界行凶。许多妖怪都说过"若过了此地就不归我管"这类的话。

妖怪与妖怪之间还是比较和谐的，没有什么争斗，偶尔还有聚会，我抓到一个人请你吃，你抓到一个人请我吃。大家都遵守江湖道义，不到别处去撒野，不到别人的门面上去抢生意。

而六耳猕猴，则不管这一套，他是从花果山不远万里赶来作案的！这个行为实在是太奇特了，这是其他妖怪所没有的。

（四）手段奇特

六耳猕猴作案的手段更是怪异，他不像别的妖怪那样躲在半空中，瞅准机会一阵风把唐僧掳走。

而是跪在路旁，双手捧着一杯水给唐僧喝，唐僧不喝，骂了他一顿，六耳猕猴就轮铁棒望长老脊背上砑了一下，那长老昏晕在地，不能言语，被他把两个青毡包袱，提在手中，驾筋斗云，不知去向。

六耳猕猴并没有抓唐僧，而是把唐僧打了一顿，然后抢了包裹行李，扬长而去的。没有一个妖怪是像他这样搞的。

（五）动机奇特

六耳猕猴作案的动机，也和其他妖怪不同，妖怪抓唐僧，无非是要吃唐僧肉，或者是要交配，而六耳猕猴则是要自己拉一班人马去西天取经！

六耳猕猴高坐在石台之上，双手扯着通关文牒，念了从头又念，反复学习。他说："我今熟读了牒文，我自己上西方拜佛求经，送上东土，我独成功，教那南赡部洲人立我为祖，万代传名也。"

六耳猕猴不仅冒充了孙悟空，还找了几个猴精冒充了唐三藏、猪八戒、沙僧和一匹白马，企图上西天，成佛做祖！这个妖怪简直太有创意了！

（六）过程奇特

六耳猕猴和孙悟空不仅外型一模一样，本事也是一模一样，走到哪儿，都无法分辨谁是真的谁是假的！

1. 观音菩萨暗念紧箍儿咒，两个一齐喊疼，菩萨无计奈何。

2. 李天王取照妖镜照住，镜中乃是两个孙悟空，毫发不差。玉帝亦辨不出。

3. 唐僧念紧箍儿咒，二人一齐叫苦，唐僧也不认得真假。

4. 阎罗殿的谛听可以分辨得出真假，却不敢说出来。

5. 最后被如来佛辨出真假，是所有神仙都没有听说过的新物种：六耳猕猴。

6. 六耳猕猴被孙悟空当场处决，打死了。

以上种种疑点，实在太多，这里面就存在无法解释的问题：

1. 既然阎罗殿的谛听可以分辨得出真假，却为什么不敢说出来？六耳猕猴与孙悟空的本事是一样大的，只要谛听说出哪个是假的，随便加几个人就可以帮真孙悟空抓住六耳猕猴，谛听为什么不说？他究竟怕什么？

2. 既然六耳猕猴熟悉孙悟空的一切，当然就应该十分清楚如来佛祖是非常厉害的，他为什么不跑呢？还要到雷音寺去送死？这不是脑子进了水么？

3. 六耳猕猴只不过打了唐僧，既没有打死，也没有要吃唐僧肉，最多论个行凶抢劫罪，怎么说，罪不至死，为什么就把他打死了？量刑是否过重？

4. 六耳猕猴的目的是要取经，又是主动的，目标一致，如来佛应该高兴才对，这样的人才哪里找啊？把他也安排进取经的队伍，岂不是更好？

吴闲云 ◎ 作品

5. 为什么只有如来佛一个人知道世上还存在"六耳猕猴"这一类物种？而所有的神仙包括菩萨都是闻所未闻的？难道就没一个人知道吗？

6. 如果所有人都不知道有"六耳猕猴"这一类物种，那么，如来佛祖与六耳猕猴之间，究竟存在着怎样的渊源呢？

六耳猕猴的下场太惨了，这个和孙悟空一样的上进青年，就这么突然之间死于非命了，可怜，可惜。

但是，这件事情的真相，真的就是这样简单么？其中究竟隐藏着怎样的内幕？我无意为六耳猕猴这个妖怪申冤，只是因为真假美猴王的好戏欺骗了太多的人，所以，我要揭发他们。

请看下回: 真假美猴王之谜。

49 破译真假美猴王之谜

真假美猴王这一回，不知道欺骗了多少观众，今天，看我来戳穿泼猴的鬼把戏。

其实呢，这一回中根本就没有妖怪，那个所谓的六耳猕猴并不存在。从头到尾都是孙悟空一个人捣的鬼！

大家看西游记把大脑都看得僵化了，总以为孙悟空是捉妖怪的，却怎么都想不到：孙悟空也会冒充妖怪，把唐僧这个泼秃领导暴打一顿以泄私愤吧！

孙悟空在这件事的起先，是个受害者，而结果，却变成了最大的受益者，因此，孙悟空是第一嫌疑人。我们再来重新看这一幕：

1. 起因

孙悟空打死了两个强盗，唐僧念经超度强盗的亡灵："拜惟好汉，我以好话，尔等不听，却遭行者，棍下伤身。你到森罗殿下兴词，他姓孙，我姓陈，各居异姓。冤有头，债有主，切莫告我取经僧人。"

八戒笑道："师父推了干净，他打时却也没有我们两个。"三藏又祷告道："好汉告状，只告行者，也不干八戒、沙僧之事。"

孙悟空道："师父，你老人家忒没情义。虽是我动手打，却也只是为你。你不往西天取经，我不与你做徒弟，怎么会来这里打杀人！"

然后大骂道："触恼了我的性子，将你打死了，尽你到那里去告，我老孙是不怕，玉帝认得我，天王随得我；二十八宿惧我，九曜星官怕我；十代阎君曾与我为仆从，五路猖神曾与我当后生；三界五司，十方诸宰，都与我情深面熟，随你那里去告！"

这一番话，绝对是在恐吓唐僧。把老子惹火了，连你也打死，你去告吧！

三藏见他说出这般恶话，心惊肉跳道："徒弟呀，你怎么就认真起来？"

晚上，在老杨家借宿，老杨的儿子是强盗一伙，孙悟空又打死了二三十个强盗，还把老杨儿子的头割下来，拎给唐僧看。

唐僧大惊，念起紧箍儿咒，把个行者勒得耳红面赤，眼胀头昏，在地下打滚，翻筋斗，竖蜻蜓，疼痛难禁。把大圣咒倒在地，箍儿陷在肉里有一寸来深浅。并威胁道："快走！迟了些儿，我又念真言，这番决不住口，把你脑浆都勒出来哩！"

这是唐僧第三次赶孙悟空滚蛋。

西天路走了一大半了，眼看就要出成果了，他要他滚蛋！

大圣疼痛难忍，忽然省悟道："这和尚负了我心。"

于是，孙悟空发怒了，终于撕破脸皮反了目："你这泼秃！没了俺老孙，连口水都没得喝，还这般刁难俺，不给点颜色看看，你就不知道俺老孙的狠气！我管你是哪个！"一棒子将唐僧打晕在地，扬长而去。

走的时候，愤愤丢下这样一句话："你这个狠心的泼秃，十分贱我！"

2. 经过

沙僧来找他算账，他说没有，绝对没有的事，俺老孙怎会干这样的缺德事呢，你若不信，菩萨可以作证嘛，我这几天一直都在这儿。

沙僧当然不信，因为你会驾筋斗云，又会分身法。

于是，菩萨叫沙僧与悟空同去见个真假。结果，沙僧看到了两个一模一样的孙悟空，长相、声音、本领都是一样的。这些条件是妖怪有可能具备的，可是，最重要的证据金箍棒、紧箍咒也是一样的，而这两个条件是妖怪不可能具备的。这就说明根本没有假的，这明摆着是孙悟空使的分身法嘛！

孙悟空上天庭借照妖镜，鉴定结果：两个都是真的。玉帝当然辨不出哪个假。"这大圣呵呵冷笑，那行者也哈哈欢喜"，就说明他正在暗自得意:嘿嘿! 你们谁都想不到吧!

到阎罗殿去查，谛听是知道真相的，却不敢当面说破，否则，孙悟空不打死他才怪，发起恶来，把阎罗殿都拆了!

孙悟空走到哪儿都问得理直气壮: "你们看我两个谁是假的!" 都辨不出，因为根本没有假的。他的目的就是要闹得让天、地、神、人、鬼尽知，不是俺老孙打的你这泼秃，而是你这泼秃缺了俺老孙就会碰到妖怪。

3. 结果

最后闹到雷音寺，孙悟空与如来佛说的话，和在前面别处说的是有区别的，他先说这一路上我这般辛苦，不知费了多少精神，师父却把我赶出来。现在，请佛祖与弟子辨明邪正，我才好保唐僧过来把佛经取回东土，帮你永传大教。

注意:他说的是辨明邪正，不是辨明真假，而在前面别处他都是说的辨个真假。这个区别是相当大的，真假，是指两个人谁真谁假，邪正，是问我的行为对不对，请如来公断。

孙悟空这点分身术的小把戏，又岂能瞒得过如来佛? 在他还没来之前，如来佛就已经对大众说了: "汝等俱是一心，且看他二心斗来。"

你们这些人呀，一心要看他谁真谁假，又岂能识破他的二心呢? 根本就不是两个人嘛，是二心也，孙猴子生了二心，把师父都打了! 你们却以为是妖怪。

但是，这能说吗? 一说破，就无法收场了，这个经就彻底的取不成了! 如来的计划就破产了!

所以，大局为重，如来佛也不能说破，不但不能说，反而还要很默契地配合他假戏真做! 于是，如来佛就杜撰出一个谁也没听说、没见过、根本就不存在的六耳猕猴来。

原著中这样写道:如来正欲道破，忽见……如来笑道:我观假悟空乃六耳猕猴也。

167

孙悟空没想到如来佛会瞎扯，很是震惊，不知道如来要干什么，如来也没有辨真假，而是直接吓唬猴子："悟空休动手，待我与你擒他。"悟空生怕被抓住把柄，急变蜂儿飞跑。大众不知，以为走了。如来笑云："汝等休要再言，妖精未走，在我钵盂之下。"将钵盂揭起，果见一六耳猕猴。

大众都看到假悟空已经变做蜂儿跑了，不料如来佛的钵盂下还真有一只六耳猕猴。

孙大圣忍不住，将其打死。"忍不住"这三字用得好啊，悟空的心理素质到底比不上如来佛祖。佛法无边的如来总算帮神通广大的悟空把这个弥天大谎撒团圆了，皆大欢喜。

大圣叩头谢道："上告如来得知，那师父定是不要我，我此去，若不收留，却不又劳一番神思！望如来方便，把松箍儿咒念一念，褪下这个金箍，交还如来，放我还俗去罢。"

如来道："你休乱想，切莫放刁，我教观音送你，不怕他不收。好生保护他去，那时功成归极乐，汝亦坐莲台。"

经过这一场闹剧，孙悟空明确地被如来内定为预备佛员了，这是对他敢打师父的一种肯定，一种奖励！

唐僧呢，这个刁酸无能的泼秃领导吃了哑巴亏，白挨了一顿揍。这种人欠揍，揍他一顿，他自然就老实了。你看后来，唐僧还敢不敢再说赶孙悟空滚蛋的话了？就是想念紧箍咒，那也还得掂量掂量。

50 孙悟空是怎样成佛的

如果真有妖怪能够变成孙悟空，则至少需要具备以下几个硬件：

1. 妖怪的原形和孙悟空长得一模一样（照妖镜鉴定必然一样）。

2. 和孙悟空学到的本事完全相同，不强一分，不弱一分。

3. 到海里再捞一根一模一样的定海神针金箍棒。

4. 必须由观音菩萨再提供三根一模一样的救命毫毛。

5. 必须由如来佛再生产一个一模一样的紧箍咒，并且输入完全相同的声控密码。

6. 必须再把太上老君的金丹吃个精光，然后再放进八卦炉烧炼四十九天（地上已过去四十九年了），把眼睛熏坏，弄做个老害病眼，成"火眼金睛"。

7. 再花500年时间，吃铁丸子，饮溶化的铜汁。

很显然，要想复制一个孙悟空出来，难度是相当大的。这需要极高的物质成本与时间成本。

如果是孙悟空自己复制一个孙悟空出来，那就再简单不过了，一秒钟至少可以复制一大堆。《西游记》第四十四回，孙悟空在车迟国救五百个和尚，把毫毛拔了一把，分与众僧：

众僧有胆量大的，捻着拳头，悄悄的叫声："齐天大圣！"只见一个雷公站在面前，手执铁棒，就是千军万马，也不能近身。此时有百十众齐叫，足有百十个大圣护持，众僧叩头道："爷爷！果然灵显！"

由此可见：无论是谁，想弄一个假悟空出来，非常困难，而孙悟空弄一个假悟空出来，则相当容易。

我们再看六耳猕猴的动机："我自己上西方拜佛求经，送上东土，我独成功，教那南赡部洲人立我为祖，万代传名也。"如果真的是六耳猕猴，他又何必要处心积虑地为"孙悟空"万代传名呢？说不通。

再看如来说的："我观假悟空乃六耳猕猴也。此猴若立一处，能知千里外之事，凡人说话，亦能知之，故此善聆音，能察理，知前后，万物皆明。"

如果六耳猕猴真的能千里听音，就更加说不通了。他只要偷听唐僧怎样念紧箍咒，就一切OK了！假悟空至少要比真悟空多一样本事：会念紧箍咒！先咒死孙悟空，自己再冒充进来，谁也不知道，岂不是更好！那又何必笨到要与孙悟空交手呢？

最后，孙悟空为什么要当着佛祖的面打死他呢？因为六耳猕猴根本不存在，那不过只是一根猴毛而已，不打掉还留着做什么。

想不到吧，这第四个出场的佛派妖怪，不是别人，正是孙悟空他自己。

在真假美猴王这一回故事中，孙悟空撒了个弥天大谎，冒充妖怪把唐僧暴打一顿，出了口恶气。最后，如来佛还帮他圆谎，骗大家说是六耳猕猴干的，其目的还是要他去保唐僧，并承诺道："那时功成归极乐，汝亦坐莲台。"

意思就是：你孙悟空保唐僧走到西天来，你也成佛。

那么，从现在起，到唐僧来西天止的这段时间，孙悟空就是如来佛祖亲自内定的一个预备佛了。唐僧来到西天后，孙悟空便可以光荣地加入佛籍，成为一名正式的"佛"。

孙悟空的身份变了，这个变化是很大的。如果孙悟空不把唐僧暴打一顿，可以肯定地说，孙悟空是成不了佛的。

起初，如来佛祖欲传经东土，知道取经人过来一趟是很不容易的，多少得给点好处，才有人愿意来，给什么好处呢？如来没有明说，只说："去东土寻一个善信，到我处求取真经，乃是个'山大的福缘，海深的善庆'。"

观音菩萨明白这"山大的福缘，海深的善庆"就是给了一个"成佛"的指标，只要有人愿意来，来的这个人就会成佛。

所以，观音一手安排了唐僧来取经，为了保障唐僧的利益，观音不是口头上说的，而是当面给他立下了字据："若有肯去者，求正果金身。"

而观音给他配的三个保镖则是没花本钱的，观音负责解救他们的牢狱之灾，他们负责唐僧的安全，这是对等公平的交易，他们也同意了，因此，他们是没有任何利益的。他们的利益，观音已经预先支付了，剩下的是他们履行自己的诺言。

这三个保镖又另有任务：打死沿途所有的妖魔鬼怪，按打死的质量与数量给他们记账，打死的越多，功劳越大，最后一起结算，按功劳大小，赏赐他们不同级别的职位及待遇。

因此，取经任务完成之后，唐僧的级别是佛，而三个保镖的级别则一定是在佛之下，大概在菩萨与罗汉之间，视功劳而定，因为如来明确说过他们是给取经人做徒弟的，是都要"人我门下来"的。

按最初的分配方案，孙悟空最多只能做到菩萨的级别上，但是现在，却成为预备佛了，这是如来佛计划外给他的一个指标，可见，佛祖是多么瞧得起这个猴子。

在取经的路上，唐僧再也不敢刁难孙悟空了，猪八戒也哥呀哥的喊得沁甜，为什么？因为在到灵山之前，唐僧只是观音菩萨提名的一个预备佛，而孙悟空则是由如来佛祖亲自提名的一个预备佛，身份不同了！

如来佛为什么要提拔孙悟空？因为孙悟空这个人非常暴力，他以前敢反抗天庭，现在即使带着紧箍咒他还敢打老师！所以，如来佛很喜欢，只要是恶人，如来都喜欢，当然，他也喜欢唐僧，因为唐僧这个人也非常暴力！

你别看唐僧斯斯文文的，之所以没看到他作恶，那是因为他现在还不具备作恶的能力，暂时还做不了恶！所以就天天把"善"字挂在嘴上念，他只有紧箍咒一个法宝，且仅仅只能对一个人施暴，他就在这个人身上反反复复地超限度地发挥，真是过足了瘾。

唐僧仅仅只具备对一个人作恶的条件，而且这个人还是救了自己N次性命的人，那么请你试想，唐僧一旦具备较大的法力，有条件作恶了，又以善良的面容作掩护，那究竟会是什么样子呢？

孙悟空恰恰是个喜欢以暴制暴的主，老子打的就是你，看你怎的！这正是如来欣赏之处，当然，如来不仅仅只欣赏暴力，如来更欣赏智慧，孙悟空打唐僧是变着法打的，用的是智慧，所以呀，这暴力一旦加上智慧，那就……

唐僧该打！上次不听孙悟空的话，害得佛祖花那么多冤枉钱买路，要吐血！

孙悟空这个人，从各个方面讲都是非常优秀的，最重要的是他的工作态度，无人能及，面对困难，从来就没有退缩过。这个人不能老是跟着观音混，得拉到自己身边来，所以如来亲口表态，许他成佛。

在可以预见的不久，孙悟空"佛"的身份必将超过观音菩萨！孙悟空是个很傲气的人，从此之后，一直到西游记结束，遇到天大的麻烦，再也不跑去求菩萨了，追杀菩萨坐骑那一回，菩萨亲自来救，他还要欺负："让我打他二十棒，与你带去罢。"他可从没对别的神仙说过这样的话，何故？有身份、上档次的人了，你一个菩萨，算个鸟！

51 冒充如来佛的人

这西天路上怪事真多，什么样的妖怪都有，居然有个家伙胆敢假变雷音寺，冒充如来佛！他不仅自己变成至尊如来的模样，还叫手下的小妖都变成五百罗汉、三千揭谛、四金刚、八菩萨、比丘尼、优婆塞、无数圣僧、道者。

这个妖怪真牛！不仅胆子够大，而且手段极高，捉孙悟空以及他请来的救兵们时，管你来多少，一麻袋全部装走，像捉小猪儿一样。争斗了几番之后，孙悟空实在是没办法了，只好在一个没人的地方哭了一场。

这个妖怪是谁呢？为什么只捉而不加害呢？他的动机又是什么呢？我们先来看这件事的起因：

师徒四人来时，远看：真个是珍楼宝座，上刹名方。行者道："师父，那去处是座寺院，却不知禅光瑞霭之中，又有些凶气何也。观此景象，也似雷音，却又路道差池。我们到那厢，决不可擅入，恐遭毒手。"

孙悟空看到的是：

1. 真的是一座寺院，很气派的一座寺院。

2. 这座寺院的建筑风格和雷音寺非常相似，但道路却有差别。

3. 寺院有禅光，有瑞霭，祥云环绕。

4. 禅光瑞霭之中，又有些凶气，不知道为什么。

如果是妖气，孙悟空是看得出来的，但他看到的是"禅光瑞霭"，并没有妖气，只是有些凶气，说明孙悟空的第一感觉估计：多半不是妖怪，而是个神仙，是个有点凶的神仙，还是不惹他，绕道走比较好。

孙悟空的火眼金睛其实没电视上放的那么神，说实话，分辨率很低，不知有多少土地山神这样的低级小仙变个样子，他就识别不了了！他识别妖怪的办法基本上都是采用的一估、二诈、三恐吓这类手段。

但是，孙悟空看气色基本上都是准的，很少有走眼的，为什么？因为看气色太简单！

神仙住的是公房高楼大厦，妖怪住的是山洞贫民窟。

神仙待遇比较高，故气质幽雅，妖怪生活无着落，故贼眉鼠眼。

神仙服饰工整讲究，妖怪穿着衣衫褴褛。

神仙的举止，经过刻意训练，很注重形象。妖怪的动作，都是邪痞拉胯，用手抓饭吃。

神仙驾的是名牌飞船，无噪音无污染，尾气是一片祥云，妖怪开破麻木在天上乱飞，排放出又浓又黑的乌烟瘴气。

神仙家里烧的都是高档香，老远就闻得出他有钱，这叫祥云瑞霭，妖怪没钱，他烧个球的香！满屋里被菜油烟子熏得漆黑漆黑，此乃妖气也！

是个人都看出来了，孙悟空他看不出来？笑话！

所以，孙悟空一看，就估计到这座豪宅的主人，身份非同一般！这座豪华之中带有威严的、不亚于雷音宝刹的寺院里面，应该住的是一位佛派的高级干部！不打扰他，是正确的。

唐僧呢，他偏要去。走近一看，见是"雷音寺"，吓得一跌，再细看，是四个字，乃"小雷音寺"。

上面写得清清楚楚，人家这是"小雷音寺"，并不是如来佛祖的大雷音寺。小雷音寺就是小雷音寺，这不是假变冒充的。

这时，山门里有人叫道："唐僧，你自东土来拜见我佛，怎么还这等怠慢？"三藏闻言即拜，八戒也磕头，沙僧也跪倒，唯大圣牵马收拾行李在后，公然不拜。

注意，人家说的是：你自东土来拜见"我佛"，并不是拜见"我"。若是如来本人，就不会说拜见"我佛"了。所以，人家到这个时候为止，也并没有假变冒充如来佛这回事。

那么，孙悟空为什么公然不拜呢？因为他知道这小雷音寺里虽是一位高级干部，但绝对不是如来佛祖。仅次于佛祖的级别是佛，你是佛，老子现在也是（预备）佛了，还是如来亲口提名的，一个级别的，你叫我拜你？我拜你个鸟！我拜，我呸！

这就是孙悟空公然不拜的真正原因！

只听得莲台座上厉声高叫道："那孙悟空，见如来怎么不拜？"准确地说，假变冒充如来佛，是从这个时候开始的，是因孙悟空公然不拜而引起的。

孙悟空又仔细观察，觉得这不可能！便喝道："你这伙孽畜，十分胆大！怎么假倚佛名，败坏如来清德！"抡棒便打。只听得半空中叮当一声，撇下一副金铙，把行者连头带足罩住了。

孙悟空请二十八宿帮忙出来后，问他："你是个什么怪物，擅敢假装佛祖，侵占山头，虚设小雷音寺！"

那妖王道："这猴儿是也不知我的姓名，故来冒犯仙山。此处唤做小西天，因我修行，得了正果，天赐与我的宝阁珍楼。我名乃是黄眉老佛，这里人不知，但称我为黄眉大王、黄眉爷爷。一向久知你往西去，有些手段，故此设象显能，诱你师父进来，要和你打个赌赛。如若斗得过我，饶你师徒，让汝等成个正果；如若不能，将汝等打死，等我去见如来取经，果正中华也。"

后来，孙悟空怎么也斗不过他，弥勒佛来了，说：他是我面前司磬的一个黄眉童儿。于是将他领走了。

这个时候，真相大白了：

1. 他根本就不是什么妖怪，而是地地道道的佛派神仙。因为他早已得了正果，正果可以明确地界定是神仙还是妖怪。

2. 他是弥勒佛的人， 弥勒佛是东来佛祖， 即副佛祖， 又叫未来佛， 也就是佛派内定的下一任佛祖， 接班人。所以孙悟空猜的是对的，是个高级干部。

3. 这个地方是仙山小西天。属弥勒佛的势力范围。

4. "天赐与我的宝阁珍楼"， 说明小雷音寺是天庭玉皇大帝送给弥勒佛的， 所以根本不存在假变冒充这回事。

人家不是什么妖怪， 孙悟空肯定是知道的， 因为从头到尾他都不敢叫人家一声妖怪或是妖精， 最多只说了一句"你是个什么怪物"这样的话。

黄眉童儿的目的、动机已经很清楚了， 他不是要吃唐僧肉， 而是要教训教训这个目中无人的孙悟空！ 因此， 这一回的纷争是由孙悟空的傲慢无理引起的， 不把人家放在眼里， 人家便要修理他。

可是， 这件事情真的只是这么简单么？ 我们还得进一步分析。

52 看看老子是哪个

在小西天假变如来佛的黄眉童儿，不仅手段超强，而且胆大包天，他敢变成如来佛，就说明在他的心目中，既有崇拜如来的一面，又有不把如来放在眼里的一面，这个家伙肯定是把自己当成第三代佛派的领导人啦！

黄眉童儿对孙悟空说：知你有些手段，要和你打个赌赛，若斗得过我，就放你们西去，斗不过我，就把你们都打死。

这是黄眉童儿嘴里说出来的表面意思。而真相却是恰恰相反的！

真相就是：如果孙悟空确实斗不过他，他才会放行！如果孙悟空的本事比他大，那可就麻烦了！要知道，那个弥勒佛其实就躲在旁边看着呢！

黄眉童儿的手段究竟怎样呢？我们来看：

1. 孙悟空 + 二十八宿 + 五方揭谛，一起上去群殴，被黄眉童儿一次性全部捕获，捆绑了，掷于地上。然后，当着他们的面摆了一桌酒席，从早上吃到天黑才散席睡觉（这家伙特爱摆谱）。

2. 悟空设法逃脱后，黄眉童儿追来，再次群殴，这次还加上了猪八戒、沙僧两个帮手，八戒问他行李呢？悟空道："老孙的性命几乎难免，还说什么行李！"当黄眉童儿取出宝贝时，行者喊声："不好了！走啊！"他就顾不得众等，一路筋斗，跳上九霄空里。看样子是被打怕了，成了惊弓之鸟，一有动静，就跑那么远！先躲到九楼再看。

3. 悟空又先后请了两批降魔捉怪的能手，也都被黄眉童儿轻易捉去了。

可见，孙悟空和黄眉童子相比，根本就不在一个档次！最后，孙悟空实在是没办法了，只好在一个没人的地方哭了一场。

这个时候，弥勒佛来了，注意：弥勒佛是不请自来的，这个行为在整个西游记中都是比较罕见的。他现在出场，是已经确认了孙悟空不是黄眉童儿的对手！

那么，小西天的人为什么在看到孙悟空并不是很厉害时，才放他们走呢？这其实反映了佛派西方极乐世界的内部斗争。

弥勒佛是东来佛祖，即"副佛祖"，因为他又被称为"未来佛"，所以，这也就成了公开的秘密，弥勒佛是佛派内定好的下一任佛祖，他是这个领导班子将来的接班人。

这位矮矮胖胖满面笑容的副佛祖，法力肯定也是无边的，应该不会比如来差到哪儿去，但他毕竟不是如来的嫡系部队，而且势力范围也小。现在，如来给了取经团队两个成佛的指标，弥勒佛会不会有意见？观音、唐僧、孙悟空已经形成了如来身边的一股新生的强劲势力，唐僧又是如来的嫡传弟子，这会不会对他这个接班人构成威胁？

所以，弥勒佛安排他的童子和孙悟空见个高低，一比较，并不构成威胁，才出面放他们过去。

黄眉童子是早就得了正果的，但他究竟是佛位？还是菩萨位？还是罗汉位呢？

他自称是黄眉老佛，这可能有虚高的成分，弥勒说他只是一个童儿，又可能有虚低的成分。从职能上看，弥勒佛的这个童儿，应该相当于如来佛手下的菩萨，从手段上看，黄眉会比观音差吗？

所以，黄眉童子应该是个菩萨，或是享受佛级待遇的菩萨。

再者，从黄眉童子说的"将汝等打死，等我去见如来取经，果正中华也"这句话来看：就已经和取经总负责人观音菩萨构成了竞争关系。如果黄眉童子已经是佛了，就没必要和观音抢业务了嘛。

现在，黄眉童子大概是在想，你一个孙悟空有什么手段，居然混到老子前面去了！所以想打孙悟空出气。

弥勒与唐僧的矛盾，黄眉童子与孙悟空的矛盾，从本质上讲，是职务权力地位之争。这种内部矛盾，是不能以"平等"来解决的，如果双方势均力敌，那么，矛盾永远不会缓解，只有在一方彻底压倒另一方的时候，矛盾才会变相地消除。

你看，当孙悟空完全不是黄眉童子的对手时，弥勒佛就笑嘻嘻地不请自来了。不迟也不早，咋就那么巧呢？

《西游记》中的弥勒佛，尽管他的戏很少，尽管他总是笑嘻嘻的，我们还是可以领略到这位二把手副佛祖的狠气，那是超级的强大！只几句简单的言语，那个味儿、派头，真叫足啊！请看：

1. 孙悟空斗不过黄眉童子，哭的时候，弥勒佛来了："悟空，认得我么？"行者见了，连忙下拜道："东来佛祖哪里去？弟子失回避了，万罪，万罪！"

孙悟空亲口说过，我为人做好汉，只拜了三个人：西天拜佛祖，南海拜观音，两界山师父救了我。即使见了玉皇大帝也只打个招呼，唱个诺。现在，他拜了弥勒佛，而且还是连忙下拜的。

曾拜九尾狐，那是假变小妖不得已，不算九尾狐狠，拜观音唐僧，那是有解脱之恩，也不算狠，拜如来，是因为如来狠！拜弥勒呢？弥勒是一个和他没有任何关系的人，却要连忙下拜！这只能说明弥勒和如来一样的狠！

弥勒是"佛祖"级别的人物，并不是一般的"佛"呀，孙悟空当然不敢马虎。

2. 悟空道："东来佛祖那里去？弟子失回避了，万罪，万罪！"

为什么不说失敬，而要说"失回避"？失回避是万罪。可见，在佛组织里面的规矩是：见到大领导，首先是"回避"，不回避，就是万罪，在回避不及的情况下，才是下拜。

真是牛啊！这个佛组织从制度上保证了下属对领导的个人崇拜！

煮酒探西游

因为弥勒佛的戏很少，所以这一段要特别认真地去读，按原文，就只能作出这样的理解！

3. 弥勒设计让悟空钻到黄眉童子肚子里，黄眉童子疼得打滚，眼泪汪汪，只叫："谁人救我一救！"弥勒现了本象，嘻嘻笑叫道："孽畜！认得我么？"

认得我么？这句话，弥勒佛说了两次。

见到悟空的第一句话：认得我么？

见到黄眉的第一句话，也是：认得我么？

这两个人是百分之百地认识弥勒佛的，干吗还要问呢？对认识自己的人说认得我么，这就有问题！那就只有一种可能：在讲狠！讲狠的时候才说：认得老子么？叫你认得老子！

孙悟空和黄眉童子是《西游记》里最狂妄的两个人，孙悟空还不敢变佛祖，黄眉童子的手段高些，敢变佛祖，简直狂到家了！弥勒佛也许只是要黄眉童子和孙悟空比试一下，黄眉童子却乘机玩了一次佛祖的味，过瘾啊！

这两个最狂妄的人，同时被弥勒佛修理了一顿，先叫黄眉童子把孙悟空整哭，然后问孙悟空：你认得我么？再反过来叫孙悟空把黄眉童子整哭，然后又问黄眉童子：你认得我么？

你这两个狂人，瞎起眼睛，也不看看老子是哪个！叫你们认得老子。

黄眉童子被弥勒佛带走后，孙悟空越想越不是味儿。你的本事大，是不是？打不赢你，是不是？打不赢，我就没办法了？也不看看老子是哪个！

原著上这样写道：师徒们却宽住了半日，喂饱了白马，收拾行囊，至次早登程。临行时，放上一把火，将那些珍楼、宝座、高阁、讲堂，俱尽烧为灰烬！

53 孙悟空的师父究竟是何方神圣

《西游记》中的弥勒佛，尽管戏很少，但谱很大，味很足。悟空，认得我么？言外之意就是你晓得我的狠气了么？或是你认得我怎么还站在那不动？

悟空连忙下拜道：弟子失回避了，万罪！

可是，人家一走，孙悟空居然一把火将弥勒佛的小雷音寺烧了个精光！可见，他其实是不怕弥勒佛的，何以如此胆大？因为他曾经有个相当厉害的师父，恰恰可以克住弥勒佛！这位神秘的师父究竟是谁，今天我们就来考证一下。

（一）访仙的过程

《西游记》第一回，孙悟空访仙至西牛贺洲，一个樵夫告诉他："此山叫做灵台方寸山，山中有座斜月三星洞，那洞中有一个神仙，称名须菩提祖师。那祖师出去的徒弟，也不计其数，见今还有三四十人从他修行。"

孙悟空从樵夫嘴里得知了如下信息：

1. 这儿就有一位神仙。不仅是神仙，而且还是神仙的老爹爹！他是一位祖师级别的神仙，既然是称"祖"的，就说明他上面再没有师父了。或者他的师父不在地球上、不在西牛贺洲，至少在这一方，他是祖，是最高端。并且徒弟不计其数。

2. 祖师就住在这座山上，这座山叫灵台方寸山。既然砍柴的樵夫知道，应该还有其他的人也知道， 樵夫在山上砍柴挑到山下集市上去卖， 说明这里并不是什么秘密的见不得人的地方。

（二）初见的印象

到了之后， 见立有一石碑，约三丈余高，八尺余阔，上有十个大字"灵台方寸山，斜月三星洞"。少顷，走出一个仙童，猴王道："仙童，我是个访道学仙之弟子。"仙童道："你是个访道的么？师父教我出来开门，说外面有个修行的来了。"

从这一段可以看出：

1. 这块招牌是西游记里最大的一块！ 一丈为三点三三米， 三丈余， 足有三层楼高， 说明祖师极重派头， 唯怕人不知他的存在，因此他绝不是我们印象中的隐者！ 若是隐者， 又何必弄那么大块招牌？

2. 祖师的徒弟不计其数。悟空拜在他的门下很容易， 他还派专人来接新生。那个樵夫不能来学习， 他还免费传了几句口诀。因此，这些都足以说明祖师并不是一个保守的人， 他特别喜欢带徒弟， 已经桃李满天下了， 还在广收门徒！

（三）学习的内容

前七年， 勤工俭学， 边打基础边做杂役， 然后"走后门"得到祖师的秘传。祖师相当的厉害， 附耳低言，不知说了些什么妙法，猴王当时习了口诀，自修自炼，将七十二般变化都学成了。一日，祖师又授他筋斗云， 也是只传个口诀， 这一夜，悟空即会了筋斗云。

孙悟空先待了七年， 而真正学到本事， 其实只用了两个晚上！可见祖师的法力该有多大！

（四）离开灵台山

祖师道："你这去，定生不良。凭你怎么惹祸行凶，却不许说是我的徒弟，你说出半个字来，我就知之，把你这猢狲剥皮锉骨，将神魂贬在九幽之处，教你万劫不得翻身！"

那么，孙悟空回去后会惹祸，祖师是知道的，为什么？神话故事中师父带徒弟的惯例有三:

1. 怎样做人。

2. 传授本领。

3. 临行送兵器法宝。

祖师没有教他如何为人，也没送兵器法宝，只教了他惹祸的本领与逃命的本领，其目的就是要他去惹祸的！他没武器，必然要抢，他一抢，人家必然要告，事儿不就闹出来了么！

祖师允许他惹祸行凶，并且凭你怎么惹祸行凶都是可以的，只是一条:绝对不能说出是我的徒弟！

（五）如来佛出场

悟空果然惹了大祸，最后的结果，就是引出了如来佛在安天大会上扬名立万！

如来对孙悟空说的最后一句话是:"趁早皈依，切莫胡说！但恐遭了毒手，性命顷刻而休，可惜了你的本来面目！"恐遭毒手，是指别人要对他下毒手了，若是如来自己，就不会这样说，甚至根本不说，直接下手好了。"可惜了你的本来面目"，说明如来是认识他的，是知道他的"本来面目"的。

这就奇怪了，如来是怎么知道他的"本来面目"的呢？

如来和他打个赌赛:你若有本事，一筋斗打出我这右手掌中，算你赢。筋斗云是孙悟空的强项，如来为什么不和他赌别的？偏偏就赌这个？这也很奇怪，大概如来太了解孙悟空的筋斗云了吧。

（六）综合对比分析

通观西游记全书，传授孙悟空本领的祖师，有头无尾，从第二回后就无缘无故地彻底消失了！而出面收拾孙悟空的如来佛则是有尾无头，甚为蹊跷！那么，这两个人是否就是同一个人呢？我们必然会产生这样的猜测。

如来佛门徒众多，这祖师也门徒众多，如来佛的法力深不可测，这祖师的法力也深不可测，如来住在西牛贺洲灵山，这祖师住在西牛贺洲灵台山。仔细一比较，这菩提与如来的相似度还真高！

有的朋友可能会问：菩提祖师明明是个道士打扮嘛，怎么会是如来佛呢？

我告诉你：因为那是电视上放的，而原著上并没有说他是个道士打扮。原著上形容菩提祖师的是一首诗，见《西游记》第一回：

大觉金仙没垢姿，西方妙相祖菩提。

不生不灭三三行，全气全神万万慈。

空寂自然随变化，真如本性任为之。

与天同寿庄严体，历劫明心大法师。

这首诗中的大觉金仙、西方、不生不灭、空寂、真如、庄严、大法师，都是佛派用语。并且，"大觉金仙""真如"都是如来的代名词。《西游记》第九十八回"功成行满见真如"，在这一回中，唐僧见到了如来佛，"四众到大雄宝殿殿前，对如来倒身下拜"。

因此，这首诗其实已经告诉了我们：这个祖师就是如来本人。

又有的朋友可能会问：那个菩提祖师明明讲的是道派学问嘛。

我们来看看菩提祖师是怎样讲道学的。他首先从"道字门中有三百六十旁门"讲起，每讲一门，都要借孙悟空之口说出：这也不行，那也不好，最终都是水中捞月。这其实就含有贬低道学的意思了。

那么，菩提祖师究竟讲的是什么呢？《西游记》第二回已经给出了明确的答案："一日，祖师登坛高坐，唤集诸仙，开讲大道。真个是——天花乱坠，地涌金莲。妙演三乘教……"

我们再看《西游记》第八回，如来佛祖讲的是什么："那如来微开善口，敷演大法，宣扬正果，讲的是三乘妙典……"

看到了吗？祖师"妙演三乘教"，如来"讲的是三乘妙典"。讲课的内容是一样的。所以，孙悟空学到的是"佛法"，不是"道法"。

在《西游记》中，可以称得上"祖"的人，也就那么几个，老君是太上道祖，镇元乃地仙之祖，如来是佛祖，可这菩提究竟是哪一门哪一派之祖？居然不知道！

菩提祖师很显然不是什么隐士，他门徒众多，势力庞大，又和如来佛祖同在西牛贺洲一个地盘上混，如来怎么可能会不知道呢？又怎么如来一出场，菩提就彻底消失了呢？

这就只有一种可能：孙悟空的授业恩师菩提祖师，其实就是如来佛本人！

54 如来佛与菩提祖师的秘密

关于"菩提祖师是谁"的猜测，有N种之多：如来说、老君说、观音说、玉帝说、燃灯说、金蝉子说、准提道人说、元始天尊说、太白金星说、镇元子说，等等，只要叫得上的人名，都不妨套上去试推一番。

孙悟空是菩提一手教出来的，我们只要看看孙悟空学的是什么就知道了。

1. 取经路上，究竟是谁在"持续地"指导唐僧修行？是孙悟空！孙悟空若不懂佛法，他怎么能够指导唐僧这个"准和尚"修行？孙悟空的佛法修行要比唐僧高深得多！那他是怎么会的呢？当然是跟他的神秘师父学的。

2. 车迟国，在道士新建的三清观内偷吃供品时，行者道："这上面坐的是什么菩萨？"八戒笑道："三清也认不得，却认做什么菩萨！"行者道："哪三清？"可见，孙悟空对道派的基本常识都还比较模糊。

孙悟空学的是"佛法"，不是"道法"。因此，认为孙悟空的师父是道派仙人的说法，基本上是可以否决的。

《西游记》第三十四回，孙悟空变成一个小妖去请九尾狐狸精，走到门口，哭了起来。为何而哭？原文：

> 放眼便哭，心却想道："老孙既显手段，变做小妖，来请这老怪，没有个直直的站了说话之理，一定见他磕头才是。我为人做了一场好汉，止拜了三个人：西天拜佛祖，南海拜观音，两界山师父救了我，我拜了他四拜……一卷经能值几何？今日却教我去拜此怪……使我受辱于人！"

注意：我为人做了一场好汉，止拜了三个人（这是孙悟空的心里话）。

孙悟空说他为人以来，只拜了如来、观音、唐僧这三个人。那么，我请问：孙悟空在西牛贺洲灵台山拜师学艺的时候，他天天向人家磕头，拜的又是哪个？

有的朋友会说，那当然是菩提祖师呀，这还用问。是的，是菩提祖师，可这样一来，孙悟空就拜了四个人了，并不是三个人。

下面，我们就把这四个人逐一分析一下，看看究竟是怎么一回事：

1. 两界山拜唐僧，属实。

见第十四回"心猿归正"：只见那猴早到了三藏的马前，赤淋淋跪下，道声："师父，我出来也！"对三藏拜了四拜。

2. 南海拜观音，属实。

见第二十六回，为医治人参果树，孙悟空的确去了南海，也的确有"参拜菩萨"。并且，孙悟空拜观音还不止一次两次。

3. 西天拜佛祖，根本就没有的事！

大闹天宫时，孙悟空与如来斗法失败后，大吃一惊，有这等事，有这等事！我绝不信，不信！就已经被五行山压住了，他就是想磕头也来不及了。一直到他出来，保唐僧，走到金角大王的地盘，遇到九尾狐为止，既没有去过西天，也没有拜过佛祖。

这就有问题了。孙悟空明明没有去过西天，也没有拜过佛祖，那他为什么要说去西天拜了这个人？

4. 西牛贺洲拜菩提，属实。

我们再回过头来看前两回：孙悟空在西牛贺洲，一见到菩提祖师，"倒身下拜，磕头不计其数"，学艺时"跪在榻前"，临走时"只得拜辞"。也不知拜了多少遍！

这个问题就更大了。孙悟空明明是拜了这个人的，怎么又不算数了呢？

从上面这四段分析，我们可以得出明确的结论：孙悟空的确只拜过三个人，分别是：菩提、观音、唐僧。

那么，孙悟空拜过菩提，为什么不算数了？而没有拜过如来，又为什么要说拜过他？真相只有一个，那就是：如来就是菩提，菩提就是如来，是同一个人。孙悟空学艺的时候，才是真正的"西天拜佛祖"！

孙悟空压在五行山下，全身不能动弹，只有每日动脑筋反思，终于想通了这一切的前因后果，所以悟空说："如来哄了我，把我压在此山，五百余年了。"

我们再看第五十八回，如来说假悟空乃六耳猕猴也。这分明是撒了个谎，如果真的有六只耳朵的猴子，那真假悟空就太好区别啦！只看耳朵不就得了。如来说的这个六耳猕猴，是在场的所有人都没听说过的，因为这是如来杜撰的。

那么，如来为什么不编个别的名字？而偏偏要说是"六耳"呢？因为说出"六耳"，就是说出了"本象"！

本，就是最初。最初的时候，悟空随菩提祖师学艺，祖师是打暗语教的，悟空悟破玄机，半夜子时，跪在祖师床前求教，悟空道："此间更无六耳，止弟子一人，望师父传我长生之道罢，永不忘恩！"

祖师由此开始秘授，悟空由此开始得道，皆起于这最初的"此间更无六耳"。这是他和祖师两人间的秘密对话，绝不可能有第三个人知道！所以，如来现在笑着告诉他，悟空是真的，六耳是假的！

要想证明菩提祖师是其他人，你首先得证明菩提祖师这个人不存在。而证明菩提祖师不存在的唯一证据是"孙悟空只拜了三个人"，即如来、观音、唐僧。他原先拜的那个菩提，已经不做数了，由未曾拜过的如来取代。

即：如来＝菩提。明确无误。

既见过菩提，又见过其他人的证人，在《西游记》中，还只有孙悟空这一个人。

55 生存艰难的野势力妖怪

西天路上的妖怪，有的是在为天庭道派服务，有的是在为佛派服务。还有更多的妖怪则是独霸一方，不为任何一派服务，这样的妖怪，我们称之为：野势力妖怪。

野势力妖怪，没派系支持，他们要想混成神仙，那几乎是不可能的。所以他们才是真正意义上的妖怪，并且等级也是最低的。

野势力妖怪的生存状态普遍较差。在西游记中，基本上是越靠近西天的妖怪越富，越靠近东土大唐的妖怪越穷。

你看后面的三个犀牛精，他们洞中的许多珊瑚、玛瑙、珍珠、琥珀、宝贝、美玉、良金，仅八戒与沙僧搜出的细软宝贝就有一石，可见是相当有钱的。

再看中华大唐的妖怪：

第十三回，唐僧带着唐王赐的两个随从被寅将军捉住了。这时，来了两个客，熊山君与特处士。看见唐僧三人被绑着，就问："此三者何来？"寅将军说是他们自己送上门来的。

处士笑云："可能待客否？"

后面的妖怪，都是捉到人后，请客吃饭。而这大唐的妖怪居然是问能不能请我们吃？又说只吃两个，还留一个。

最后，寅将军将两个从者的首级与心肝奉献给两位客人，自己吃了四肢，其余骨肉，分给各妖。看样子，大家都没吃饱。

怎么说呢？我觉得大唐国的妖怪极少，并且很穷很寒酸。

这一点很重要，因为和如来说的恰恰相反。

如来说：我西牛贺洲，不贪不杀，养气潜灵，虽无上真，人人固寿；但那南赡部洲者，贪淫乐祸，多杀多争，正所谓口舌凶场，是非恶海。

而实际上，南赡部洲只有寅将军、黑熊精两处妖怪。90％以上的妖怪，都集中在如来的西牛贺洲。究竟哪边是"是非恶海"？

孙悟空放出来后，他就专门负责清剿妖怪。有派系有保护伞的妖怪，一个也没打死。因此，野势力妖怪就成为孙悟空的重点打击对象。

通观《西游记》全书，有背景的妖怪，都能活。无背景的妖怪，则分以下三种情况：

（一）无背景，但有利用价值的，可以收编。

孙悟空遇到的第一个野势力妖怪是黑熊精，这个妖怪虽然没有什么势力，可问题是那妖怪也颇有些手段，孙悟空降伏不了他，所以被观音菩萨收编了，并安排他做了一个守山大神。

黑水河的鼍龙怪，这个妖怪武艺也不高，也没有谁要收编他，但孙悟空没打死他，我们来看一下：

鼍龙怪被摩昂太子捉住，众海兵一拥上前，揪翻住，将绳子背绑了双手，将铁索穿了琵琶骨，拿上岸来，押至孙行者面前。

这个时候，生杀大权完全在孙悟空手里。要打死他，是再简单不过的事了。

1. 黑水河河神对孙悟空说："奈我年迈身衰，敌他不过，把我坐的那衡阳峪黑水河神府，就占夺去住了，又伤了我许多水族。我却没奈何，径往海内告他。原来西海龙王是他的母舅，不准我的状子，教我让与他住。我欲启奏上天，奈何神微职小，不能得见玉帝。今闻得大圣到此，特来参拜投生，万望大圣与我出力报冤！"

2．摩昂太子对孙悟空说："大圣，这厮是个逆怪，他极奸诈，若放了他，恐生恶念。"

3．猪八戒见那妖精锁绑在侧，急掣钯上前就筑，口里骂道："泼邪畜！你如今不吃我了？"被孙悟空制止了。

在场的人，几乎都要鼍龙怪死，如果孙悟空打了，则至少可以帮河神报个仇，他自己也有功果，但孙悟空说放。

为什么要放？孙悟空说："且饶他死罪罢，看教顺贤父子之情。"这就是看的龙王的面子，给了西海龙王一个人情。后来龙王屡次来帮孙悟空降私雨，那可是有人情的。

所以，放过这个妖怪，对孙悟空是有利用价值的。

另有：碧波潭的龙婆，留着她看塔，没死；还有蜈蚣精，被毗蓝婆收去看门，也没死；等等。

（二）无背景但精明的，可以逃跑。

碧波潭的九头虫，他就成功地逃跑了，没有死。

《西游记》第六十三回，那怪物（九头虫）负痛逃生，径投北海而去。八戒便要赶去，行者止住道："且莫赶他，正是穷寇勿追，他被细犬咬了头，必定是多死少生。等我变做他的模样，你分开水路，赶我进去，寻那宫主，诈他宝贝来也。"二郎与大圣道："不赶他，倒也罢了，只是遗这种类在世，必为后人之害。"至今有个九头虫滴血，是遗种也。

这是西游记里所有野势力妖怪中唯一负伤逃命的一个妖怪，没有死。仅此一例。

（三）无背景又无本事的，一棒子打死了事。

在所有野势力妖怪中，被打死的妖怪约计如下：

虎先锋、白骨精、九尾狐、狐阿七、蝎子精、玉面公主、碧波潭老龙、龙子、万圣宫主、杏仙、十八公、孤直公、凌空子、拂云叟、赤身鬼、丹桂、腊梅、大蟒、七个蜘蛛精、狐狸美后、金钱豹、黄狮精、三个犀牛精。

这些妖怪基本上都不怎么厉害，在被打死之前，也没人来救他们，所以都被打死了。

从以上分析可以看出：最容易被打死的妖怪，是既无背景又无本事的妖怪。这些都是老孙的"买卖"，同时，也是猪八戒争夺的对象。

56 西游记中最逍遥自在的妖怪是谁

佛派对妖怪无非有着三种政策：有背景的，坚决打击警告；无背景但本事大的，收编、拉拢；无背景又无本事的，一律消灭掉。

野势力妖怪，若没得点本事，那就是消灭的对象了。

牛魔王，他是一个典型的野势力妖怪，并且还是西天路上的一个"大户"，他的下场究竟如何呢？因为他是西游记中比较少见的一类妖怪，所以我们有必要详细地研究一下他。

很久以前，孙悟空闹龙宫抢得金箍棒后，开始遨游四海，行乐千山，遍访英豪，广交贤友。结识了七个弟兄，乃牛魔王、蛟魔王、鹏魔王、狮驼王、猕猴王、犸狨王，连自家美猴王共七个。

注意：孙悟空在这些魔王中只是排行老七，最末一位，而牛魔王则是响当当的老大！孙悟空是牛魔王的小弟。既然牛魔王能做七个魔王的老大，那么，他的个人素质、综合能力应该都是比较高的。

孙悟空在花果山做妖怪的时候，牛魔王经常到他这里来吃喝，大醉而回。孙悟空做妖怪的时间很短，牛魔王出道肯定要比他早，但牛魔王从来也没有惹过什么祸，而孙悟空已经犯了好几回案了。

这就说明牛魔王其实还算得上是个安分守己的妖怪，至少行事是有分寸的，不至于像孙悟空那样胡来。

李天王来花果山捉孙悟空的时候，牛魔王并没有出手相助，孙悟空打了胜仗，牛魔王等六弟兄就向他贺喜，在洞里海吃海喝。

孙悟空对六弟兄说："小弟既称齐天大圣，你们亦可以大圣称之。"内有牛魔王忽然高叫道："贤弟言之有理，我即称做个平天大圣。"其他五个也都以大圣自称。

牛魔王虽也自称大圣，但是并没有公开过，更没有对抗过天庭，一次也没帮过孙悟空，所以，天庭从来也没有说过要捉拿牛魔王。

直到孙悟空被压在了五行山下，也没有见到过牛魔王的身影。

牛魔王大概很清楚道派、佛派的实力，他没有与任何一派发生矛盾，但他也没有参加其中的任何一派，是典型的无派别自由人士。

牛魔王又被人称为大力王，论本事，要比孙悟空高，但从没见他和谁动过手，能看到的只是在交友、吃喝。

牛魔王结交的朋友甚多，家族产业很大，社会关系网极其复杂，共有以下几处：

1. 早年和孙悟空等人，一共七大魔头结拜为七弟兄。整日讲文论武，吃喝玩乐。

2. 大老婆罗刹女凭一把芭蕉扇，掌管八百里火焰山的气象预报、人工降雨、农业种收等生计问题，身兼多职且垄断经营。

3. 儿子红孩儿在火云洞做很大的买卖，看样子是做车生意的，他控制的势力范围极大，天庭设在这里的六十个基层干部全部都被他当佣人在使唤！

4. 小老婆积雷山的玉面公主，和老牛一样，是无业人员，但小老婆的父亲去世的时候留下巨额遗产有百万家私，供他们挥霍。

5. 西梁女国解阳山破儿洞的如意真仙，和牛魔王是兄弟。如意真仙霸着落胎泉，在这里当妇科堕胎专家，收入颇丰。

6. 猪八戒保唐僧之前，在福陵山云栈洞做妖怪时，牛魔王曾经跑去会见过这位天蓬元帅。

7. 沙和尚被贬到下界，在流沙河为妖吃人时，牛魔王也曾跑去会见过这位卷帘大将。

8. 近期又结交了碧波潭的老龙王、九头虫等妖怪，老龙王奉他为上宾，经常请他吃饭。

牛魔王的势力范围相对比较松散，但却更为广阔，朋友遍布天下，势力盘根错节，构成了一个错综复杂的关系网。

牛魔王这个人和孙悟空不同，他并不喜欢打架斗殴。牛魔王没有和任何人动过手结过仇，也从没见他作过恶害过人，但红孩儿曾说过他平日是吃人为生的。由此可见，牛魔王这个人的面子很大，都是别的妖怪捉到人后请他吃的。

《西游记》中，老是看到别人请牛魔王吃饭、赴宴，就没看到他请别人吃。他也特爱去赴宴，当他和孙悟空翻脸打起来的时候，正斗得难解难分，只听得山峰上有人叫道："牛爷爷，我大王多多拜上，幸赐早临，好安座也。"

牛魔王一听说有人喊吃饭，他就收了棍道："猢狲，暂停，等我去一个朋友家吃饭。"架也不打了，回到洞里，换了一件袄子，打扮了一下，就赶着赴宴去了。

到了碧波潭，孙悟空混进去偷看，牛魔王坐在首席正上面，左右有三四个蛟精，前面坐着一个老龙精，两边乃龙子龙孙龙婆龙女。

可见，牛魔王是很有面子的，别的妖怪们都很尊重他。

牛魔王的日子过得非常逍遥，是西游记中最快活的一个妖怪了，但是这里面存在两个问题：

1. 西游记后面只写了孙悟空、牛魔王这两个，还有以前的五个结拜弟兄没了，大概是都死了，因为一般神仙或妖怪的寿命是五百岁。而孙悟空活了约有一千岁，牛魔王活了至少也有一千岁，孙悟空是吃过蟠桃的，那么，牛魔王呢？他是怎样活过来的？

2. 牛魔王并没有得罪天庭、佛派或是其他任何一个妖怪，也没有见他行凶作恶，危害他人，更没看到他抓唐僧，要吃唐僧肉，根本没看到他有半点罪行，为什么在剿灭他的时候，突然之间就来了那么多人？为什么大家要联合起来一起剿灭他？牛魔王为什么会是这样的下场呢？

57 是谁在迫害牛魔王

牛魔王，无业，但有钱，有闲，还有两个合法的漂亮老婆。并且他为人也不错，万事以和为贵，基本上是个和事佬，所以在江湖上的口碑很好。但万万没想到的是：在剿灭老牛的行动中，一下子就来了五路人马，围着他打！

而第一个坚决要剿灭牛魔王的人，竟然是他的结拜弟兄孙悟空！

没想到吧？大家看电视，总以为孙悟空只是要借那把破扇子，才和他发生了兄弟间的争执，总以为是牛魔王不仗义，不像个当大哥的，才和孙悟空动手，却不知道这是孙悟空算计好了的，存心要置他于死地而后快！

大家可能以为我的话说重了，可事实摆在那儿，真相就是如此！

孙悟空当年大闹天宫的时候，牛魔王跑来混吃混喝，却没有帮他一次忙，孙悟空有没有想法？压到五行山下服刑期间，牛魔王没来看他，却去看望了素不相识的同是服刑人员的天蓬元帅与卷帘大将，孙悟空有没有想法？在火云洞差点被红孩儿害死了，孙悟空有没有想法？

当然，孙悟空的胸襟绝不至于如此狭窄，不会因为你对不起我，我就整死你。不是这个原因呐，而是公务在身，公事公办！

孙悟空是有任务的，沿途的妖怪必须消灭！他的功果是按他打死妖怪的质量与数量来计算的。在此之前，他的功果其实不多，因为绝大多数妖怪都是有背景的，都被大神仙们救走了，他根本立不了功！

现在，好不容易碰到一个没有主的大生意，他能轻易放过吗？牛魔王的身世、底细，孙悟空是知道的，不打他，还能打谁？

所以，从动机上讲，孙悟空存心要灭掉牛魔王就是必然的。

光看动机，好像还不足以说明问题，我们还得看他的实际表现与行动，这个最能说明问题。

在火焰山，当地一个老者告诉孙悟空：离此地西南方一千四百五六十里处（来回要走一月），有个铁扇仙，她的芭蕉扇可以灭火，但要送些礼物给她。

孙悟空到了之后，当地的樵夫告诉他：她叫罗刹女，乃大力牛魔王之妻也。行者闻言，大惊失色，暗想道："又是冤家了！当年伏了红孩儿，说是这厮养的。如今怎借得了这扇子？"

那樵夫见行者沉思默虑，嗟叹不已，便给他支了一招："你只说来求扇子，莫认往时之溲话，管情借得。"行者闻言，称谢而去。

但是，他来到芭蕉洞叫门的时候，却偏偏报出了自己的姓名："我是东土来的，叫做孙悟空和尚。"罗刹女一听说是孙悟空，便提了两把剑恶狠狠地出来了。

这就有问题！人家已经跟孙悟空说得清清楚楚：你不说你是哪个，莫说过去的傻话，只说来求扇子，管情借得。可孙悟空为什么还要把自己的名字说出来呢？

他一上来就说：我是来借扇子的，我就是孙悟空。这不明摆着是存心来挑起仇恨，制造事端的吗？可见，他的第一目的，并不是借扇子这么简单，而是希望铁扇公主先动手打他！

果然，铁扇公主先动手打了他，他毫不客气地将铁扇公主狠狠地揍了一顿！用的是"钻腹"战术，这一招是专门用来对付超级妖怪的！为什么要对她下这么狠的手？就是要把牛魔王引出来！

因此，很明显：孙悟空的第一目的是消灭牛魔王，第二目的才是借扇子。

可是，牛魔王根本就不在这里，而孙悟空又借了把假扇子。因此，孙悟空的第一目的消灭牛魔王没有得逞，第二目的借扇子也没有得逞。

如果孙悟空真的只是要借扇子，那么，他完全可以立马转身再跑来把铁扇公主欺负一顿，敢拿假的骗老子，老子不打死你个婆娘！反正牛魔王不在这里，并且也没跟她过日子了，她能怎的？她只有乖乖地把真扇子交出来的份！

既然他已经采用强行勒索的手段勒索到了一把假扇子，那么，脸皮已经撕破了，他完全可以再去强行勒索真扇子，只要一吓唬，真扇子保证到手。

但是，孙悟空并没有去追究铁扇公主用假扇子骗他的事，也没有再去强行索要真扇子，而是专程去找牛魔王。这就再一次证明了：孙悟空的目标百分之百是牛魔王！而不是那把破扇子。

因为若不干掉牛魔王，即使抢到真扇子，唐僧过了火焰山，孙悟空这一场就等于是白忙了！没有功果的。

牛魔王在哪儿呢？在正南方向的积雷山，离此地有三千多里的路，大概是从武汉到越南，或是武汉到日本的距离。可见，牛魔王并不与取经队伍发生任何冲突，又不在同一个方向上，毫不相干啦！

孙悟空却偏要大老远地赶上门去惹事，这就只能说明孙悟空他是存心专门冲着牛魔王来的！

孙悟空来后，遇到了牛魔王的小老婆玉面公主，公主问道："你是何方来者？"悟空想了会道："我是翠云山芭蕉洞铁扇公主央来请牛魔王的。"

你看，你看！这泼猴唯恐惹不出事来！

在芭蕉洞铁扇公主处，明明不该说自己是孙悟空，他却偏要说！在积雷山玉面公主处，明明该说自己是孙悟空，他却偏又不说！这两次答话，孙悟空都是经过深思熟虑了的，他是在考虑怎样才能使矛盾进一步扩大激化！

铁扇公主最痛恨孙悟空，他就说我是孙悟空！玉面公主最痛恨铁扇公主，他就说我是铁扇公主派来的！总之，他就是要挑起仇恨，制造事端！

果然，玉面公主破口大骂了一顿铁扇公主这贱婢！孙悟空就假装是铁扇公主请来的人，故意拿出铁棒要打！

铁扇公主是先动手打的孙悟空，所以孙悟空有理由要揍她，现在，玉面公主没有动手打他，孙悟空并没有任何理由啊，但还是要揍她！就是要把老牛卷进来。

终于，把牛魔王牵扯出来了，不过，牛魔王没和他真打就赴宴吃饭去了。可见牛魔王不想和他斗殴，并且还交代那些妖精朋友们："列公切记要躲避他些，莫惹那只毛猴子。"

牛魔王这一走，这件事其实就等于是结束了。但孙悟空不甘心，尾随而至，偷了他的辟水金睛兽，金睛兽绝对没有筋斗云快，为什么要偷？因为不偷，老牛肯定不会赶来打他！

所以，这就是泼猴再一次的惹事，硬是要逼着老牛来打他，就是我故意偷的，好让你知道这是我干的，你来啊，你来打我啊！

牛魔王已经有两年的时间没和铁扇公主在一起了，那么，当孙悟空变成牛魔王的模样去找铁扇公主的时候，那究竟会发生些什么呢？所以，这个后果是相当严重滴！

这孙悟空自从打唐僧之后，就不再是原来那个没脑子闹天宫的孙悟空了！

他一次又一次地故意挑衅牛魔王，一计不成，又生一计，硬是要逼牛魔王动手。孙悟空是很有理由的，因为他只是借把扇子而已，牛魔王却十分小气，还先动手打了他，哪里像个做兄长的样子，太不仗义了。最后，全是牛魔王的不对！

牛魔王简直要被他气疯了，怒不可遏，大骂道："那泼猴夺我子，欺我妾，骗我妻，番番无道，我恨不得囫囵吞他下肚，化作大便喂狗！"

58 揭开铁扇公主的身世之谜

　　牛魔王问孙悟空："你怎么把我小儿牛圣婴害了？"悟空道："他现今做了善财童子，比兄长还高呢。"

　　老牛道："嘿你个乖嘴的猴三！害子之情，被你说过。那你刚才为何欺打我爱妾？"悟空道："不知她是二嫂嫂，小弟一时粗鲁。"老牛道："既如此说，我看故旧之情，饶你去罢。"

　　可见牛魔王既不会因红孩儿与孙悟空动手，也不会因小老婆与孙悟空动手。

　　但为什么一提到铁扇公主，牛魔王就勃然大怒呢？牛魔王和孙悟空两次动手都是因铁扇公主而起的，究竟是什么原因使得老牛如此激动、如此愤慨呢？

　　因此，我们有必要研究一下铁扇公主罗刹女这个人。

　　罗刹女杀孙悟空，孙悟空叉手向前，伸着头，任她乒乒乓乓砍了十数下，全不认真。罗刹女就害怕逃走了。第二次交手，只打了五七个回合，罗刹女便手软难轮。因此，罗刹女的本事实在是低！

　　可这样一个本事极低的弱女子，手里却拿着一件天地间的至宝芭蕉扇，这就是一个疑点。她拿着这把扇子并没有去称雄称霸，而仅仅只是倚赖这火焰山谋生活赚外快，这就又是一个疑点。

　　罗刹女的芭蕉扇是从哪儿来的呢？灵吉菩萨告诉孙悟空："她的芭蕉扇本是昆仑山后，自混沌开辟以来，天地产成的一个灵宝，乃太阴之精叶。"

　　那么，这样的宝贝又怎么可能被罗刹女得到呢？无论是西游记还是其他神话中，可以从混沌开辟时活下来的人，仅仅只那么有数的几个而已。因此可以肯定，罗刹女不是芭蕉扇的第一主人。

芭蕉扇的第一主人究竟是谁呢？是太上老君！

西游记第五十三回，银角大王说："我这葫芦是混沌初分，天开地辟，有一位太上老祖，见昆仑山脚下，有一缕仙藤，上结着这个紫金红葫芦，却便是老君留下到如今者。"

宝葫芦与芭蕉扇同产于昆仑之地，同生于开辟之时，现场又只有老君一人，因此，可以肯定：罗刹女的芭蕉扇就是太上老君的！

因为时间、地点、人物都是一致的。

那么，太上老君为什么要把自己的芭蕉扇交给罗刹女去赚外快呢？这其中又有着怎样的隐情呢？实在是令人费解啊！

但我们知道，红孩儿是罗刹女生的。这一点错不了。下面，我们就从红孩儿身上寻找线索。

1. 红孩儿是牛魔王的儿子，他身上应该有一半牛的基因，可是他没有，被天罡刀穿住了，他就应该现出妖怪的原形。但他是个人，根本就不是牛精。他长得非常漂亮，比哪吒还有富贵相！

这就说明：红孩儿并不是牛魔王的亲生儿子。

2. 按原著，红孩儿只是个婴儿，并不是大家想象中的大儿童，但却都说他是三百岁。为什么三百岁的妖怪长像这么小？

这就只能说明：红孩儿是在天上长大的，因为天上一天，地上一年。

3. 第四十二回，红孩儿说："我前日闲行，驾祥光，直至九霄空内，忽逢着祖延道龄张先生……他见孩儿生得五官周正，三停平等……先生子平（命理）精熟，要与我推看五星……"

红孩儿不知道地上牛魔王的朋友，却认识天上玉皇大帝手下的天师张道龄，你说怪不怪？红孩儿这个妖怪居然敢往天上乱跑，张天师不仅不捉住这个妖怪，还要为他推算命运。

这就更加证明红孩儿比较熟悉天上的事，不熟悉地上的事。

因为他知道九霄空内"并不出名"的祖延道龄张先生，却不知道地上"赫赫有名"的七魔王。

4. 红孩儿把天庭设在那里的六十个基层干部都当做佣人在使唤！这也太嚣张了！天庭居然不管。即使牛魔王本人也没有这个胆！牛魔王恰恰是怕土地的。

这就只能说明：红孩儿是有着强大的天庭势力的。

5. 牛魔王与铁扇公主都不会三昧真火，三昧真火是道家不传之秘，红孩儿绝不可能自己会！必定有个精通三昧真火的老道教他。

6. 孙悟空不请人，根本胜不了红孩儿，可见红孩儿大于或等于孙悟空，他怎么就这么大本事？那么，传授红孩儿本领的老道，估计也是大于或等于传授孙悟空本领的祖师了。这就只有"三清"级别的神仙了。

7. 知道孙悟空怕烟的人只有太上老君一个人，这红孩儿居然也知道了！"那妖（红孩儿）见他来到，将一口烟，劈脸喷来……原来这大圣不怕火，只怕烟。"

推到这一步，红孩儿与太上老君之间，一定有着极为密切的关系！

要么红孩儿是太上老君收的徒弟。

要么红孩儿是太上老君的私生子。

否则，红孩儿不至于比牛魔王还牛。要知道，牛魔王混了那么多年的妖精，一直都是妖精老大，却不能像红孩儿那样把天庭的基层干部都当奴仆使唤！

还是"私生子"说，比较靠谱。因为红孩儿没有牛魔王的基因。太上老君又送了把扇子给罗刹女在火焰山赚外快，这罗刹女若不是太上老君的小情人，又怎会有如此轻松的垄断经营可做？

而且，红孩儿不仅敢冒充观音菩萨，还敢当面打观音菩萨！如果红孩儿只是老君的徒弟，则不至于如此嚣张！

观音捉了红孩儿之后，反而还优先提拔他成了正果，这其实都是看的太上老君的面子，为老君摆平了难言之隐。

59 牛魔王与铁扇公主的畸形婚姻

原来，罗刹女是太上老君的小情人，而红孩儿是太上老君的私生子！这罗刹女生下的红孩儿，就是个十分有力的证据！

有的人要说了，红孩儿是自己在火焰山修炼的三昧真火。真是这样吗？

1. 这句话是钻头号山的土地道听途说的，这里的土地根本不能管火焰山，相隔太远，又怎知火焰山的事？

2. 如果红孩儿能在火焰山修炼出三昧真火，则火焰山的土地比红孩儿待的时间更长，他更应该修炼出三昧真火，也就不怕牛魔王了。

3. 三百岁的妖怪又怎么会只是一小孩？有的朋友会说，哪吒不也只是个小孩吗？对头，因为哪吒是在天上，哪吒过一岁，地上要过去365年。

分析一个问题，只有从多个角度一起推论，才可能更加接近真相！

太上老君要为罗刹女安排一个位置，正好就利用孙悟空蹬倒八卦炉，丢两块砖下来化成火焰山。否则，老君当时何不就用他的圈儿、牛儿灭了孙悟空？还让他蹬炉子？

因为这是老君有难言之隐，才故意所为，利用猴子制造点事端出来。要不然，老君连猴子也打不过，他还混个屁呀。

炉子里掉下两块砖，就化做了火焰山。然后就来了罗刹女，持一把芭蕉扇。芭蕉扇一扇，财运就滚滚来。

只有当罗刹女是太上老君的小情人时，所有的相关疑问才可以在逻辑上解释得通！

这火焰山，无春无秋，四季皆热，有八百里火焰，周围寸草不生。罗刹女则在此地千里之外的幽静处享福，持芭蕉扇依火焰山而坐收渔利。

火焰山的百姓因十分酷热，无法种粮食，便来求罗刹女，罗刹女的芭蕉扇可以熄火，她每次只扇三下，一扇熄火，二扇起风，三扇下雨，她就收扇了。农民们赶紧开始耕田种地，一年只有一次收成，火便又复发了，第二年到了耕种的季节，大家就再来拜请她去熄火。

罗刹女年年都要去火焰山熄火，这当然是收费的，每次每家奉上四猪四羊，花红表里，异香时果，鸡鹅美酒，她就出山。不过，这个费用也不算很高，因为大家都是合伙分摊的，每家十年才轮得上一回，所以呢，当地人反而还都很尊敬她，称她为"铁扇仙"、"圣贤"。

和罗刹女住一个地方的人说："这里无个铁扇仙，只有个铁扇公主，又名罗刹女，这圣贤有这件宝贝，善能熄火，保护那方人家，故此他们称为铁扇仙。我这里人家用不着她，只知她叫做罗刹女。"

可见罗刹女的邻里关系还是可以的，不说好，至少不差！她也没仗宝扇强迫人家怎样称呼她。

罗刹女的生活问题解决了，可最大的问题是，一个女人带个孩子是很不容易的，所以得给孩子找个假爹！找谁呢？找的牛魔王。

牛魔王力气大，江湖上又有名，为人也不错，但就是没有正当职业，更没有正规编制，混黑社会是很辛苦的。以前镇压孙悟空的时候，他也是被上面挂了号的，现在，不追究他的责任了，还送个老婆给他，他能不接受么？

牛魔王和孙悟空做兄弟的时候还没有结婚，孙悟空被镇压之后，牛魔王才结了婚，这个时间正是在有了火焰山之后。

牛魔王娶罗刹女，是有好处的，不仅衣食无忧，富甲一方，而且还可以享受到其他妖怪绝对享受不到的待遇——吃蟠桃添加五百岁寿命。私给两个蟠桃，对太上老君来说，简直就是吃剩下了的！

所以牛魔王才越混越牛，各方妖怪都要来巴结他。

唯一不舒服的就是那个事儿，罗刹女是他的正妻啊，正妻是个死老头子的小蜜！只要往那儿一想，气就不打一处来。所以，他就找二奶了，罗刹女也不好反对，怎么反对？

她反不反对，老牛都是会找二奶的，所以，她干脆就不反对了，不仅不反对，还和小老婆签了协议的：小老婆派人给大老婆每年送多少柴，每月送多少米，还要送多少珠翠金银、绫罗缎匹。而大老婆则保证不找小老婆要老牛。

因此，这三个人还是比较和谐的，过了两年也没发生矛盾。可孙悟空一来，全部搅乱了套！孙悟空缠着老牛的正妻下手，正好戳到了老牛的痛处！老牛看起来很风光，其实是顶着绿帽子混过来的，所以挺不容易的，对这事儿特敏感，特神经质，特无法忍受！

现在，孙悟空冒充老牛究竟和罗刹女发生了什么？

所以，老牛要和孙悟空拼命："我妻许你共相将！你哄人妻女真该死！"

孙悟空见到老牛的第一眼：他那模样与五百年前又大不同，只见从头到脚，一身名牌，去赴宴时又换了一套。但是，孙悟空从内心里是瞧不起他的，你个不知好歹的老牛，狗草一般的东西！

连猪八戒也骂他："老剥皮！你是个甚样的人物？"

60 降妖除魔：土地公公也疯狂

在剿灭牛魔王的行动中，有一个至关重要的人物不可忽视，就是火焰山的土地公公，他亲自参加了战斗，这在西游记中是绝无仅有的一次。因为几乎所有的土地、山神都是战战兢兢、老老实实的，没一个敢吃了豹子胆去招惹妖怪的。

这位土地公公是何目的？是何动机？具体都干了哪些事？我们来看一下：

土地公公是不请自来的，他带着一个雕嘴鱼腮鬼，鬼头上顶着一盆子点心，专程送来给唐僧吃。是他对孙悟空说出了牛魔王现在的详细地址，悟空听了，"忽"的一声，就不见了，直奔牛魔王而去。

土地为什么要唆使孙悟空去斗牛魔王？按他自己的说法是："一则扇息火焰，可保师父前进；二来永除火患，可保此地生灵；三者教我归天，回缴老君法旨。"

土地说了三个原因，前两个原因是利他的，最后一个原因是利己的，只有利己的原因才是最接近真相的原因。他不想待在这个热死人的地方受罪了！

并且，"回缴老君法旨"，就说明是老君允许了的。当红孩儿有了个妥善的安排，成了正果之后，老君的后顾之忧便得以消除。

火焰山存在一天，土地就要多受一天罪。他本是老君身边守炉的道人，因五百年前孙悟空蹬倒了老君的八卦炉，落了几个砖下来，内有余火，到此处化为火焰山。老君便罚他下来做了火焰山的土地。

当年没有把孙悟空炼为灰烬，这个责任究竟该谁负？很显然，不至于该这个看炉的道人负主要责任吧，可是，老君却把他罚下来，那么他一定是有委屈的。

火焰山形成后，直接导致了两个人的命运发生了根本性的改变：

1. 看炉道人被罚下来做土地公公，天天在这个热死人的地方受闷罪。

2. 罗刹女在此地千里之外的幽静处享福，凭一把芭蕉扇发家致富。

罗刹女的芭蕉扇可以灭火，只需连扇四十九扇，火便永远再不复发了。可是，罗刹女每次只扇三下，农民们种收后，火又复发。

罗刹女永远不把火弄断根，就永远有钱赚，她的日子过得非常舒服。而那个看炉的道人呢？非常的倒霉，他就得永远待在这儿当土地，天天受闷罪。

所以，土地要想回天，首先就必须得把火焰山的火弄熄！要想把火焰山的火弄熄，首先就必须得消灭牛魔王！牛魔王不除，火是永远不会断根的。

他自己当然没有办法消灭牛魔王，现在，孙悟空来了，这是土地公公唯一的一次机会，所以，他就不请自来了。

孙悟空找牛魔王去了，土地对唐僧说："那牛王神通不小，法力无边，正是孙大圣的敌手。"猪八戒说："今日天晚，我想着要去接他，但只是不认得积雷山路。"土地道："小神认得，我与你去来。"

因为他知道牛魔王的本事，所以又主动带路，把猪八戒叫去帮忙。

土地怕孙悟空一个人拿老牛没法，不仅把八戒叫去，他自己还又去叫了一队阴兵！看来土地公公这次是要对老牛下毒手了。这位土地是《西游记》中唯一有兵可以指挥的土地，非同一般哦。

二人正行时，见悟空与牛王厮杀。八戒发呆了，一边是师兄，一边也是熟人，上不上呢？正在犹豫间，那土地道："天蓬还不上前怎的？"呆子便掣钯上了，孙悟空说他变成你的模样把扇子骗去了，八戒大怒："你怎敢变作你祖宗的模样，骗我师兄，使我兄弟不睦！"

煮酒探西游

八戒的钯凶猛，牛魔王招架不住，败阵就走。这个时候，火焰山的土地，率领阴兵，当面把他挡住了！这意味着土地公公第一次向妖怪宣战！老牛没奈何，只得转身再战。

老牛并不是打不过八戒与土地，而是不敢打，土地再小也是正神，八戒还做过天蓬元帅，所以老牛对这两个人只是防守。

这时，积雷山的玉面公主命大小头目点起众妖百十余口，各执枪刀赶来助战。好你个火焰山的土地，敢跑到我积雷山来行凶！众妖一齐上前乱砍，老牛得胜而归。

猪八戒就打退堂鼓了：算了，这么难，且回去，转条路走他娘罢！

换条路走行不行呢？应该是可以的，因为没有人给他们规定路线、时间，只要他们能到西天就成。

但是，土地说："天蓬莫懈怠。但说转路，就是入了旁门，不成个修行之类。你那师父，在正路上坐着，眼巴巴只望你们成功哩！"

行者发狠道："正是，正是，呆子莫要胡谈！土地说得有理，我们正要与他赌输赢，弄手段，自到西方无对头，行满超升极乐天，大家同赴龙华宴！"

孙悟空不剿灭牛魔王，他就没有功果，土地不剿灭牛魔王，他就熄不了火，回不了天。这两个人尽管目的不同，派别不同，甚至以前还有点怨，但现在的利益是一致的，所以一定要拉着呆子一起干！

那八戒听言，便生努力，三个领着众阴兵一齐上前，乒乒乓乓，把摩云洞的前门，打得粉碎。

牛魔王变做一只天鹅飞了，孙悟空赶去与他赌变化。土地便带着猪八戒杀进摩云洞，猪八戒一钯筑死了玉面公主，百十余口，满门抄斩，尽皆剿戮！杀完后，又将洞府房廊放一把火烧了。

土地对猪八戒说：他还有一处家小，在翠云山芭蕉洞，我们再到那里去扫荡。

马上就又杀了过来！

在剿灭牛魔王的行动中，这位土地公公是起了大作用的。

他一出手，就是一个强烈的信号，连土地公公都越界行凶打妖怪了，那么，别的神仙呢？也跑来凑热闹帮打！

首先是过路的神仙，惊得留步观战，见是在打牛魔王，就都围了上来，把他困住。其次是金头揭谛、六甲六丁、一十八位护教伽蓝，这一班人的工作任务只是在暗中保护唐僧，他们是从来不打妖怪的，但是，这一次不同，连土地公公都上了，我们是不是也要上呢？上！唐僧也甩那儿不管了。

欲知牛王性命如何，且听下回分解。

61 围观: 牛魔王是怎样屈服的

牛魔王在孙悟空的面前, 派头还是很足, 猢狲长猢狲短的, 说话尽带口味儿, 因为在他眼里, 孙悟空还是个妖怪, 又是个劳改犯。可他万万没有想到: 他和孙悟空交手, 就像是捅了马蜂窝, 一下子来了那么多人, 都围着他打!

第一路: 取经队伍。孙悟空、猪八戒两个。

第二路: 火焰山的土地公公, 率领一队阴兵 (人数不详)。

第三路: 观音的密探, 金头揭谛、六甲六丁、一十八位护教伽蓝。这三十一个神仙穿着隐身衣揍牛魔王。

第四路: 如来佛密令四大金刚领佛兵, 于四面八方布下天罗地网擒捉老牛。

第五路: 玉皇大帝命李天王并哪吒太子率天兵天将来剿。

另有: 过往虚空一切神众, 都留步看热闹帮打。这些过路的神仙, 究竟有多少? 不知道! 肯定是围得密密麻麻、严严实实的。

这几拨人中, 孙悟空、土地是存心要灭掉老牛的。过路的神仙和三十一个暗神则目的性不强, 纯属手痒, 打几锤过瘾。牛魔王究竟招谁惹谁了? 谁也没有!

那就只有一种解释: 牛魔王的日子过得太快活了, 老牛这个妖怪过的是真正的神仙般的日子, 那些神仙们大概过的都不是人过的日子, 所以呢,大家老早就看他不顺眼！

老牛的手段就不用详细考证了，确实够硬，从围剿他的场面可以看出，肯定要比当年围剿孙悟空的规模大！

但是老牛他骨子里的等级观念太重，官民意识太强，所以他根本就不敢打任何一个神仙！你只看到他在左冲右突，东奔西窜，基本上是在防守，他连猪八戒都不敢打，因为八戒做过天蓬元帅，偶尔在关键要命的时候他会进攻两下，但马上就又跑了。

孙悟空在这么有利的情形下，还是拿他没办法！这种场景不禁让我想起幼年时看一群壮汉捉一头大肥猪，那猪后来不跑了，他们仍然捉不住。

老牛就是那个样子的，尽管已被众神围得水泄不通，但他现出原形后，有千余丈长，有八百丈高，巨大无比，所以高叫道："泼猢狲！你又能把我怎的？"

所有的人都没想到佛祖和玉帝也会来联合打击老牛。如果说孙悟空、土地是临时起的心，那么，佛祖和玉帝的参与，很显然是蓄谋已久的，尽管他们最后才出场。

老牛被照妖镜照住后，哪吒把他的头斩了，他有七十二般变化，就有七十二条性命，但是哪吒不停手地斩，斩下十几颗头颅后，又用风火轮烧，老牛终于抗不住了，只叫："莫伤我命！情愿归顺佛家也！"

这句话就明显的有问题，按照这件事的起因经过来看，他最后说的话就应该是: 莫伤我命！情愿交出扇子。

可他居然说的是情愿归顺佛家。那么，很显然，这就说明在此之前，佛派已经多次通牒命他归顺，他一直都不肯归顺。

从佛派的政策与老牛的条件来看，老牛的确是属于被收编的对象，而不是被消灭的对象。因此，孙悟空就注定了要白忙一场！

我们再来细看这一幕:

牛王往北走，泼法金刚阻住道："我等乃释迦牟尼佛祖差来，至此擒汝也！"

牛王慌向南走，胜至金刚挡住喝道："吾奉佛旨在此，正要拿住你也！"

牛王急往东走，大力金刚迎住道："我蒙如来密令，教来捕获你也！"

牛王又向西走，永住金刚敌住喝道："我领西天大雷音寺佛老亲言，在此把截，谁放你也！"

这是佛派的态度，只是要捉他。

老牛心惊胆战，驾云望天上走。李天王与哪吒太子叫道："吾奉玉帝旨意，特来此剿除你也！"

天上的意思，是剿除他。

逮捕老牛，是以什么罪名逮捕的呢？没有一个人出示公文，根本就不需要什么罪名。不过呢，相比之下，还是佛派慈悲些，因为佛派对他只是要擒拿捕获，拘留而已，而天庭则是要剿除他，这是死刑。

老牛知道已经逃不脱了，就象征性地向李天王进攻了下，使两只铁角去触天王，这是他第一次也是最后一次进攻（天庭道派）神仙，以表示诚心归顺佛家。

收伏后，老牛被哪吒牵着游街，按说是牵到西天去的，但他们却牵到反方向唐僧这里来了，所有的人包括过路的神仙们都没走，一直跟着过来了，可见，能押着老牛游街是一件很有面子、很舒服的事。

到了唐僧面前，四大金刚道："我们奉佛旨差来，这一切，都是为了你啊，你要竭力修持，不得有半点怠情！"三藏叩齿叩头，受身受命。

叩头很好理解，这叩齿呢？究竟是在哆哆嗦嗦，还是在咬牙切齿呢？我们就不知道了。

为什么要对唐僧说这番话呢？因为在这一次围剿老牛的行动中，唐僧并没有按惯例去引诱招惹妖怪，所以要提醒他"不得有半点怠情！"大概是这个意思吧。总之，大神仙们说的话，都是不太容易琢磨的。

游街结束之后，老牛被牵到西天去了，过路的神仙们才纷纷四散，意犹未尽。这一次佛道两派合作得非常愉快，联合扫黑，他们才有共同语言。

佛派是满意的，他们得到了一个强大的妖怪。道派也比较满意，因为老牛其实并没有什么攻击性，再说，到了如来佛那里，老牛天天只能吃斋吃素了，也不准他过性生活了。

老牛的结局究竟怎样，书中没说，但交代了罗刹女，"后来也得了正果，经藏中万古流名"。这个"也"字，就说明不是她一个人得了正果，而是包含有牛魔王的。只是牛魔王与罗刹女的果位不太清楚，究竟是什么级别呢？因红孩儿这个善财童子是菩萨级的，这是确定的，那么牛魔王与罗刹女大概也差不多吧，即使不是菩萨位，也是享受菩萨待遇的。

牛魔王肯定没有死。如果要他死的话，当时就让天庭的哪吒直接宰掉就行了，又何必要牵到西天去呢？

这一回故事的起因的的确确是孙悟空想拿兄弟开刀，好立个大功果，原著在一场好杀的词赋中写道："你看齐天大圣因功绩，不讲当年老故人。"

猪八戒灭了摩云洞，至少得了一百一十个以上的小功果和玉面公主这个大功果。孙悟空道："贤弟有功，可喜，可喜！老孙空与那老牛赌变化，未曾得胜。"悟空与那老牛赌变化，就是空打了这么久，还没有半点功果，一直到结束，孙悟空也没有功果，白费力气空忙了一场！

土地的目的也达到了，总算把火焰山弄熄了火，众神们也过足了瘾，如来也收伏了牛魔王，牛魔王也得了正果。

所以啊，这一回具有很强的教育意义：千万莫要打歪主意拿弟兄下手，否则，别人可能都会从中捞到好处，就你一个人吃亏不讨好。

62 五百年前闹天宫的究竟是谁

孙悟空常说"俺是五百年前大闹天宫的齐天大圣"。

真的是这样吗？ 细细一想， 不太对劲， 这里面的问题实在太多了， 牵扯到的事件不是三言两语说得清的， 如果顺着逻辑的思路来进行推理的话， 得出的恐怖结论将会令人难以置信！

我们还是一步一步地来分析吧。

孙悟空究竟被如来压了多少年呢？ 原文上写得非常清楚：

这山旧名五行山，因我大唐王征西定国，改名两界山。先年间曾闻得老人家说："王莽篡汉之时，天降此山，下压着一个神猴，不怕寒暑，不吃饮食……"

王莽篡汉， 是公元8年。唐僧取经从长安出发是贞观十三年九月。救孙悟空出来最迟是在同年底。贞观十三年是公元639年。

因此， 孙悟空被压的精确时间是631年。按约数论， 最佳说法是六百年前， 当然， 说五百年前也不是不可以。

孙悟空被压在五行山下， 完全失去了自由， "在此度日如年，更无一个相知的来看我一看"。那么， 他本人还有没有准确的时间概念？

所以， 他所知道的时间五百年， 就一定是别人告诉他的。第一个来看望他的人是观音菩萨， 因此， 观音的嫌疑最大。

孙悟空被释放出来后， 也遇到过别的神仙， 居然没有一个人告诉他是被压了六百年，究竟是什么原因导致了大家都不愿意说出真相呢？这里面肯定有问题！

我们再来看孙悟空大闹天宫，究竟会产生多大的影响力，是不是他自己认为的那样牛？

他第一次上天，见了玉皇大帝不拜，走的时候唱个喏，完全没把玉帝放在眼里。这是不是就能证明孙悟空的本事很大，玉皇大帝的本事很小呢？

并不能，相反，这只能说明孙悟空完全不懂事，他第一次来，没有熟人，百分之百地不熟悉情况，他哪里知道天庭的水有多深！

第一次反围剿，只李天王本部人马，孙悟空大胜。李天王除了向玉帝汇报外，是不会到处宣扬自己的败绩的。所以知道孙悟空这一次获胜的人不会很多。

第二次反围剿，孙悟空被擒。有人说，孙悟空是被二郎神捉住的，十万天兵并不是他的对手，这种说法是不正确的。二郎神调来协助作战，当然是从属于十万天兵的，玉帝圣旨上明文写着："今特调贤甥同义兄弟即赴花果山助力剿除。"

在这次战斗中，二郎神与李天王的关系是"从属"关系，或是"合伙"关系，总之是一起的，难道二郎神胜了，十万天兵反败了不成？

天兵天将除了向玉帝汇报之外，一定还会到处宣扬自己是如何围剿妖猴的。所以知道孙悟空这一次被捉拿归案的人一定很多。根本不会有妖猴获胜的消息流传。

二郎神回去之后，会怎样对别人讲这件事呢？难道他会说那只猴子天下无敌吗？绝不可能的事！二郎神一定会把自己如何打败妖猴的过程添油加醋、绘声绘色地讲给别人听，那孙猴子呀，不过是个跳梁小丑！老子几下就把他搞定了。也不存在妖猴获胜的消息流传的可能。

孙悟空真正的闹天宫，其实只是偷桃、偷酒、偷丹等盗窃行为，真正体现他凭武力闹天宫的，只有从八卦炉出来打到了灵霄殿外这一段。仅三十六雷将就把他困住了，他根本就攻不进去，所以电视上放的玉帝躲到桌子下面，完全是错误的！

紧接着，如来出场了，一巴掌把他压在五行山下，孙悟空终于彻底失败了！

那么，别的妖怪就只会知道他是个失败者，不可能知道他有多厉害，因为大家都没听到关于他如何厉害的半点新闻！历史都是胜利者写出来的嘛！

地上的妖怪都是道听途说的，他们得到的信息一定是：有个妖猴胆敢冒犯天庭已经被镇压了！根本就不知道他如何英勇，所以只会产生嘲笑、惋惜、佩服这三种评论，即使佩服，也只是佩服他的勇气！而不是佩服他的本事，因为他是个失败者。

所以，我们可以肯定地说，没有哪个妖怪会认为孙悟空有多厉害！只要你不怕死，你也可以像他那样干。

西游记里比孙悟空本事大的人多的是，比如镇元大仙、九灵元圣等等，擒拿悟空易如反掌，但是，各位请仔细想想，这些高手们敢去大闹天宫吗？我可以肯定地说：他们百分之百的不敢！

本事越大，越不敢闹天宫，为什么？因为他们会考虑后果！后果是非常可怕的！

孙悟空在取经的路上每提起自己就是五百年前大闹天宫的人时，妖怪们的反应有两种：

1. 有嘲笑他的。

2. 有万分恐惧的。

五百年，是一代普通神仙的寿命，地上过了五百年后，老妖怪们都死了，新生代的妖怪则更是听说的了，按说这个过时了的人物不应该给后来的妖怪有多大的冲击力，可还是有一部分妖怪对他有强烈的恐惧感。

如果能给五百年后的一些妖怪产生恐惧感，那么，这种冲击力就是相当强劲的！应该在大闹天宫的时候以胜利结束才对，给天庭以强烈的震撼，方能有持续的余威。

很显然，孙悟空并不具备这些条件，那么，是不是另有其人呢？

西游记中恰恰就记录了两个大闹天宫的妖怪，孙悟空是以失败告终的，而另一个跑上去大闹之后，居然是大胜而归的！

大家看书看电视，都只知道孙悟空敢大闹天宫，尽管他没有搞赢，大家还是觉得他是比较厉害的，如果现在你知道了还有一个妖怪也敢跑上去大闹天宫，并且还干赢了，给天庭以强烈的震荡与冲击，打得玉帝不敢开门，你是不是会对这个妖怪另眼相看呢？

63 西游记中的恐怖基地

西游记中记录了两个大闹天宫的妖怪，一个是孙悟空，另一个就是狮子精。孙悟空是失败者，狮子精是胜利者，按说胜利者的名气必然会更大些，为什么大家却都只知道是孙悟空闹的天宫？

因此，我们有理由怀疑，狮子精大闹天宫的狠气被有意无意地转移到了孙悟空的头上，大家一提到五百年前的闹天宫，就必然会惯性般地联想到孙悟空身上。

那么，究竟是孙悟空厉害，还是狮子精厉害呢？因为他们都曾经与玉皇大帝的十万天兵交过手，我们就以此来对比分析：

1. 孙悟空

玉皇大帝差十万天兵去花果山围剿孙悟空。悟空调独脚鬼王、七十二洞妖王与四个健将出来对垒，杀了一天，独角鬼王与七十二洞妖王，所有的帮手，全部都被天神捉去了。主力只剩猴王一人。

双方呈胶着状态，尽管猴王已被围困，但毕竟还没有捉住。这时二郎神来了，后面的就不看了，只比较孙悟空与十万天兵的这部分，算作平手，应该是没有问题的。

2. 狮子精

玉皇大帝差十万天兵来降狮子精，狮子精变化法身，张开大口，似城门一般，用力吞将去，唬得众天兵不敢交锋，关了南天门。

也正因为此事，狮子精吓退十万天兵后来被误传为曾一口吞吃了十万天兵。

如果其他不知情的人听说某某妖怪一口就吞吃了玉帝的十万天兵，那的确是相当恐怖的。

分析结果如下：

1. 狮子精与孙悟空闹天宫的理由居然是一样的！都是因为王母娘娘设蟠桃大会，邀请诸仙，不曾请得他们，他们便要大闹天宫。这是他们的共同之处。

2. 孙悟空在偷桃、偷酒、偷丹之后，酒醒了，后悔了，逃跑了。天兵来剿，他是被动应付的。而狮子精则不同，他是存心"意欲争天"！对抗天兵，他是主动进攻的！可见，狮子精比孙悟空更具攻击性。

3. 孙悟空是以防守为主，主战场在花果山，被压着打。狮子精是以进攻为主，主战场在天庭的南天门之外，是赶着别人打。可见，狮子精比孙悟空更强悍。

4. 孙悟空与十万天兵交战，被围困，但没被捉住，最多打成平手。而狮子精却将十万天兵吓退了，关了南天门不敢出来！可见，狮子精比孙悟空更具战斗力。

由此得出的结论：从与十万天兵交手的战况来看，狮子精的威猛程度要远远大于孙悟空！如果再打一盘，十万天兵依然不会怕孙悟空，但绝对害怕那头狮子精！

现在，我们再来看孙悟空与狮子精大闹天宫之后都是什么下场。

孙悟空大闹天宫之后被镇压了，压在五行山下，从此失去自由，耳朵里长满了草，唐僧救他出狱的时候，连一件衣服都没得穿，他是赤身裸体地蹦出来的。

他改了行，不做妖怪了，做了和尚。

老巢花果山上，花草俱无，峰岩倒塌，林树焦枯，破败不堪。当年他被二郎神擒住，拿上界去之后，二郎神又率领那梅山七弟兄返转来，放一把火将花果山烧坏了。

手下的猴子猴孙被二郎神烧杀了一大半。

剩下的蹲在井里，躲在洞内，藏于铁板桥下，因没花果吃了，往别处逃生又去了一半。

后两年，又被打猎的抢去一半。猎人拿去，死的剥皮剔骨，油煎盐炒，当做下饭食用。活的教他跳圈做戏，翻筋斗，竖蜻蜓，当街敲锣擂鼓，耍猴把戏玩。

花果山基本上废了！孙悟空大闹天宫的下场总不能算好吧。

而那头狮子精，闹天宫闹赢了的狮子精，他却没有遭到玉皇大帝的任何镇压，正好与孙悟空相反，一直逍遥法外！

狮子精仍在做妖怪，并且还做大做强了！发展得很不错，他自己拉了一支队伍，成员还相当多。他在狮驼国的狮驼岭这个地方组建了西游记中最高规模的恐怖基地！

整个基地的范围是八百里狮驼岭，大本营设在狮驼洞，他还有两个兄弟：一个是象精，一个是大鹏精。三个魔头，神通广大，在此聚众，吃尽了阎浮世上人。

狮驼岭，若走直路，东西约有八百里长，四周围更不知有多少里路，唐僧师徒来到这里，想从别处绕道走都难！

狮子精的手下共积聚了多少小妖呢？我们来统计一下：

1．南岭上五千，北岭上五千，东路口一万，西路口一万。

2．巡哨的有四五千，把门的也有一万。

3．烧火的无数，打柴的也无数。

书上有一个确切的数目：共计算有四万七八千，这些都是有名字带牌儿的。也就是说，狮子精给他部下有编制的"妖员"数目为四万七八千，还有其他的没名字不带牌儿的，则可能还够不上妖的级别。

这个规模是相当大的，这是一支妖怪军队！我们按现代部队算，一个团约1500人，一个师有三个团，约5000人（估算）。那么，这支妖怪军队至少有9个师的妖怪兵力！

取经队伍自上路以来，还从来没有遇到过这样的妖怪军队！所以猪八戒来探路的时候，一打听，把屎都吓出来了！

这支妖怪军队的家法甚严，分工明确，烧火的只管烧火，巡山的只管巡山，把门的只管把门，走到哪儿都得出示证件，不许乱窜。

孙悟空伪造了一个"总钻风"的证件，混进来打探消息。

见巡山的妖怪，分四十名为一班，每十班共四百名，设有一个长官。进入深山，来到狮驼洞洞外，见把门的妖怪，分二百五十名作一大队伍，共有四十个大队，正在排列枪刀剑戟，操演武艺，旌旗飘荡，人喊马嘶。

孙悟空只管低着头就走，也不答应别人叫他，一进到狮驼洞洞口，两边观看，只见：

人脑袋骷髅头堆积的像一座山，

人尸体骨骸摆放的像一片树林，

人头发纽粘在一起成了毡毛毯，

人皮撑开了，晾在树枝上风干，

人肉烂在地上，都变了色像泥浆，

人筋缠在树上，晒干了晃亮如银，

恐怖之极，惨不忍睹，

真个是尸山血海，腥臭难闻，

东边的小妖，将活人按住宰杀了，正在剐肉洗刷，

西边的泼魔，把人肉拿去鲜煮鲜烹，还在往里面加作料。

64 孙悟空与狮子精的较量

上一回，我们以玉帝的十万天兵为参照物，分别论证了孙悟空与狮子精的实力，结论是：狮子精要远比孙悟空厉害！现在，孙悟空到了狮驼岭，与狮子精实实在在地较量了几番，究竟谁更厉害呢？

（一）战前阶段

孙悟空变成总钻风混进来，三个魔头笑呵呵问道："小钻风，你去巡山，打听孙行者的下落何如？"

行者就说，他足有十数丈长，正蹲在那里磨扛子，等他把扛子磨亮了，就来打大王。

那老魔闻言，浑身是汗，唬得战呵呵的道："兄弟，我说莫惹唐僧。他徒弟神通广大，预先作了准备，磨棍打我们，却怎生是好？"教："小的们，把洞外大小俱叫进来，关了门，让他过去罢。"

1. 还没交锋，狮子精居然害怕孙悟空！并且知道他神通广大。

2. 我说莫惹唐僧。可见他并不是坚决要吃唐僧肉的。

3. 我不惹他，他来惹我，却怎生是好？关了门，让他过去罢。看来他知道孙悟空要来消灭他。

（二）初战阶段

狮子精道："你过来，先让我尽力气着光头砍上三刀，就让你唐僧过去；假若禁不得，快送你唐僧来，与我做一顿下饭！"行者就把头伸给他砍了一刀，老魔大惊道："这猴子好个硬头儿！看我这二刀来，决不容你性命！"

第二刀砍来，大圣就变做两个身子。那妖一见慌了："闻你能使分身法，怎么把这法儿拿出在我面前使！你只会分身，不会收身。你若有本事收做一个，打我一棍去罢。"

大圣道："不许说谎，你要砍三刀，只砍了我两刀；教我打一棍，若打了棍半，就不姓孙！"

好大圣，就把身搂上来，打个滚，依然一个身子，掣棒劈头就打，那老魔举刀迎战，斗经二十余合，不分输赢。

从这一段我们可以看出：

1. 狮子精第二刀砍来，孙悟空使了分身法，有躲闪嫌疑，可见第一刀还是有点厉害的。

2. 狮子精说"你若有本事收做一个，打我一棍去罢。"孙悟空打来时，狮子精居然反悔了，根本不敢硬接，举刀迎战，斗了起来。可见狮子精的实力应该比孙悟空要差。

八戒一直在看，他其实很喜欢投机取巧，他一定是看到了狮子精斗不过孙悟空，他才上去打的！那魔慌了，败了阵，丢了刀，回头就走。这呆子仗着威风，举着钉钯，即忙赶去。

老魔见他赶得相近，晃一晃现了原身，张开大口，就要来吞八戒。八戒害怕，急抽身往草里钻，行者赶到，被老魔一口吞之。

（三）钻腹阶段

狮子精吞了行者，自以为得计，没料到孙悟空在他肚子里不住地支架子，跌四平，踢飞脚，抓住肝花打秋千，竖蜻蜓，翻跟头乱舞。那怪物疼痛难禁，倒在地下，无声无气，想是死了。

魔头回过气来，叫一声："大慈大悲齐天大圣菩萨！是我的不是了！万望大圣慈悲，饶了我命，愿送你师父过山也。"

因此，狮子精完全不是孙悟空的对手！他的长处，正好被孙悟空利用了制他于死地。他若不吞孙悟空，又被赶得飞跑，那他怎么可能胜得了孙悟空？

（四）战后阶段

那二魔象精也被制服了，战战兢兢回洞，老魔悚惧，一个个面面相觑，二魔道："哥哥可送唐僧么？"老魔道："兄弟，你说哪里话，孙行者是个广施仁义的猴头，他先在我肚里，若肯害我性命，一千个也被他弄杀了。却才揪住你鼻子，若是扯了去不放回，只捏破你的鼻子头儿，却也惶恐。快早安排送他去罢。"

由此得出的结论：狮子精根本就没有办法战胜孙悟空。

1. 未战时，狮子精先已怕了孙悟空，准备放弃吃唐僧肉的想法。

2. 交手时，比武艺，打不过孙悟空。

3. 吞了孙悟空后，差点被整死了。

4. 结束时，服输了。

尽管狮子精是这个恐怖基地的妖怪总司令，但他的真实身份是文殊菩萨的坐骑，文殊菩萨是如来座下四菩萨之一，因此，这个狮子精就是佛派的高层人员，他应该知道佛派的大多数机密。

那么，我们再进一步分析：

孙悟空是闹天宫的失败者，狮子精是闹天宫的胜利者，这个胜利者居然如此惧怕失败者，说明了什么？只能说明他知道孙悟空败得不真，他胜得有假，他应该清楚当年的全部内幕。

现在，狮子精不敢吃唐僧，主要有两个方面的原因：

1. 斗不过孙悟空，吃不了。

2. 知道唐僧是如来佛的人，不能吃。

但他的行为又一再说明他是想吃唐僧的，他的心态很不稳定，反反复复，一时要放，一时要吃，思想工作斗争了N遍，直到最后已经答应放行了，可还在想吃唐僧肉！

这个特征是西游记中所有的妖怪都不具备的，我们来看一下，究竟是什么动力使他不死心呢？

最开始，他怕孙悟空，说放他们走算了。正在打退堂鼓，三魔大鹏精一把扯住孙悟空道：这个小钻风是孙悟空变的！

大鹏将悟空扳倒在地，四马攒蹄捆了，揭起衣裳看时，足足是个弼马温。原来行者变人物，只头脸变了，身子变不过来。然后，将孙悟空投入阴阳二气瓶。

狮子精马上就兴奋了："既拿倒了孙行者，唐僧坐定是我们口里食也。"

后来，狮子精、象精答应送唐僧走的时候，大鹏精又设下了调虎离山计，笑道："送他一程。此去向西四百余里，就是我的城池，我那里自有接应的人马，如此如此。"

狮子精闻言，欢欣不已，真是如醉方醒，似梦方觉，道："好，好，好！"

由此可见，狮子精要吃唐僧肉的动力，完全来自于大鹏！尽管他是佛派高层的司机或秘书，但他真正的后台老板却是他的这个三弟大鹏精。

只要大鹏说还有办法，那他就敢吃唐僧肉，即使如来，也可以不放在眼里。

为什么？这就只能说明：在狮子精的眼里，大鹏精要比如来佛更厉害！

65 谁是西游记中的妖怪至尊大哥大

在狮子精的眼里，大鹏要比如来更厉害。为什么这样说呢？因为他的行为表明了他的立场。

他和如来是工作关系，和大鹏是兄弟关系，如来是他的领导，大鹏是他的三弟，当他的领导与他的三弟发生矛盾冲突的时候，那么，他究竟该站在哪边呢？

这个抉择其实是很困难的。不过，如来并不是他的直接领导，大鹏也不是他的嫡亲兄弟，这就可以排除他的主观偏向，他倒向谁，就可以说明谁能够给他最大的利益！谁才是他眼中的真正强者！

对于吃唐僧肉这件事，狮子精是可吃可不吃的，他最初就打算不吃，那么，他后来决定吃，就说明他的动机不是单纯为了吃唐僧肉，而是铁了心要跟着大鹏干！显然没把如来这个佛祖放在眼里。

即使如来佛亲自来了，可大鹏说一声："兄弟，上！把如来放倒了，等我去做佛祖！"那狮子精真的就举刀冲上去乱砍！

大鹏精和别的妖怪不同，因为大鹏他不是凡间之怪物，所以地上的妖怪和他没有可比性。他不仅有法力，而且更有势力！大鹏精的势力有多大呢？我们来看一下：

1. 首先，他有一个国家。

大鹏精的地盘是狮驼国。狮驼国有多大呢？由西至东，先要走过八百里狮驼岭，再走四百里远的大路，才到狮驼国的首都城市狮驼城。而南北有多宽就不知道了，总之，这个范围是相当大的。

唐僧到西天取经，路上遇到州县，可以直接走过，若遇到某个国家的首都城市，则需要进去倒换关文。到了狮驼国，也不例外，那是要进去拜见国王陛下倒换关文的！

狮驼国的国王是谁呢？就是这个大鹏精！大鹏正要吃他哩，他去倒换关文，大鹏会为他盖章子放行吗？

如来佛住在雷音寺，雷音寺在灵山，灵山属于天竺国的范围，应该是独立的，不归天竺国管辖。但从这可以比较出如来佛的本部势力并没有大鹏精的本部势力大！

大鹏精是国王，该管辖有多少山多少岭，多少城多少乡？

2. 他的国家里面全部住的是妖怪。

孙悟空走到这里来的时候，望见那城中有许多恶气，被吓成什么样子了？吓了一跌，挣挫不起。这是孙悟空第一次也是唯一的一次还没交战就吓趴在地上了！

孙悟空看到这狮驼城里满城大小尽是妖怪，

来来往往，攒攒簇簇的都是妖魔鬼怪，见不到一个活人！

站岗把门的妖精保安都是些野狼，

王宫里的妖精都管都是些斑斓猛虎，

金銮殿下的妖精总兵都是些白面熊彪，

传书递信的妖精文官都是些丫叉角鹿，

大街上行走的妖精百姓都是些花狐狸，

楼上楼下打麻将喝茶的妖精游客都是些苍狼，

台前收费的妖精老板都是些花豹，

在路上游荡的妖精城管都是些千尺大蟒万丈长蛇，

开门面做生意的妖精商人都是些狡兔，

挑担子烤羊肉串卖糖葫芦的妖精小贩都是些野猪。

在这座首都城市里，除了他们都是妖怪之外，其实治安、次序各个方面都还良好，妖怪们可以在这里当官、经商、休闲，自在得很。

西游记中凡是低级别的妖怪，生存环境都非常恶劣，结局基本上是死路一条！但这里是他们的天堂，直到西游记终，这些妖怪们也没被剿灭。

狮子精住在山区的防空洞，大鹏精住在城市的金銮殿，那边养的是妖怪军队士兵，这边养的是妖怪平民百姓，可见，其势力非同小可！

3. 他的这个妖怪国家是合法的。

地上的君王叫天子，他们作为天庭的代理人下来治理人间，所以他们是得到天庭认可了的。

大鹏精既然是这个国家的君主，那么，天庭就是认账的。大鹏于五百年前，不知何故，跑来吃了这城国王及文武官僚，满城大小男女也尽被他吃了干净，因此夺了这江山，自己当了狮驼国的国王。

玉皇大帝没有意见，道祖老君也没有意见，佛祖如来也没有意见，大家都认可了。

直到唐僧他们过去之后，这个国家依然存在！因为从唐僧的通关文牒上可以看到大鹏为他们加盖的狮驼国王钦印！这个印，也就是国王的玉玺，他是合法生效的！

大鹏不仅自己在这里当国王，还把这个地方建设成了一个只有妖怪的国家，这个势力就大了。西游记中，再没有任何一个妖怪的势力比大鹏还大的了。

那么，这个最大野势力妖怪大鹏精的地位究竟该怎样定位呢？

作为一个国王，他是合法的，玉帝、老君、如来都认账。

作为一个神仙，肯定不合法，因为他没有神仙的正规编制，但是他又把许许多多没有编制的神仙们组织到了一起，形成了佛派、道派之外的第三派妖怪势力，成为所有妖怪中的至尊无上者。

因此，大鹏精的实际地位，应该和道祖、佛祖是在同一个级别上的。仙即是妖，佛即是魔，区别仅在一个编制。所以，把大鹏看做是妖祖魔祖是没有问题的。

4. "那妖精一封书到灵山，五百阿罗都来迎接；一纸简上天宫，十一大曜个个相钦。"

孙悟空到了南天门，还要例行公事通报，不过人家对他还算客气。到了灵山，四大金刚还要挡住骂他："这泼猴甚是粗狂！全不为礼！有事且待先奏，奉召方行。这里比南天门不同，教你进去出来，两边乱走！咄！还不靠开！"

大鹏精呢？他一封信到了灵山，五百罗汉都要跑过来接他，又一封信上了天宫，十一个太阳神级别的神仙都要好酒好肉地款待他。

做妖怪都做到这个份上了，你说他该有多大的面子？还怎么分析他厉害不厉害！

66 有人说出了吃唐僧肉的正确方法

大鹏精与如来佛的关系，很复杂也很微妙。一个是妖，一个是佛，势不两立，水火不容。但是从私人的角度看，大鹏精又是如来佛的舅舅，所以，这里面的关系就说不清道不明。

现在，在"唐僧问题"上，大鹏与如来发生了矛盾冲突，大鹏要吃唐僧肉的态度很坚决，这必然会导致如来的传经计划崩溃！

大鹏要吃唐僧肉的动机是什么？无非有三个：

1. 吃掉唐僧，自己取代如来。

2. 吃掉唐僧，使如来的传经计划破产。

3. 吃掉唐僧，使自己延长寿命。

仅此三种，不会有别的原因，三者必居其一。现在，我们采用排除法来分析：

1. 如果大鹏真的是为了取代如来，那么他的心事就不会老花在唐僧身上。即使吃掉唐僧，也不一定就能取代如来，反而还会打草惊蛇。所以，第一动机不是要取代如来。这一条可以排除。

2. 如果大鹏是要阻止破坏如来传经，那么，他至少有两种方法：吃掉或是杀掉唐僧。只要弄死了唐僧，传经就得重新再来。大鹏有充足的时间杀掉唐僧，但他没有，所以，这一种动机也可以排除。

3. 那么，大鹏的动机就非常清楚了，他是要吃唐僧肉以延长自己的寿命（更重要的是保存自己建立起来的妖怪势力）。因为他是一个妖！ 没有吃天上果果的编制， 如果不想办法延寿， 就得死！

延长寿命， 这是大鹏精的第一目的， 如果他吃了唐僧， 如来必定要和他扯皮， 那么， 他就和如来翻脸干上一架， 这又会产生三种结果：

1. 打赢了， 他就有可能取代如来佛祖。

2. 打平了， 还不是维持原状， 能把我怎的？

3. 打输了， 他可以说好话， 我把你的唐僧吃了， 你不能安排人再取一次啊， 也要不了几年啊， 干吗要杀我这个舅舅呢。

别的妖怪想吃唐僧， 那是找死！ 但大鹏不同， 他吃了唐僧， 压根儿就不会有什么严重后果！ 因为从所有可能发生的后果来看：最好的后果是变成"大鹏佛祖"， 最坏的后果也是增加500年寿命。所以， 这个大鹏精， 他是最有条件吃唐僧肉的！

西游记第七十四回到第七十七回， 得认真地读， 反复地读， 因为这一段详细记录了大鹏精如何如何地想吃唐僧肉， 因为这一段从头至尾都是围绕"争夺唐僧"这条主线展开的， 因为这一段将为我们揭开"唐僧肉之谜"！

我写这些文章的时候， 有不少朋友一再提醒我， 吃唐僧肉可以延寿的说法是某某散布的谣言， 是假的， 因为唐僧肉既然可以延寿， 那妖怪们抓住了为什么不急着吃掉呢？ 非要洗净了， 再等着孙悟空来抢救， 这些妖怪的智商是不是都有问题啊。

于是， 就由此推出了结论：吃唐僧肉可以延寿的说法是假的， 其目的就是为了配合唐僧、如来演戏。

首先， "唐僧肉能不能延寿" 和 "妖怪们不急着吃"， 这是两个不同的概念， 你并不能用"妖怪们不急着吃"这一种现象， 就可以证明唐僧肉不能延寿。这并不存在逻辑关系。

其次， 为了配合人家演戏， 就把自己的地盘奉上， 再把自己的下属给人家打死， 甚至有的连自己的性命都搭上了， 有这样配合人家演戏的吗？完全说不通！

有人说是太白金星散布的谣言，因为当时太白金星在狮驼岭出现过。太白金星曾经救过唐僧，他干吗又要唆使大鹏吃唐僧呢？太白金星很喜欢"收仙有道"，难道他不能来招安啊？

何况书上写得很清楚："三大王（大鹏）不知哪一年打听得东土唐朝差一个僧人去西天取经"，既然是不知哪一年，就说明是很早就起了心，绝不是因为太白金星现在临时来通知的。

也有人说是观音散布的谣言，这个不是没有可能，因为观音要引蛇出洞，好消灭那些妖怪。可问题是，你散布的这个谣言是假的，别人不相信怎么办？

只有真的吃了唐僧肉可以延寿，大家才会打唐僧的主意。而且，还必须是大家老早就知道吃了唐僧肉可以延寿，才会打唐僧的主意。必须条件是：大家心中老早就有了这种共识！如果是刚刚知道的，就必然会半信半疑，又怎肯舍命相搏呢？

散布一个谣言，得有人相信才行，难道一个谣言就把所有的妖怪都骗住了？没有人试验过的事，大家都一起相信了？这绝对不可能！事实上，西游记中没有一个妖怪对"唐僧肉"产生一丝怀疑！

我们来看一看大鹏精是怎样吃唐僧肉的：

1．"此物比不得那愚夫俗子，拿了可以当饭。此是上邦稀奇之物。"可见，大鹏他是识货的！他很清楚唐僧肉是一种稀有资源！一个谣言骗小妖还说得过去，骗他？没门！

2．"不许吓了唐僧。唐僧禁不得恐吓，一吓就肉酸不中吃了。"大鹏他不仅知道吃了唐僧肉可以延寿，而且还知道唐僧肉会在什么情况下失效！

3．"必须待天阴闲暇之时"，大鹏他还知道具体的吃法，必须要等到阴天才能吃！吃的时候，必须是在闲暇之时，心情愉快、放松，没有任何外界的打扰才行！

4．吃唐僧是要蒸了吃的。前面说过，他们平常吃人都是或煮或烹，但是吃唐僧肉的时候，却是要蒸了吃。

5. 吃唐僧要蒸整个活人！他们平常吃人，都是先将人刮了肉再吃，但是吃唐僧肉的时候，却不杀不刮，而是要把唐僧整个活人放在蒸笼里蒸熟！

6. "拿他出来，整制精洁，细吹细打的吃方可。"细吹细打地吃，就说明吃的时候，必须慢慢地吃，绝不能狼吞虎咽，唐僧蒸熟后，得切成小片慢悠悠地吃。

大鹏他怎么就知道得这么具体，这么详细？他像一个吃唐僧肉的专家似的，各个环节一清二楚。他若没吃过，又怎么会如此的内行？

因此，我只能说: 大鹏他是吃过唐僧肉的!

67 玉帝派孙悟空看管蟠桃园之真相揭秘

接上回，我们现在再来看天宫那蟠桃园的秘密。

玉皇大帝为什么要用孙悟空看管蟠桃园？有人说玉帝昏庸无能，不会用人。这是说不通的，不要说玉帝，就是任何一个凡人、儿童都知道猴是偷桃的，玉帝会不知道吗？

猴子偷桃，这是常识。如果不知道这个常识，那就不叫昏庸，叫白痴！玉帝是个白痴吗？显然不是，无论他有多昏庸，也绝对不是个白痴！所以，不是这个原因，请你再不要误以为是玉帝不会用人！

又有人说，玉帝故意让孙悟空偷桃，再在蟠桃会上宣布罪名，乘机除掉他。这种解释也有点道理，可是，有这个必要么？真的要除掉孙悟空，方法多得是，又何必要糟蹋浪费那么多蟠桃呢？所以，这也不完全正确。

他是玉皇大帝啊，没得点狠气，他能当所有神仙的领导？你真的以为玉皇大帝还斗不过一个孙悟空？你把他当哪个？他干的事，又岂是能让你轻易发觉得了的！

事实是什么？事实是蟠桃没了。

那么，叫孙悟空看管蟠桃园的真相，也就只有一种合理的解释：玉皇大帝要借孙悟空之手，毁掉蟠桃！并且毁掉蟠桃大会！

嘿嘿，都没想到吧？

蟠桃宴是干什么的？就是专门为神仙们添加寿命的。原文第五回说过，最先赶来赴宴的赤脚大仙，就是"特赴蟠桃添寿节"。

吃一个蟠桃可以增加500年寿命，可蟠桃宴却是每年开一次，为什么不隔几百年开，而要年年开？这就明确地说明了赴蟠桃会的人是以地上的神仙为主，而天上的神仙仅仅只是作陪。

天上一年，地上就过去了365年，天上两年不开蟠桃会，地上的神仙绝对要死掉一大半！

地上佛派的势力发展得甚为猖獗！对付他们最好的办法就是不给蟠桃他们吃！

但是，在天庭注册了的神仙们平时都要给玉帝拍马屁，听调遣，玉帝则定期给他们吃果果，延寿命，一直就是这样的，玉帝又怎么好意思单方面毁约呢？

既然没有什么正当理由，那就来个意外事故！所以啊，人家是故意让孙悟空去偷的，人家怕他偷不完，还帮着他偷！

3600株果树，该要结多少果子？至少有N多，一只猴子怎么可能偷吃得完！但是，直到后来七仙女来的时候，才发现蟠桃都没了，仅剩下两三篮了！

负责看园子的人并不是只有孙悟空一个人呀，还有土地、锄树力士、运水力士、修桃力士、打扫力士、齐天府仙吏等等一大帮神仙天天都在园子里啊，难道就没有一个人发现桃子没了？

这一帮人应该更早发现蟠桃失踪了，他们应该立即向玉帝汇报，但是没有，玉帝既不过问，也不追究。

这就只能说明是他们自己把蟠桃私藏了，然后全部栽赃到孙悟空的头上！孙悟空即使一个也没偷，还是要追究他的责任，因为是他在负责管理这件事啊！

但也可能是这样一种情况：蟠桃其实还在树上，七仙女撒谎说桃子没了，玉帝也说桃子没了，因为根本没有一个人去园子里检查落实！总之，就是要告诉大家：今年没有果果吃。

所以，这次的蟠桃会，大家都扑了空，很气愤！俱不就座，都在那里乱纷纷讲论。观音菩萨带头道："你们都跟我去见玉帝。"

玉帝对观音菩萨说得很清楚：今年的蟠桃会是"虚邀"大家啦，没有果果吃啦，果果都被猴猴吃完啦，我现在调了十万天兵正在捉猴猴啦！那只猴猴太厉害啦，我的损失太惨重啦！

你只有干瞪眼。

许多人都知道，孙悟空是佛派故意弄去天庭捣乱的，都以为玉帝拿他没办法。却不知道玉帝将计就计，弄得叫你们都没得果果吃！

看看究竟是哪个更厉害！

这才是玉皇大帝暗派天蓬干掉猴子灭口的真正原因！

地上佛派的神仙要是没有果果吃，那么，可以肯定地说，他们都得死翘翘！他们会相信一只猴猴就吃光了所有的果果？肯定不会！所以，狮子精就跑到天庭政府的大门口闹事来了。

狮子精和孙悟空不同，孙悟空是无禄人员，所以不曾请他。而狮子精是文殊菩萨的坐骑，是有编制的神仙，他应该吃却没有吃到，所以，他要维权！他当然就有十足的理由跑上去闹！

狮子精的胆子其实不大，他连孙悟空都不敢惹，怎么就敢去惹玉皇大帝？那么，他的背后肯定是有人支持的！佛派的神仙都没吃到，就都要支持他！

玉帝派十万天兵来降，狮子精难道就真的只他一个人？狮子精是个喜欢带部队的人，又喜欢结伴合伙，他会一个人去南天门？说不定当时金毛犼、白象精、大鹏等人就站在后面！

玉帝一看，把门关上，算了，不打了，也不追究你们的责任了，你们都等着去死吧！

玉帝把大门关了，佛派彻底的绝望了！没有果果吃，那该怎样度过劫难呢？眼看就是灭门之灾，难道就真的一点办法都没有了？那如来佛还混个屁啊。

办法还是有的，那就是吃金蝉子！他的肉，就是一种长生不老的稀有资源。

大概是如下两种可能：

1. 金蝉子主动站出来说：为了集体的利益，大家就吃我吧。

2. 大家做通了金蝉子的思想工作，金蝉子最终还是答应了。

于是，金蝉子就被他们活活地蒸了，人人分而食之，得以延寿，度过了劫难。

68 揭开"金蝉子"十次转世之秘

如是我闻：

那唐僧本是金蝉子转世，十世修行的好人。一点元阳未泄，有人吃他一块肉，长寿长生。

唐僧是金蝉子转世，准确地说是第十次转世。金蝉子死后，投胎，长大，再死掉，再投胎，再死，再投……如此反复到第十次的时候，才是唐僧。

《西游记》第二十四回：（镇元）大仙道："你哪里得知。那和尚乃金蝉子转生，西方圣老如来佛第二个徒弟。五百年前，我与他在兰盆会上相识，他曾亲手传茶，佛子敬我，故此是为故人也。"

注意：五百年前，金蝉子为镇元大仙敬过茶，这就可以证明，这个时候他还活着！他的名字叫"金蝉子"。

怎么五百年间，他就死了十次，转了十次世？即使满打满算，平均最高寿命也才只有50岁。

我们再看第十六回，偷袈裟的长老，跟黑熊精学了点小法儿，就活了270岁，最后还是自己撞墙而死的。

那么，跟随如来佛修行的金蝉子，活个五百岁应该是很容易的啊，可他怎么就那么短阳寿呢？甚至还比不上一个普通的凡人！

他为什么会死呢？按如来的说法，是因为他不听讲，所以要贬他。可是，不听讲就该死罪么？就算是死罪，金蝉子死后，投胎转世，重新为人，怎么又死了呢？难道还是因为他不听讲么？

无论犯多大的罪，也不过死一次就罢了，而他却因不听讲就连续死了十次！所以，这就绝对说不通！

究竟是什么原因死的呢？那就是我在上一回中所说的：

天上拒给蟠桃，佛派面临灭门之灾，金蝉子于危难之际，舍生取义，把自己的身躯贡献出来，在一个阴天的时候，被他们活活地蒸熟了，大家放松了身体的每一个部位，心情愉快地一人吃他一块肉，得以延寿。从而使佛派挺过了危机，度过了劫难。

金蝉子，善莫大焉！

有朋友可能会问：既然神仙们死了可以再转世，那何必要吃蟠桃、金蝉子来延寿呢？死了再转世，不是一样的吗？

不一样的，死了再转世，必须要有人指导点化才行，比如唐僧，没有观音来点化他，他就彻底地完了！哪个神仙愿意冒这个险呢？这只是一方面，还有更重要的一方面，就是最根本的职务问题。

人死了，魂魄可以转世，但职务绝对没有了！假如如来死了，佛祖的职务不会空着，马上就由弥勒接任，弥勒一坐上这个位置，又不知是几多万年！！！如来再重新投胎，修仙成佛，可他已经不是佛祖了，没他的位置了！

所以，职务、位置这些都是松不得手的，一松手就没了，这些地上的神仙当然要续寿，职务越高就越怕死！他一死，他的职务就被别人接替了，他再重新混，很难啊。

雷音寺里经常积聚在如来佛身边的人有：四菩萨、八金刚、五百罗汉、三千揭谛、众比丘僧、比丘尼、优婆塞、优婆夷等等。

出家的男人称比丘僧（和尚），出家的女人称比丘尼（尼姑），在家修行的男居士称优婆塞，在家修行的女人称优婆夷。这些很明显都不是有正果的人，尤其优婆塞、优婆夷都是业余选手，抽空来听课。所以吃金蝉子就没有他们的份啦。

四菩萨（包括他们的坐骑或秘书）、八金刚、五百罗汉、三千揭谛，这些都是有编的神仙，再加上雷音寺以外的如弥勒佛和其他的佛（西游记结尾有名字），大概有4000左右，他们都是要吃金蝉子延寿的。

可问题是，金蝉子只有他一个人，哪够4000人分吃啊？这些人从上次吃蟠桃算起，已经快360年了，500年的大限还有140年就要过期作废了，那怎么办呢？办法还是有的。

分十批吃，每批400人，一人吃他一块肉，一块肉按一两算，才40斤，绝对够吃。一块肉若按一两半算，才60斤，也绝对够吃。

吃完之后，金蝉子就再转世，长到十三岁半以前，再给下一批400人吃。如此转世给大家吃上10次，就正好可以赶在140年之内供4000人吃遍！

怎么叫"一点元阳未泄"？你能保证他不和女人交合，但你不能保证他到了发育期不发生梦遗，只要一遗精，元阳就泄了。元阳泄了其实也没关系，因为金蝉长老一世就是个成年人，肯定有过梦遗，而大鹏吃了也有效！大鹏也没说过他"一点元阳未泄"这类的话。

是因为他们要赶时间，必须在140年之内完成10次转世，才导致了金蝉子从第二世到第九世之间还没到发育期梦遗的年龄就被他们吃了，这才造就了真正"一点元阳未泄"的奇男子！

全部吃完后，金蝉子就不再转世，留做下一个劫难使用。大慈大悲的观音菩萨解脱了他，使他投胎做了唐僧，又以他为饵，引蛇出洞，以便消灭所有的妖怪！

看到这儿，是不是心里感觉很难受？很残忍？很不是滋味？请你不要带有感情偏见来看待这样的事，如果你感觉很难受，这就说明你还有私心，你的境界觉悟还太低！

因为佛经上有关如来在成佛之前，以身饲虎、饲鹰，任人割截身体的记载很多，佛祖他是明文鼓励大家这样做的，不信你去正经上查！

金蝉子就是这样转世的，吃过他的人太多了！传出去的消息也就格外的多，所有的妖怪都知道了吃唐僧肉的正确方法！也没有谁怀疑过，因为吃过的人全都活下来了！

69 诡异的"唐僧肉传说"之终极解谜

在小说《西游记》中，妖怪要吃唐僧肉，动机都比较单纯：就是想延长寿命，长生不老！没别的目的。

1. 各路不同的妖怪，居然都只有一个相同的目的：吃唐僧肉，以求长生不老。

2. 妖怪们偏偏都只单盯着"唐僧肉"，再没有说吃第二个、第三个人可以长生不老的了。

如果唐僧肉没有延长寿命的效果，妖怪们就绝对不可能对"唐僧肉"那么感兴趣了。

金蝉子转世了那么多次，吃过他的人太多了！并且吃过的人都活下来了！所以传出去的消息也就格外的多，以至于让那么多的妖怪都知道了吃唐僧肉的正确方法！也没有任何一个妖怪产生过一丝怀疑！

吃唐僧肉，可以延寿，根本就不再是什么秘密了！因为大家都知道了，并且老早就知道了！早在唐僧还没有出生之前就已经知道了！

第七十四回，"三大王（大鹏）不知哪一年打听得东土唐朝差一个僧人去西天取经"，这不知哪一年，就说明很早，大鹏是在得知金蝉子又转世为唐僧后，就打起了吃他的主意。很显然不是临时起的心。

更重要的是，在第三十二回，金角大王道："你不晓得。我当年出天界，尝闻得人言：唐僧乃金蝉长老临凡，十世修行的好人，一点元阳未泄，有人吃他肉，延寿长生哩。"

这句话，有两个特别值得注意的地方：

1. 早在金角大王"当年"出天界之前，就常听得人说过了。

2. 金角大王说的是："有人吃他肉，延寿长生哩。"

我们知道，天上一天，地上一年，这金角大王"当年"出天界之前，不知是多久以前，但可以肯定的是：吃唐僧能够延寿的传说，一定早在唐僧出生之前就已经有了的！

也就是说，在还没有唐僧之前（尚未出生），就已经先有了吃金蝉子的肉可以延寿的说法了！

你看，连天上的人也知道了，有人是靠吃他的肉，延寿长生的。

如果你不这样理解，你根本就无法解释金蝉子为何会反反复复地死上十次！！！第一次死，是因为"不听讲"，而后面九次的死，则完全没有任何的理由啊！

如果你不这样理解，你根本就无法解释金蝉子为何做了十辈子男人，就没有遗过一次精！因为这只能是在他还没有长到发育的年龄时，就已经死了！

如果你不这样理解，你根本就无法解释现在的唐僧为何总是过不了惊恐之关！为何胆怯得令人憎恨，一点也不像个高僧转世的样子，因为在他的潜意识里，已经被吃怕了！

如果你不这样理解，你根本就无法解释妖怪捉了唐僧为何就不急着吃！因为大家都知道必须要等唐僧的心平静了才能吃，等到阴天了才能吃，等到没有外界的干扰了才能吃！

一着急，唐僧肉就失效了，所以才没有一个心急的妖怪抢了就直接吃的！

如果你不这样理解，你根本就无法解释妖怪们为何会说："有人吃他一块肉"这句话！妖怪吃人都是狼吞虎咽，干吗吃唐僧时，偏偏却只是吃他一块肉？因为别人都是只吃的一块，所以谁也不敢吃多！

还有些妖怪吃人是生吃的，为何在吃唐僧时，偏偏所有的妖怪都像商量好了似的，统一的要蒸了吃？唐僧为何就不割自己一两块肉送给妖怪吃？因为要活蒸整个才有效！

各处不同的妖怪，素无来往的妖怪，他们知道的都是一样的，而他们又不可能事先串通好了一起说："有人吃他一块肉，延寿长生！""有人吃他肉，延寿长生哩。"但事实上，妖怪们都是这样说的。

所以，这句话的意思就是指：曾经有人吃过他的一块肉，并且延寿长生了！

我们还是再到第九十九回，看看观音菩萨的黑账吧，这上面记得一清二楚：

金蝉遭贬第一难，

出胎几杀第二难，

满月抛江第三难，

……………………

这个簿子里面记的都是大难，从金蝉遭贬也就是金蝉长老死亡开始记录的，这是第一难。而一直到第十次转世为唐僧出生的时候，才记作第二难。

那么，请问：金蝉长老第二次死、第三次死，直到第九次死，为什么都不记录呢？难道死亡还够不上"难"吗？

这就只有一种解释，唯一的一种解释：

金蝉长老连续死亡了那么多次，其实都是做的同一件事！要分十批供应4000个神仙全部都吃完了，这一件事才算结束。所以，前九次的死亡，才被算做了"一难"！因为这只是一件事。

分析到这里，无德无能的唐僧，既没看到他有什么修行，也没见到他有什么法力，又虚伪、又小心眼、骂人次数又在西游记中排第一，那他究竟凭什么可以成佛呢？

答案已经很清楚了：唐僧凭靠的是他前几辈子肯舍身渡厄，积下的无量功德！

只有这一种解释，才能够贯穿西游记全文，破解所有的谜团！否则，你永远都会误以为是作者水平太臭，把小说写得前后矛盾，不合逻辑！

70 佛魔大战，何谓"一体真如"

西游记第七十七回：《一体拜真如》。

孙悟空斗不过大鹏精，凄凄惨惨的，自思自忖，以心问心道："这都是我佛如来坐在那极乐之境，没得事干，弄了那三藏之经！若果有心劝善，理当送上东土，却不是个万古流传？只是舍不得送去，却教我等来取……"

孙悟空以为，叫他们几个来取经，是如来佛吃饱了没得事干。

事实并非如此，如来佛真的要把他的经送上东土，那就等于是公开向道祖老君宣战了，因为东土是老君的地盘。所以，只能是东土的人自己过来取经，这才和如来佛没有关系！

如来佛是有苦衷的，孙悟空哪里知道！他自己打不赢大鹏了，就怪如来！

孙悟空怎么就斗不过大鹏精呢？孙悟空的筋斗云，一去就有十万八千里，所以闹天宫时，诸神不能赶上，十万天兵也拿他不住。可大鹏精不同，他扇一翅就有九万里，两扇就赶过了，所以孙悟空逃不脱他的手，被他一把挝住，拿在手中，左右挣挫不得，变大变小都逃不了。

后来他听说唐僧已经被妖怪吃了，跑到雷音寺又哭又闹，泪如泉涌，悲声不绝。如来笑道："那妖精神通广大，你胜不得他，所以这等心痛。"行者跪在下面，捶着胸膛道："不瞒如来说，弟子当年闹天宫，称大圣，自为人以来，不曾吃亏，今番却遭这毒魔之手！"

如来道："那怪须是我去，方可收得。"

如来去对付大鹏的时候，带了多少神仙去的？五百罗汉，三千揭谛，迦叶阿傩两随从，普贤文殊二菩萨，再加上燃灯弥勒两个佛祖级的人物。地藏王菩萨镇守地狱，从来就没离开过，所以没喊他，也没喊观音，大概是留她守门。

总之，如来佛把他的人全部都喊来了！

为什么要带这么多的人来？打一个妖怪就要三个佛祖都来？可见，这个大鹏精不是那么好对付的。万一谈判不拢，火拼起来，如来佛的人少了肯定是要吃亏的！若真打起来，必有一方要灭门！胜者也损六七成！

如来对悟空道："你先下去，到那城中与妖精交战，许败不许胜。"这有两层意思：

1. 给孙悟空留面子。孙悟空不可能胜，所以佛祖说许败不许胜。

2. 把大鹏骗出来打。

孙悟空把三个妖怪引来后，将身一闪，躲到如来佛的背后。只见那过去、未来、现在的三尊佛像与五百罗汉、三千揭谛，布散左右，把那三个妖王围住，水泄不通。

狮子精慌了手脚，叫道："兄弟，不好了！那猴子真是个地里鬼！那里请得个主人公来也！"大鹏道："大哥休得悚惧，我们一齐上前，使枪刀搠倒如来，夺他那雷音宝刹！"

这魔头不识起倒，真个举刀上前乱砍，却被文殊、普贤，念动真言喝道："这孽畜还不皈正，更待怎生！"唬得老怪、二怪，不敢撑持，丢了兵器，打个滚，现了本相。

文殊、普贤两位菩萨，从来没有见到他们动过手，估计也只是唐僧式的人物，不会打。但是念动真言厉害，和紧箍咒一样的，他们肯定是在狮象身上下了什么套子的，一念咒语输入密码，狮象就会倒在地上疼得打滚。

大鹏腾开翅，扶摇直上，轮利爪要刁捉猴王。

孙悟空躲在如来佛的金光影里，大鹏要来刁捉。这就有问题，他的进攻目标是孙悟空，不是如来，他为什么敢当着如来的面去捉躲在如来身后的人？

这就只能说明他和如来是再熟悉不过的人！如果是敌人，那么进攻目标一定先是如来，后是悟空。

如来把那鹊巢贯顶之头变做鲜红的一块血肉。妖精轮利爪刁他一下，被佛爷把手往上一指，那妖翅就膊上了筋。飞不去，只在佛顶上，不能远遁，现了本相，乃是一个大鹏金翅雕。

大鹏道："如来，你怎么使大法力困住我也？"

1. 你怎么要对我下手？

2. 你是不是真的要搞？

如来道："你在此处多生罪障，跟我去，有进益之功。"妖精道："你那里持斋把素，极贫极苦；我这里吃人肉，受用无穷！你若饿坏了我，你有罪愆！"

你若饿坏了我，你有罪愆！这说明如来肯定是欠了大鹏的人情。

如来道："我管四大部洲，无数众生瞻仰，凡做好事，我教他先祭汝口。"那大鹏欲脱难脱，要走怎走？是以没奈何，只得皈依。

从这一段可以看出，大鹏五百年前跑来把这一国之人全部吃光的主要原因，是如来那里持斋把素，极贫极苦。而如来并不阻止他吃人，一定是大鹏有功于如来。如来的基业，大鹏舅舅应该是功臣。

否则的话，大鹏就在如来的眼皮底下吃人，如来怎么就不管呢？怎么饿坏了他还有罪呢？

结果是如来与大鹏双方合并了，大鹏坐了上位，成为如来的护法。佛与妖祖，合二为一，浑圆一体，真如无敌。

大鹏说："泼猴头！寻这等狠人困我！"可见如来是个狠人。反过来想一下，大鹏要是打赢了，那佛派就得改朝换代，无论谁当佛祖，都是个狠人。

因为没有真打，如来与大鹏究竟谁更厉害？不知道，估计是大鹏吧，哪个领导会用一个打不过自己的人当保镖呢？

第八十六回中，行者道："李老君乃开天辟地之祖，尚坐于太清之右；佛如来是治世之尊，还坐于大鹏之下；孔圣人是儒教之尊，亦仅呼为夫子。"

可见，在孙悟空眼里，老君虽然是道祖，还坐于元始天尊的右侧，如来虽然是佛祖，却还坐于大鹏的下面。这大鹏精的地位还真不好评价啊。

71 西游记长生不老药之吃人秘方

鲁迅曾经说过，满口的仁义道德，其实就是两个字"吃人"。今天我们就来讲一讲神仙是怎么吃人的。

唐僧过大鹏精这一关最悬，已经放蒸笼里蒸了，真正是"生死"之灾。脱险后，心有余悸，来到了比丘国。

比丘国的驿丞告诉唐僧，三年前，有一老道携一女子进贡给国王，那女子形容娇俊，貌若观音，陛下十分喜爱，不分昼夜，贪欢不已。弄得精神瘦倦，身体尪羸，饮食少进，命在须臾。那道人被封为国丈，说有海外秘方，甚能延寿。

那么，这能延寿的海外秘方究竟是什么呢？看原文：

"国丈有海外秘方，甚能延寿，前者去十洲三岛，采将药来，俱已完备。但只是药引子利害：单用着一千一百一十一个小儿的心肝，煎汤服药，服后有千年不老之功。"

我们再来看看唐僧听说后的反应：

唬得个长老骨软筋麻，止不住腮边泪堕，忽失声叫道："昏君，昏君！为你贪欢爱美，弄出病来，怎么屈伤这许多小儿性命！苦哉，苦哉！痛杀我也！"

看到唐僧忽然失声大哭，猪八戒就说："师父，你是怎的起哩？专把别人棺材抬在自家家里哭！不要烦恼！常言道，君教臣死，臣不死不忠；

父教子亡，子不亡不孝。他伤的是他的子民，与你何干！"

在猪八戒看来，吃童男子与唐僧又有何干？

那国丈借国王之手收购了那么多的娃娃，究竟是在为谁配置长生不老药呢？国丈是个白鹿精，老寿星的坐骑。老寿星是东方十洲三岛的人，怎么敢跑到如来佛的地盘西方比丘国来收购娃娃呢？

这寿星当年在"安天大会"上，第一个带头当着所有神仙的面拍如来佛的马屁，公开投靠佛派，难道他不怕玉皇大帝吗？不怕。

1. 寿星这家伙没任何别的本事，就是长寿，怎样延长寿命是他的专业！他一定有不为人知的长寿秘方！所以，蟠桃对于他来说，可有可无，如果他还要靠吃蟠桃来延寿的话，他还叫"寿星"么！

2. 寿星可以摆脱蟠桃的控制，但他没有武艺，既不住在天上，也不住在地上，而是住在海洋里的孤岛上，只是神仙中的末流，所以对于他来说，他需要的不是蟠桃，而是最强大的势力范围保护伞！

3. 在安天大会上，他看到了如来佛祖无边的法力！认定了跟着如来佛才可以获得最大庇护！

而如来佛得到了寿星的独家秘方，就可以不怕玉帝的制裁，才可以使佛派的势力不至于受损，才敢放出金蝉子转世为唐僧去取经。

寿星的长寿秘方就是"吃人"，准确地说是吃娃娃。

这是除唐僧肉之外的第四种长生不老的新资源，老寿星的独家秘方。否则如来又怎会让他躲到自己眼皮底下吃人呢？又怎会一要就是上千个娃娃呢？

所以，寿星收购的上千个娃娃，都是用来炼制长生不老药以防天灾的。原文中有诗为证："因求永寿残童命，为解天灾杀小民。"

很清楚，是为解天灾。如果说，仅仅只是给那个国王吃的，就算不上什么天灾了。

孙悟空追打白鹿精时，白鹿精说他"无知"，又说这件事与你无关，怎的欺心来打我？孙悟空说："我有意降邪怪！不忍儿童活见杀。"当然，他哪里知道人家是在生产长生不老药呢？

悟空、八戒追赶过来，正当喊杀之际，老寿星出场了，把妖怪罩住。八戒笑道："肉头老儿，必定捉住妖怪了。"寿星赔笑道："在这里，在这里。望二公饶他命罢。他是我的一副脚力，不意走将来，成此妖怪。"那只鹿俯伏在地，口不能言，只管叩头滴泪。

寿星来得真是巧啊，如果不是眼看孙悟空、猪八戒就要打死那只鹿精了，寿星是绝对不会露面的。

那鹿儿当然是受了委屈，他又不曾吃人，他不过是个奉命行事的工作人员，如今出了事却要打死他，他能不哭么。

后来走的时候，寿星老儿手摸着鹿头说："若不是我来，孙大圣定打死你了。"行者突然跳出来道："老弟说什么？"把个寿星吓了一跳，寿星连声道："我嘱鹿哩，我嘱鹿哩！"

西游记中有两处吃娃娃的故事，一回是观音菩萨的宠物金鱼精，一回就是这老寿星的坐骑白鹿精。金鱼和鹿都是十分温顺的动物，在西游记中却扮演了最恶毒的妖怪，怎么被神仙们养大的，它就变得异常凶狠残暴呢？

今天，我讲了长生不老药的秘方，对于某些人来说，根本就不能接受"神仙也是吃人的"，他们总是固执地以为，只有妖怪才吃人。

你不要以为神仙是由人进化的，他就不吃人了，我跟你们说，一旦成为神仙，他就更有条件吃人了！因为当神仙看人的时候，人就不再是人，就和我们今天看到一个大猩猩时的感觉是一样的。

人是由猴子进化而来的，若猴子想吃一个人，那几乎是不可能的事，它想都不要想！而人要吃一只猴，那简直太简单不过了，对于人来说，并不存在能不能吃的问题，只存在想不想吃的问题。

想想吃猴脑的事就应该知道了。多数人是不想吃猴子的，但是在特殊情况下，比如某人告诉你吃了猴脑便会有怎样怎样的神奇疗效，你便想试一下看，甚至会抢着去吃。

吃猴脑的人，都是有身份有地位的有钱人，而上山入林捉猴子的那些人，其实都是些穷鬼！可怜的猴子啊，总是把那些穷鬼当做妖怪，总以为是那些穷鬼要吃他们！

人在吃猴脑的时候，不会去想"我是猴子进化的"，只会想："我是人！"同理，神仙在吃人的时候，也不会去想"我是人进化的"，只会想："我是神！"

72 唐三藏奇遇女儿国

当唐僧来到女儿国，大家总以为这里发生了一个很浪漫的故事，究竟是不是这样的呢？我们还是来看原著：

这个地方没有男人，所以，当他们到来时，所有的女人们一齐鼓掌欢呼道："人种来了，人种来了！"

女儿国的国王愿意以整个国家为嫁妆嫁给唐僧，唐僧究竟愿不愿意呢？我们暂且先不揣摩他的心理，只看他的实际行动。

1. 第五十三回结尾说："次日天明，出离村舍。"可见，是天亮的时候出发上路的，大概是早上的六七点左右。

2. 第五十四回开头说："别了村舍人家，依路西进，不上三四十里，早到西梁国界。"……"言未尽，却至东关厢街口。"

三四十里，按步行匀速计算，只在三四个小时。还没说上几句话，就到了西梁城的东门。因此，唐僧到达女儿国的时间应该是在上午10点左右，大概范围是9点至11点。

3. 一到，就在迎阳驿馆休息。驿丞去向女王传报。

4. 女王说"乃是今日之喜兆也"，并立即叫太师来说媒。孙悟空叫唐僧假装答应，唐僧也就假装答应了。太师向女王报喜。

5. 不多时，女王大驾出城，到迎阳驿馆，把唐僧带上车，女王说：今天是吉日良辰，可以结婚，明天请唐僧登王位。

6. 孙悟空叫他假结婚，还说这叫"假亲脱网之计，一举两全之美也。"唐僧道："贤徒高见。"遂答应了这门亲事。

7. 三个徒弟当时就吃了一桌唐僧的喜酒，文武女官，分坐两边，女王一一传杯，向各位敬酒，唐僧也擎玉杯回礼，与女王安席。

8. 酒席一吃完，女王叫唐僧登王位，唐僧说："不可，明天才是登王位的黄道吉日，今日先印关文，打发他们去也。"女王依言。

9. 唐僧说："陛下相同贫僧送他三人出城，待我嘱付他们几句，教他好生西去，我却回来，与陛下永受荣华，无挂无牵，方可会鸾交凤友也。"女王大驾出城，送到西关之外。

10. 长老慢下龙车，拱手道："陛下请回，让贫僧取经去也。"女王大惊失色，扯住唐僧道：明日高登宝位，即位称君，喜筵都吃了，如何却又要跑？

11. 就在这时，蝎子精弄阵旋风，把唐僧摄去了。三个徒弟寻来，孙悟空与蝎子精打到天黑。

这就是唐僧在女儿国的全部过程。

唐僧到女儿国的时间是上午10点左右，离开的时间最迟是在当天的下午4点，离天黑尚早，并没有过夜。

前后最多只有6个小时左右，这么短的时间，一直都是在大白天，一直都是在众目睽睽之下，唐僧不可能和女王发生性关系，并不是有些人瞎想的那么回事，也不是电视上放的那个样子。

过去结婚是不拿证的，以酒席为证，只要请客吃过酒席，夫妻关系就开始生效了，就是放到今天，有许多地方还是这样的。

何况人家女王是有媒人的！是有选定结婚的良辰吉日的！是有婚宴酒席的！又何况唐僧是已经答应了人家的！喜酒也吃了，婚姻也就生效了！

所以，从法律的角度来讲，唐僧和女王的婚姻关系已经成立！尽管没有圆房，女王也是他的合法妻子。

可能有人会说，这是假装的，不算。唐僧他自己都没说这桩婚姻不算数，那你又凭什么说不算？

唐僧的徒弟和女王的下属都百分之百地吃过他们的喜酒，若不算结婚，这究竟应该算做什么？就算他想做一名合格的僧人，不想破色戒，难道这不是破了诳戒吗？出家人不打诳语。

但是，这不叫欺骗，这叫"假亲脱网之计，一举两全之美也"。三藏闻言，如醉方醒，似梦初觉，乐以忘忧，称谢不尽，道："深感贤徒高见。"你看他美成了什么样子。

这个女人从一开始得到的信息就是：唐僧愿意和她结婚，并且安排好了让自己的徒弟去取经，而且也实打实地和她一起举行了隆重的结婚典礼，弄得举国皆知。

从头到尾，她没有听到唐僧说半个不字。可刚刚一结婚，老公就跑了，你说气不气人！

一直以来，对唐僧的这种欺诈行为都是赞赏的！好个唐和尚！好个有道高僧！那个伤心的女人呢？却被称为痴心妄想的粉骷髅（甚至西游记把所有的女人都称作粉骷髅）！

告别时，唐僧不是行的和尚礼，而是以"拱手"行的俗家礼，这究竟意味着什么？

这意味着唐僧不是以出家人的身份向她告别，而是以俗家的身份向她告别。虽然和孙悟空商量时说的是假结婚，可他从头到尾并没有对这个女人说刚才是假的，更没有说要解除婚姻关系！

他说的是：你回去，让我去取经（我现在忙工作去了的）。

那么，他们的婚姻关系依然存在！因为刚才不是假的。对于这个女人来说，她已经结婚了，一结婚老公就出远差去了，她还得在家里等他回来。

结婚、取经两不误，所谓"一举两全之美也"，否则，又何来两美呢？

73　坐怀不乱：唐僧有没有桃花运

　　唐僧在取经路上遇到了那么多的美女，并且都是主动地向他投怀送抱，十分令某些人羡慕。然而，唐僧他是个和尚，不应该破色戒的，今天，我们就来看看唐僧的定力究竟如何。

　　首先，唐僧是一个白白胖胖、健健康康、气宇轩昂、风姿非俗的男人。如果说有什么不足的地方，那就是当他受到惊吓时，表现出的恐惧懦弱不像个高僧的样子，再就是有的时候，气量过于狭小。

　　不过，当唐僧遇到美女的时候，他的所有弱点都不会立刻暴露出来，因为美女对他的第一印象只可能是外在的。唐僧的外在形象足以使美女一见钟情。

　　唐僧一共遇到了多少美女呢？这个在西游记中是有明确记录的。最开始是菩萨试他、警告他，所以我们不把这个算进来。

　　第一次遇到美女，是白骨精。

　　第二次遇到美女，是女儿国国王。

　　第三次遇到美女，是蝎子精。

　　第四次遇到美女，是杏仙。

　　第五次遇到美女，是7个蜘蛛精。

　　第六次遇到美女，是老鼠精。

　　第七次遇到美女，是玉兔精。

　　总共7次。而唐僧走了多少年呢？14年。也就是说，唐僧在14年的时间里，总共只有7次遇到美女（甚至可以说只是女人）的机会。

一个成年男人，在14年的时间里，总共只7次机会遇到过女人，你说他究竟是有桃花运还是没有桃花运？你还会不会羡慕他？

结论:唐僧的"异性缘"实在是少得可怜！

我们再进一步分析:

白骨精是要吃唐僧的，最多只在10分钟或15分钟时间内，就被孙悟空一棒子打了。

蜘蛛精也是要吃唐僧的，唐僧来化缘，一进门就发现不对劲，冷气阴阴，暗想道："这去处少吉多凶，断然不善。"蜘蛛精拿熬得黑烟的人肉给唐僧吃，唐僧道："放我和尚出去罢。"众女怪哪里肯放，把长老扯住，扑地掼倒在地，用绳子捆了，悬梁高吊，准备蒸了吃。

这样一看，其实只有5个女性对唐僧示过爱。

唐僧在蝎子精的琵琶洞过了一夜，蝎子精百般诱惑，弄了半夜，唐僧也未曾动念，结果被捆了起来。

唐僧为何未动念？有两个原因：一，唐僧受不得惊吓，两腿筛糠，浑身无力。二，唐僧已经中了毒，面黄唇白，眼红泪滴，站都站不起来了，是由几个女童把他搀扶着的。所以，唐僧无法满足蝎子精。

在无底洞，强逼成亲，唐僧真正做到了死也不从。为什么？那女子是个妖精，已经吃了六个和尚，都是先骗奸后吃掉，第七个若不是孙悟空，肯定又被她先奸后吃了。所以唐僧害怕，不敢与她发生关系，否则有可能被吃掉。

还有杏仙一回，没有半点害他的意思，唐僧也不敢答应。为什么呢？杏仙对唐僧低声悄语："趁此良宵，不耍子待要怎的？人生光景，能有几何？"可是，旁边还站着六七个大男人正看着他呢！都纷纷劝唐僧快快答应，所以在这种情况下，无论唐僧是真君子，还是假君子，都是不可能答应的！

最后一次玉兔精要和他成亲，刚一见面就被孙悟空破坏掉了。

在取经路上的这14年，可以说，唐僧并没有桃花运，也没有破色戒。在这一方面，既不是因为唐僧有定力，也不是因为唐僧的器官功能有问题，而是因为客观条件不具备导致的。

只有女儿国一回，唐僧表现得非常坚定，是他自己主动放弃的（但不能保证唐僧成佛后不去找她），唐僧一心要去取经，他说："我在这里贪图富贵，谁去西天取经？那不望坏了我大唐之帝主也？"

看起来好像是为了皇帝，可他一去居然是十四年，唐太宗正等着他把经取回来好做法事解灾，他却没把皇帝放在心上，两三年的路走了十四年，这就说明：皇帝究竟是死是活，他不会太在意，他取经不是为了皇帝。而是为了自己能成佛。只要他走到了就能成佛，所以迟一天早一天没有什么关系。

作为一个出家人，最基本的要求有5条：不杀，不盗，不诳，不淫，不酒。这五戒唐僧破了四戒，只有不淫真正做到了。作者为什么要这样设计呢？

因为不杀生、不偷盗、不诳语、不饮酒这四条，只要是一个正常的人，都是可以做到的，而要求禁止性生活，禁止性幻想，则恐怕是任何一个正常人都难以做到的。

所以，作者有意把唐僧写成这样一个怪人：正常人能做到的，他做不到，正常人不能做到的，他做到了。要想成佛，就不能把自己当人。

其实，唐僧破不破戒，和他能不能成佛没有关系，决定权只在佛祖一句话。他担心破了色戒不能成佛，可是作者偏偏把许多妖怪神仙写成是有配偶的，这就说明有性生活也是可以成仙成佛的。

作者更妙的是，女性要想成仙，还必须得破色戒！女性极难成正果，无论怎样修炼，就因为你的性别是个女的，你就成不了正果。

如果这个女性上进心很强，一定要成正果，那怎么办呢，不是像唐僧这样经历八十一难，而是把自己的身体奉献出来，送给唐僧这样能成佛的高级人员配合，还得看人家愿不愿意要。

西游记中有两位女性要和唐僧交配的动机就是为了成太乙金仙。

太乙金仙在西游记中级别是很低的，孙悟空就是太乙金仙，他成仙的根本标志是封弼马温时授予的"仙箓"，所以太乙金仙的级别大概只在弼马温这个位置上。

唐僧，眼看就要成佛了，有成仙这种进步思想的女性要是不和唐僧这样的人交欢配合，那么，永远也成不了仙，没有第二条路。

74 沉默的沙和尚为何一直不给力

　　沙僧给人的印象就是个沉默寡言的老好人，取经走了14年，基本上没他什么戏。

　　沙僧的工作任务，和孙悟空、猪八戒一样，负责消灭妖怪，保护唐僧，使取经队伍得以前进。

　　可奇怪的是，沙僧居然没立功，一个大妖怪也没打死，功果对于他来说是非常重要的，这是他的工作业绩，猪八戒就经常向孙悟空要功果，或是干脆直接抢功果，沙僧他却没有。

　　是不是沙僧的本事不济，打不过妖怪呢？我们来看他的本事：

　　1. 第二十二回：沙僧和八戒先斗了20回合，不分胜负。又斗了两个时辰（四小时，即半天），不分胜败。这说明沙僧和八戒的本事差不多。而八戒比孙悟空也差不了多远（两人可以从二更斗到天亮）。

　　2. 花果山，沙僧见到假取经队伍时，只一招就把假沙僧打死了！可见身手相当利落！那行者恼了，抢金箍棒，率众猴，把沙僧围了。沙僧只身一人，对付一个行者和一群小妖，能够轻易逃脱！

　　3. 沙僧以前是玉皇大帝的保镖，功夫肯定不会差！

　　这就说明沙僧还是有本事的，可他为什么就不打妖怪呢？

　　从头看到尾，沙僧总是说，我看着师父，当师父被捉走后，他又说我看着行李，总之不肯卖力上前，再就是干脆让妖怪抓去，一上场打不了几下就束手被擒了。沙僧的实力不可能这么小。

沙僧不卖力，在取经队伍中有什么用呢？一个没有利用价值的人，怎么会被观音菩萨选中呢？

我们从双向选择的角度分析：

1．观音菩萨为什么会选择沙僧

第八回，观音菩萨与惠岸走到流沙河时，沙僧跳出来就捉菩萨，并和惠岸交过手，观音菩萨这个时候就选定了他。

这是菩萨选择的第一个人，菩萨此时是否决定了要用孙悟空和猪八戒？这是不确定的，就算菩萨决定了要用悟空、八戒，那悟空、八戒是否一定就会答应？所以这也是不确定的。

因此，观音菩萨在此时选择沙僧，绝对是对他寄予厚望的，因为菩萨在此时只知道沙僧曾经是玉皇大帝的保镖，保一个唐僧应该没有问题。所以，观音菩萨选择沙僧，是有充足理由的。

2．沙僧为什么会选择保唐僧

沙僧在蟠桃会上，失手打碎了琉璃盏，玉帝把他打了八百大板，贬下界来。又教七日一次，将飞剑来穿胸胁百余下。

沙僧很痛苦，这个时候，菩萨说："你何不入我门来，皈依善果，跟那取经人做个徒弟，上西天拜佛求经？我教飞剑不来穿你。那时节功成免罪，复你本职，心下如何？"

观音菩萨开出了两个条件：教飞剑不来穿你，复你本职，这对沙僧来说，是相当优厚的，所以沙僧满口答应，成交了。

三个徒弟中，观音最先看中的是沙僧，并且给沙僧开的价是三人中最高的！这就说明菩萨本来是指望他大展身手，降妖捉怪的。

可是，沙僧加入取经队伍后，一点也不卖力，基本上没发挥作用。这样一个混日子的人，究竟好不好呢？我们从多个角度分析：

1．从悟空角度看：经常帮忙打妖怪，又不争功，沙僧是个好人。

2．从八戒角度看：经常帮忙打妖怪，又不争功，沙僧是个好人。

3. 从唐僧角度看: 沙僧是个好人, 唐僧从来就没批评过他。

4. 从观音角度看: 沙僧偷懒, 很不卖力。

沙僧一直跟着在走, 尽管他不打妖怪, 但依然是在履行合同, 菩萨也不能单方面毁约, 所以没把他这个只出勤不出力的人清理出去。

沙僧只出勤不出力, 所以就没什么功果, 最后封他做了金身罗汉, 是三个徒弟中级别最低的, 但是, 他显然要比悟空、八戒划算, 因为他也是得了正果, 而且他的投入最少。

三个徒弟的投入与回报模拟值如下:

悟空: 投入95%以上的精力, 付出了95%以上的行动。

八戒: 投入60%以上的精力, 因为经常在困难时期想散伙, 不是全心全意。不过他也有许多苦劳, 又挑担子又降妖, 在关键时候还是比较卖力的, 付出了60%以上的行动。

沙僧: 反正他只是跟着走, 不过在关键时候起到了稳定作用, 投入了20%以上的精力。最不卖力, 挑担子的时候较少, 多数时候是八戒在挑担子, 付出了20%以上的行动。

这三个人都得了正果, 按60分及格算, 模拟值: 佛=90 菩萨=75 罗汉=60

悟空: 投入95%以上, 回报 90。

八戒: 投入60%以上, 回报 70。

沙僧: 投入20%以上, 回报 60。

从中可以看到: 在西游记中佛组织里混,

1. 从成绩看, 付出越多, 回报越高, 付出越少, 回报越低。

2. 从投入与回报的比例看, 投入越少, 回报率反而更高。

什么是团队精神? 这就是团队精神。一个健康的团队不仅仅要提供精英人才发挥能力的空间, 更要提供闲杂人等混日子的空间。

从外部环境看, 取经团队允许有人混日子。但是, 我们本着"理性人的第一选择是利益最大化的选择"这条最本质的原则来看, 沙僧他不应该无所作为，他应该精神饱满、朝气蓬勃地去打妖怪，以便获得更多的功果。

但是，沙僧他放弃了，所以，有人说沙僧才是真正修行的人，不为功名所动，不受外界诱惑。我说这些都是屁话！这叫"非理性"！

理性人的第一选择是利益最大化的选择，既然沙僧选择了放弃进取，那就一定是因为放弃对他最有利，进取对他没多大利！

究竟是何种原因导致的呢？从这一路上的表现中看不出来，那么，我们往前推，看沙僧是怎样被贬到流沙河的。

75 卷帘大将遭贬之谜

　　沙僧因为打破了玉皇大帝的一个杯子，就被贬下界来，并且受到酷刑：七日一次，飞剑穿胸百余下。

　　量刑过重，很不正常。于是就有人怀疑他是个用苦肉计的卧底。

　　从沙僧加入取经队伍起，到取经结束，没发现他破坏取经，而且在关键时候还有挽救取经队伍的行为，这一点可以肯定他不是卧底。

　　沙僧在加入取经队伍前，有过破坏取经的行为，因为他曾经吃了9个取经的僧人。有人说那是金蝉子9次转世都被他吃了。这金蝉子的脑子不是进了水么？每次转世后就专程跑来喂他？不可能的。

　　原文上讲："我在此间吃人无数，向来有几次取经人来，都被我吃了。凡吃的人头，抛落流沙，竟沉水底。这个水，鹅毛也不能浮。惟有九个取经人的骷髅，浮在水面，再不能沉。"

　　沙僧吃的9个和尚是有道行的，头骨比鹅毛还轻，而小说中反复地说唐僧是"重如山"的凡人，很显然，头骨比鹅毛还轻的和尚不应该是金蝉子转世。

　　沙僧被称为"久占流沙界吃人精"，几乎是见人就吃，吃人无数，而9个僧人和"无数"相比，简直微乎其微！说明沙僧的攻击目标是所有过路的人，而不是只针对和尚！

　　因为沙僧没有食物吃，饥寒难忍，所以客观上破坏了早期的取经队伍。如果他是卧底，他就不会对菩萨说这些事了。

现在，当观音菩萨路过流沙河的时候，沙僧走上岸就捉菩萨，动机是什么？饿了，准备吃菩萨充饥。

但在他得知是菩萨的时候，就收了宝杖，纳头下拜，说了自己很痛苦的现状，并向菩萨道歉："没奈何，饥寒难忍，三二日间，出波涛寻一个行人食用。不期今日无知，冲撞了大慈菩萨。"

他受的罪最大，但他并没有向菩萨求救。是菩萨主动要帮助他的。（猪八戒、孙悟空都是主动向菩萨说好话求救的，大不同。）

菩萨向沙僧保证"教飞剑不来穿你。复你本职"这两个条件时，沙僧爽快地答应了，并说"但恐取经人不得到此，却不是反误了我的前程也？"这句话说明沙僧非常重视前程，生怕误了。

然而，沙僧在取经路上的一贯表现，毫无卖力进取之心，又否定了他重视前程，他压根都没幻想再回到天庭去官复原职！就算后来封为金身罗汉，也没像猪八戒那样表示不满，职务高低无所谓。这就奇怪了，沙僧究竟要什么？

菩萨的两个条件：1. 教飞剑不来穿你。2. 复你本职。

既然沙僧不看重第2个条件，那么，他必然看重的是第1个条件！既然他这么看重第1个条件，就说明"七日一次，飞剑穿胸百余下"的痛苦，他已经无法忍受！

玉皇大帝为什么要如此折磨他呢？难道仅仅只是因为打破了一个杯子么？不太可能！猪八戒调戏嫦娥也只是贬下界来，没有别的附加刑罚，难道沙僧犯的罪比八戒还大？

如果沙僧真的犯了什么罪，他贬下来就应该去投胎！沙僧并没有投胎，这就说明玉帝没有用明文规定的天条来处分他。那么，沙僧在流沙河受罪，就只能说明是玉帝用的私刑！

玉帝和沙僧之间有什么私人恩怨呢？有一首诗讲沙僧：

自小生来神气壮，乾坤万里曾游荡。

英雄天下显威名，豪杰人家做模样。

．．．．．．．．．．．．．．．．．．．．．．．．．．．．．．．．．．．

玉皇大帝便加升，亲口封为卷帘将。

南天门里我为尊，灵霄殿前吾称上。

腰间悬挂虎头牌，手中执定降妖杖。

头顶金盔晃日光，身披铠甲明霞亮。

往来护驾我当先，出入随朝予在上。

"豪杰人家做模样"，沙僧是在地上修仙得道的，曾经是许多人的偶像。长得帅，功夫高，被玉帝相中，一步登天，做了万神主宰玉皇大帝的保镖兼秘书，并且允许他带兵器上朝。可见玉帝对他是最够意思的。

孙悟空、猪八戒的兵器都是老君炉子里炼出来的杀人凶器，正规军用品，而沙僧的兵器却不是的，是一根擀面杖，是哪的？是月宫里的，是月宫嫦娥家里的！

"这般兵器人间少，故此难知宝杖名。出自月宫无影处，梭罗仙木琢磨成。"

沙僧怎么会有嫦娥家里的擀面杖？莫非他在嫦娥家里吃过面？这个东西不要说人间少，就是天上也少啊，怎么就到他手里去了？莫非他与嫦娥有什么关系？

如果他与嫦娥有关系，他又怎么敢把这个证据天天拿在玉帝眼前晃？所以他与嫦娥应该没有什么关系，这就只有可能是玉皇大帝赐给他的，即使他与嫦娥有什么关系，最多也和猪八戒一样，依天条贬下界来。很显然，沙僧犯的罪比这要严重得多！

并且，还不能公开宣判，那就只会是这样一种可能：他这个卷帘大将与王母娘娘卷到一起了！

沙僧最有条件受到王母娘娘的引诱，而玉皇大帝出入月宫与嫦娥幽会时，就给他们幽会提供了时机。

但有一次，玉皇大帝该去月宫时没去，是叫天蓬代替的，而沙僧与王母娘娘不知道，结果奸情败露了，沙僧在慌乱中打破了一个杯子。

猪八戒和沙僧这两个人都是那个时候贬下来的，八戒干玉帝的小老婆，沙僧干玉帝的大老婆。八戒没干成，处分轻些，沙僧干成了，玉帝要把他的心捣烂才解恨！

沙僧在流沙河变得丑陋无比，青不青，黑不黑，晦气色脸，已经是心死了，对什么都无所谓了，所以在取经中，他就没有什么追求，他最需要的是平静。

76 唐僧究竟信不信佛

　　唐僧从小受的是佛教育，学的是佛理论，西游记第十一回说他：一心不爱荣华，只喜修持寂灭。根源又好，德行又高。

　　在乌鸡国的时候，一天晚上，三藏道："徒弟们走路辛苦，先去睡下，等我把这卷经来念一念。……我自出长安，朝朝跋涉，日日奔波，小时的经文恐怕生了。幸今夜得闲，等我温习温习。"

　　这从侧面说明唐僧的基本功不太扎实，自上路以来，修行其实很少。谈到修行，唐僧并没有什么修行，我们所能看到的，他只是要赶路，要取经，要成佛。

　　大家看西游记，总是赞扬唐僧不畏艰险战胜困难，这一点不假，尤其对他这个先天胆小，到最后还在惊呼"大王饶命"的人来说，更是难能可贵！然而，殊不知这种抗争精神，正是佛家所反对的！

　　佛家讲放下、无执、无欲、无求，唐僧做到了吗？若真的做到了，他就该静心清修，而不该去取经！

　　第六十四回，拂云叟与唐僧谈禅机，讥笑他：道也者，本安中国，反来求证西方。忘本参禅，妄求佛果，空费了草鞋，不知寻个什么？

　　唐僧没有表示异议。他还是继续朝着他的方向奔了，他的精神也得到了世俗的认可赞同，因此，唐僧不畏艰险战胜困难的这种精神是世俗的，他的成功也是世俗的，如来封授给他的那个佛果位，仅仅只是一个职位，也是世俗的，并不是佛学意义上通过修行悟证成佛的。

如果说唐僧有什么修行的话，在路上克服种种困难就是他的修行，这种世俗的修行其实和我们大家一样，朝着目标前进，克服其中的困难，这就是我们的修行。

因此，看起来作者是在写宗教里的修行，其实写的是世俗里的修行，看唐僧怎样努力克服困难，获得一个职位。

佛经上讲佛界是平等的，可西游记偏偏把佛界设计成一个等级森严的社会组织。佛经上讲修行不要执著，可西游记偏偏把唐僧设计成一个坚定执著的取经人，佛经上讲普度众生，可西游记偏偏说取经是给唐太宗解灾的。佛经上讲明心见性自证成佛，可西游记偏偏说唐僧见如来倒身下拜后，由如来封授职位而成佛。

是作者不懂佛学吗？不是，作者不是在讲宗教，而是在讲世俗。

唐僧一心要奔向这个组织，从上路起，到到达止，这才是他的修行过程，在这个过程中，他经受了一次又一次的打击，他有没有对自己产生怀疑？产生动摇？有没有对他所向往的那个组织产生怀疑？产生动摇？答案是肯定的。这和我们每个人都是一样的。

第八十一回，唐僧病了，按说小病养几日再走也无妨，可偏偏唐僧打退堂鼓了，他要写一封信叫孙悟空送给唐太宗，他不去取经了！他决定放弃，这是他在经历了那么多事后，产生怀疑动摇最大的一次，他也在不断地反省总结啊，这样走下去，究竟还有没有意义？

从第九十一回起，离如来佛越来越近了，作者开头第一句话写道："话表唐僧师徒四众离了玉华城，一路平稳，诚所谓极乐之乡。"

"一路平稳，诚所谓极乐之乡。"这句话放在第一句的位置上，就是"置顶"了，吸引大家的眼球，都来看看极乐之乡究竟是个什么样子的，从这个地方起到雷音寺，都是如来的范围。

四众遇到一个和尚，对唐僧作礼道："老师何来？"唐僧道："弟子中华唐朝来者。"那和尚倒身下拜，慌得唐僧搀起道："院主何为行此大礼？"

那和尚合掌道："我这里向善的人，看经念佛，都指望修到你中华地托生。才见老师丰采衣冠，果然是前生修到的，方得此受用，故当下拜。"唐僧笑道："惶恐，惶恐！"

居住在极乐之乡的善人，都指望修到中华地托生。你说搞笑不？

元宵节，众僧陪唐僧进城里看灯。有三盏金灯，缸来大小，每缸有酥合香油500斤。三缸1500斤，共该银将有50000余两，此间240家香油大户甚是吃累。一过夜，佛爷现了身，油就没了。

八戒在旁笑道："想是佛爷连油都收去了。"众僧道："正是此说，满城里人家，自古及今，皆是这等传说。但油干了，人俱说是佛祖收了灯，自然五谷丰登；若有一年不干，却就年成荒旱，风雨不调。所以人家都要这供献。"

收油的是三个犀牛精，他们究竟是佛是妖？不太好确定，但可以肯定的是他们在帮如来佛祖收油！自古及今都是这样收的，人们也都说是佛祖收了，佛祖既没有澄清事实，也没有惩罚他们，还让他们在自己的地盘上继续收！

孙悟空降服了三个犀牛精后，240家香油大户都来酬谢。唐僧吩咐道："悟空，瞒着那些大户人家，天不明走罢。恐只管贪乐，误了取经，惹佛祖见罪，又生灾厄，深为不便。"

"惹佛祖见罪，又生灾厄。"唐僧算是彻底认清了如来，他一有灾，就会很自然地联想到：又是领导存心在鬼搞！

孙悟空当了十几年的和尚，基本上没说过什么善话，没积什么口德，为什么？他根本就不信佛理论那一套！如来佛理论提倡行善，唐僧天天把善字挂在嘴上念，你猜孙悟空怎么说的？"师父要善将起来，就没药医。""只管行起善来，你命休矣。"一行善，命都没了。

八戒、沙僧呢？信佛不？跟唐僧做了14年和尚，一句经也不会念！装装样子都不会，最后都成了正果的时候，他们还是不会念经！可见成正果和业务水平没多大关系。

煮酒探西游

其实，早在车迟国界过通天河时，唐僧问那些在冰上走的人往哪里去，陈老道："这起人都是做买卖的。我这边百钱之物，到那边可值万钱；那边百钱之物，到这边亦可值万钱。利重本轻，所以人不顾生死而去。常年家有五七人一船，或十数人一船，飘洋而过。见如今河道冻住，故舍命而步行也。"

三藏道："世间事惟名利最重。似他为利的，舍死忘生，我弟子奉旨全忠，也只是为名，与他能差几何！"

大家都失去了信仰，大家却都往那个不太信任的地方奔！因为有利，这才是正常的、理性的。

77 唐僧取经，究竟取的是什么经

唐僧来到雷音寺取了哪些经呢？西游记第九十八回云：共三十五部，五千零四十八卷。

当时，唐僧在阿傩、伽叶两位老同志的陪同下，参观了藏经宝阁后，两位老同志对唐僧道："圣僧东土到此，有些什么人事送我们？快拿出来，好传经与你去。"

三藏一听就傻了，他没钱。回答道："弟子玄奘，来路迢遥，不曾备得。"二尊者笑道："好，好，好！白手传经继世，后人当饿死矣！"

行者忍不住叫噪道："师父，我们去告如来。"阿傩道："莫嚷！此是什么去处，你还撒野放刁！到这边来接着经。"八戒沙僧耐住了性子，劝住了行者，转身来接。

这次传的是白卷。悟空道："师父，不消说了，这就是阿傩、伽叶那厮，问我要人事没有，故将此白纸本子与我们来了。快回去告在如来之前，问他抠财作弊之罪。"八戒嚷道："正是，正是！告他去来！"

四众急急回山。

佛祖笑道："他两个问你要人事之情，我已知矣。但只是经不可轻传，亦不可以空取，向时众比丘圣僧下山，曾将此经在舍卫国赵长者家与他诵了一遍，保他家生者安全，亡者超脱，只讨得他三斗三升米粒黄金回来，我还说他们忒卖贱了，教后代儿孙没钱使用。……"即叫阿傩、伽

吴闲云◎作品

叶，再传有字的真经。

阿傩、伽叶二尊者再次勒索，佛祖已经表了态，你再向谁告去？三藏无物奉承，只得把唐王亲手所赐的紫金钵盂送给他们，双手奉上道："今特奉上，聊表寸心。"阿傩接了，伽叶才去传经。

唐僧终于把经取到了。但是，准确地说，那几大卷、几大驮、几大捆、几大担，都是中华大唐国长安唐太宗收。唐僧不过是个邮递员，帮唐太宗送了一趟货而已。

唐太宗天天盼他取经回来，好重做水陆法会，超度亡灵，以解杀戮之灾。终于盼回来了，太宗道："御弟将真经演诵一番，何如？"唐僧便于雁塔寺登台，方欲讽诵，忽八大金刚现身高叫道："诵经的，放下经卷，跟我回西去也。"这底下行者三人，连白马平地而起，长老亦将经卷丢下，也从台上起于九霄，相随腾空而去。唐太宗只好又选高僧，修建水陆大会，看诵《大藏真经》，超脱幽冥孽鬼。

唐僧取的那个经并不是他的经，那是唐太宗的经，那些经里究竟写的都是些什么妙法，他还没来得及看呢，扔下就走了，他已经修成正果了，得快快赶去接受如来佛祖的封赐！

唐僧的修行历程如下：

1．由金山长老启蒙（见附录）

2．由观音菩萨点化（见第十二回）

3．由乌巢禅师传授（见第十九回）

4．由孙悟空具体指导（穿插各回之中，太多）

5．由如来佛祖封授（见第一百回）

如果唐僧没有得到观音菩萨的点化，那他是成不了佛的。如果唐僧得到观音菩萨的点化，又有孙悟空的保护，其实就可以成佛了。那么，有没有乌巢禅师传授给他的《心经》，与如来佛祖封授不封授，并不存在任何关系。

所以大家看西游记都不太重视乌巢禅师这一段。

其实呢，唐僧取的经，早在第十九回就已经取到了，他取的是乌巢禅师的经，这个经才是唐僧的。唐僧一直修行的就是这个经，这个经不是如来佛给他的。当然，如来佛也没那么死板，无论你学的哪一套，都是可以来任职的。

唐僧一路上念的都是《心经》，无论他达到哪层境界，都是他自己个人的修为，这与如来封授给他的那个职务是两回事。好比我们今天学位与职位的关系。

那么，乌巢禅师传授给他的《心经》究竟有什么作用呢？"若遇魔瘴之处，但念此经，自无伤害。"可见，这个经没别的法力，只是专门用来度过一切灾厄苦难的。

前面我们讲过，神仙们的口诀都是些密码，一输入密码，程序立即启动，马上发挥功效，这个《心经》也是的，是由270个字组成的密码，当遇到灾难时，须连续完整地一次性输入，一切灾难都可以化解掉。

效果究竟如何呢？唐僧一路上逢各种大难小灾，做过了无数次的试验，经验证：一切OK！无一例失败，成功率100%。

经云：

《摩诃般若波罗蜜多心经》：观自在菩萨，行深般若波罗蜜多，时照见五蕴皆空，度一切苦厄。舍利子，色不异空，空不异色；色即是空，空即是色。受想行识，亦复如是。舍利子，是诸法空相，不生不灭，不垢不净，不增不减。是故空中无色，无受想行识，无眼耳鼻舌身意，无色声香味触法，无眼界，乃至无意识界，无无明，亦无无明尽，乃至无老死，亦无老死尽。无苦寂灭道，无智亦无得。以无所得故，菩提萨埵。依般若波罗蜜多故，心无挂碍，无挂碍故，无有恐怖。远离颠倒梦想，究竟涅磐，三世诸佛，依般若波罗蜜多故，得阿耨多罗三藐三菩提。故知般若波罗蜜多，是大神咒，是大明咒，是无上咒，是无等等咒，能除一切苦，真实不虚。故说般若波罗蜜多咒，即说咒曰："揭谛，揭谛！波罗揭谛，波罗僧揭谛！菩提萨婆诃！

开头的摩诃般若波罗蜜多和结尾的咒语，都是不翻译的，因为怎样翻译都不足以表达原意，所以干脆就不译了，他只表音，读音当然不是今天的普通话，而是古长安发音。

如果确实不会读的话，我来注个音，以方便大家，我既不翻译，也不讲解，以免误导，我只是注个音。

咒曰：揭谛，揭谛！波罗揭谛，波罗僧揭谛！菩提 萨婆 诃！

注音：给他，给他！把那给他，把那些给他！不提舍不得呀！

此乃解灾渡厄之妙决也。

78 猪八戒为何老是要散伙

猪八戒在取经路上老是吵着要散伙，最严重的几回如下：

1. 第三十二回（金角银角大王），八戒叫："沙和尚，歇下担子，拿出行李来，我两个分了罢！"沙僧道："二哥，分怎的？"八戒道："分了罢！你往流沙河还做妖怪，老猪往高老庄上盼盼浑家。把白马卖了，买口棺木，与师父送老，大家散伙，还往西天去哩？"长老在马上听见，道："这个夯货！正走路，怎么又胡说了？"八戒道："你儿子便胡说！你不看见孙行者那里哭将来了？他是个钻天入地、斧砍火烧、下油锅都不怕的好汉，如今戴了个愁帽，泪汪汪的哭来，必是那山险峻，妖怪凶狠。似我们这样软弱的人儿，怎么去得？"

2. 第五十七回，真假美猴王，三藏倒在尘埃，行李不见踪影。沙僧伤心痛哭。八戒道："兄弟且休哭，如今事已到此，取经之事，且莫说了。你看着师父的尸灵，等我把马骑到那个府州县乡村店集卖几两银子，买口棺木，把师父埋了，我两个各寻道路散伙。"

3. 第七十五回，孙悟空钻到狮子精肚子里后，八戒喘呵呵地跑来，哭哭啼啼道："师兄被妖精一口吞下肚去了！"三藏听言，唬倒在地。你看那呆子，他也不来劝解师父，却叫："沙和尚，你拿将行李来，我两个分了罢。"沙僧道："二哥，分怎的？"八戒道："分开了，各人散伙。你往流沙河，还去吃人；我往高老庄，看看我浑家。将白马卖了，与师父买个寿器送终。"长老气呼呼的，放声大哭。

猪八戒要散伙的次数最多，有玉帝派来卧底的重大嫌疑，可细细分析，也不像。因为从猪八戒在取经路上的表现来看，并没有恶意破坏取经活动的行为。

参加取经，是一个双向选择的问题，如果猪八戒是玉帝派来的卧底，万一菩萨不要他参加咋办？所以这就说不通了。

猪八戒在车迟国把太上老君像扔到茅坑里后，他就再也不可能回到天庭道派去了！那么，他在取经队伍中为什么又要屡次散伙呢？

这有三个方面的因素造成的：

1. 猪八戒只是在取经队伍将要倒闭的时候才要散伙。

在取经队伍情绪比较稳定的时期，猪八戒是不可能把队伍戳散的。猪八戒总是在形势严峻的时候，才提出要散伙。往往是形势越严峻，猪八戒要散伙的念头越强烈。

这就不能证明猪八戒是个奸细，因为严峻的形势不是猪八戒造成的，猪八戒并没有破坏这个团队，是这个团队面临不可逾越的危机时，猪八戒错误地判断取经无望了，才产生了散伙的念头。

这最多只能证明猪八戒不够坚定。

你这个团队要破产了，我为什么要陪着一起死？我当然可以另找出路！所以，不能因为他多次要散伙，就说他是个奸细。当然，你也可以说他素质低，经不起考验！

黄袍怪那一回，悟空不在，唐僧变成了虎，沙僧被擒，白马受伤，仅仅还剩下猪八戒一个，如果他真的是个奸细，取经到此就结束了！事实上是他在最关键的时候把孙悟空请来的，有巨大的贡献！

2. 猪八戒并不欠观音菩萨的人情。

菩萨给参加取经队伍的每一个成员开出的价码如下：

老唐：走到西天取经 = 正果金身（成佛）

白马：驮老唐到西天 = 取消死刑

老沙：保护老唐安全 = 不再飞剑穿心 + 官复原职

老孙：保护老唐安全 = 从五行山下释放

老猪：保护老唐安全 = 0

老孙、老沙、小马都在受苦受罪，菩萨释放他们，他们完成菩萨交给的任务，这是等价交换。

而老猪并没有受苦受罪，他还在吃人，也没有谁追究他的责任，他是一个自由自在的妖怪，是他自己主动要求加入的，菩萨答应了。

因此，猪八戒什么时候要离开取经队伍，都不欠观音菩萨的人情，菩萨也不会追究他的责任，而那几个则不行！所以，一有困难，猪八戒第一个想跑，是正常的。

3. 猪八戒和他们几个不一样，他是有家庭的人。

唐僧、孙悟空、沙和尚都是光棍一条，出远门没有家庭负担。猪八戒则不同，他是有家庭有老婆的。他每次要散伙，没说到别处去，只是要回高老庄，就是取经结束了，他还是要回高老庄，说明他的家庭观念非常重！他是指望出趟远门打工挣点钱回来的。

他最担心的是：出门没挣到钱，老婆也没了。所以，只要取经队伍一遇到困难，他就想回去。

猪八戒想散伙是由以上三方面的原因导致的，而不是想混进取经队伍搞破坏，如果他想搞破坏，菩萨就不会要他参加了，并且随时可以把他处决掉。

参加取经队伍，猪八戒是主动的，那么，他为什么要主动参加呢？是何动机呢？是他信佛吗？

第十九回，八戒道："这山唤做浮屠山，山中有一个乌巢禅师，在此修行，他倒也有些道行。他曾劝我跟他修行，我不曾去罢了。"

如果猪八戒想信佛修行，他完全可以跟乌巢禅师修行，但他没有。他却愿意入观音门下，这是什么原因呢？他说："不期撞着菩萨，万望拔救拔救。"他当时并没有受罪受苦，他要菩萨拔救他什么？

疑问太多，把所有疑问联系在一起，只能得出这个结论：猪八戒弄不到吃的！

别人吃饭，一般是一碗两碗，他一吃起码就是半锅！丈人老头子不要他这个女婿了，他在福陵山吃行人，估计也很难吃到几个。

乌巢禅师也是个清修之人，房子也没有，住在一棵树上，猪八戒当然不愿跟他混，当猪八戒遇到观音菩萨的时候，菩萨说："汝若肯归依正果，自有养身之处。"怪物闻言，似梦方觉。

正是在这种情况下，他才说："我欲从正！"因为观音菩萨不是个贫僧，而是个富僧。猪八戒看中的就是这一点，所以才似梦方觉，一定要跟着她混。

然后，菩萨才问他，你愿不愿意去保唐僧取经呀，呆子连说："愿随，愿随！"

猪八戒在福陵山当妖怪，自由自在，无难无灾，他却主动要当和尚，当了和尚既不念经，也不信佛，他要干什么？他要混饭吃！像他这种无条件要当和尚的，只有一种情况：就是生活过不下去了。

79 取经为何遭勒索

唐僧师徒四人千辛万苦，走到了西天，四众对如来倒身下拜后，如来才叫阿傩、伽叶二尊者传经。

阿傩、伽叶对唐僧道："圣僧东土到此，有些什么人事送我们？快拿出来，好传经与你去。"公然进行勒索。

告到如来处后，如来却说，这个事我知道，我弟子下山，为别人念一遍经，才收了三斗三升米粒黄金回来，我还说他们收少了！

怎么办呢？没招！面对阿傩、伽叶的再次强行勒索，唐僧只有乖乖地就范，将唐太宗所赐的紫金钵盂送给了他们。

阿傩、伽叶真的只是要勒索钱财吗？那个紫金钵盂究竟是铜的还是金的？这个还不太好说，就算是金的，和"三斗三升米粒黄金"的差距还是很大，何况人家还只是念一遍，并不传经。

按我们现在的标准，租一本书看，一天才一角钱，买一本最起码也得十块二十块，唐僧他一个用旧了的钵盂就能换回那一大堆经书？

这里面就存在一个问题: 阿傩、伽叶究竟是不是向他们要钱？

分析如下:

1. 阿傩、伽叶作为如来的心腹，应该是不缺钱的，不至于做出这样的勾当。他们想搞点外快，机会多得是，也不需要搞，自然有人供奉。

2. 唐僧是个真正的贫僧，大家都知道的，即使敲诈，也不该敲诈他，敲不出多少钱不说，反背个恶名，有损尊者的形象，不划算。

从双方的角度进行分析后，认为阿傩、伽叶完全没有找唐僧要钱的必要。那他们为什么还要向唐僧索要人事呢？

因此，我们只能说，阿傩、伽叶向唐僧索要的东西并不是钱！那究竟是什么呢？这个东西可能比较重要，否则他们不会连要两次。

前面讲过，有三个犀牛精专门为如来佛暗地里搜刮香油，被孙悟空与天庭星官合伙处决了，这三个犀牛精的六个角被锯下来后，当时他们合伙人是这样分成的：四只犀角拿去进贡玉帝，留一只在地方政府，还一只带去灵山献佛祖。

可是，他们到了灵山后，根本就不提犀牛精的事，那只犀角也没有献给佛祖。佛祖也不好意思开口要。

阿傩、伽叶问他们有些什么人事送我们？应该指的就是这！因为他们没有别的值钱的东西，只有这个犀牛角，这个犀牛角本来就是准备献出来给佛祖的！

他们却就是不拿出来！阿傩拿着个钵盂不放，只有发呆！

明明说好了这个犀牛角是献给佛祖的，他们为什么不拿出来？我们来看一下：

当时，三个犀牛精来收油的时候，大家看到的的确是三位佛身，可既然是佛，为什么要公然搜刮民脂民膏呢？所以孙悟空说："不是好人，必定是妖邪也。"

他们年年来收，每年合银将有50000余两，这个数额是巨大的，如果不是在帮如来佛收，如来又岂能容他们在自己的地盘上胡作非为？

所以，孙悟空这一次没有请佛派的人，而是到天庭找的帮手，否则的话，又很难捉住妖怪。天庭来了四个星官，角木蛟、斗木獬、奎木狼、井木犴，四个猛兽，俱是捕犀的行家。

结果，这三个犀牛精被天庭方干死一个，被取经方干死两个。双方合伙把如来佛的人打死了，面子上不是很好看，他们是如何处理的呢？

当时，还有两个活的，八戒道："这两个索性推下此城，与官员人等看看，也认得我们是圣是神，左右累四位星官收云下地，同到府堂，将这怪的决。已此情真罪当，再有甚讲！"

四星道："天蓬帅近来知理明律，却好呀！"

八戒道："因做了这几年和尚，也略学得些儿。"

以往杀妖怪，二话不说直接就打死了，这次可能还不敢，因为那是如来佛的人，猪八戒出的这个主意很好，是通过法律手段判决的，"将这怪的决。已此情真罪当，再有甚讲！"

所以大家称赞："天蓬帅近来知理明律，却好呀！"

知理明律，就说明他们是以天条来处决这两个犀牛精的。他们没有错。

八戒说"因做了这几年和尚，也略学得些儿。"当了和尚，反学了些法律？不是的，是学了些办事的道道。

犀牛精被当众处决后，锯下四只角来。孙大圣更有主张，教四位星官将此四只犀角拿上界去，进贡玉帝。把自己带来的二只，"留一只在府堂镇库，以作向后免征灯油之证；我们带一只去，献灵山佛祖。"

杀犀牛精，是合伙的生意，星官杀了一个，得四个角，他们杀了两个，却只得两个角，利润为什么要这样分成？孙悟空这样分，为何叫"更有主张"？

他们杀的，叫星官拿去，星官杀的，他们拿着，万一以后追究起来，大家都可以互相推脱说，那是他们干的！

他们留下的这个犀牛角，说是献给佛祖的，其实不是，是他们自己留着的，他们可以当证据、当把柄一直捏在手里。

因为当时留在地方政府的那只犀牛角就是当证据使用的！证明收油的是妖怪，不是佛！你们以后再不要送油了。"留一只在府堂镇库，以作向后免征灯油之证。"

这个犀牛角究竟在哪呢？反正他们不提这件事，你也不好意思问。

80 猪八戒究竟有多大功劳

唐僧去西天取经，一路上必然会遇到妖怪，唐僧如果要过去，可以采用的方法应该有N种，比如：劝对方行善，与对方讲和，绕道走，化装过关，等等。

但是，孙悟空一律采用消灭的方式，即使与取经队伍不发生冲突的妖怪，孙悟空也要消灭。为什么呢？因为打死妖怪是算功果的，这是他的业绩。

观音菩萨说："草寇虽是不良，到底是个人身，不该打死，比那妖禽怪兽、鬼魅精魔不同。那个打死，是你的功绩；这人身打死，还是你的不仁。"

说得很清楚：打死妖怪，是功绩。

三个徒弟保护唐僧的条件已经谈妥，那是不算功绩的，只有打死妖怪才算功绩，要想把业绩做出来，他们就得想千方设百计地找妖怪打，多劳多得。

在这个过程中，猪八戒肯定要比孙悟空会立功，请你不要怀疑，这是有统计数据的。那么，猪八戒究竟立了多少功呢？又是怎样立的功呢？我们来看一下：

1. 黄风怪一回，孙悟空打虎先锋，那虎怪撑持不住就跑，行者执棒赶来，喊声不绝。八戒正在那里放马，忽见行者赶败的虎怪，就举钯一筑，筑得九个窟窿冒鲜血。

行者道："兄弟啊，这个功劳算你的。"

八戒道："哥哥说得有理。你去，若是打败了老妖，还赶将这里来，等老猪截住杀他。"

这一次是捡的便宜。

2. 金角大王请来舅爷狐阿七助战。唐僧叫："沙和尚，你出去看你师兄胜负如何。"沙僧举杖出来，打退群妖，狐阿七见事势不利，回头就走，被八戒赶上，照背后一钯就筑死了。

这一次又是捡的便宜。

3. 孙悟空想立个大功果，一直缠着牛魔王打，叫猪八戒去打牛魔王的小老婆，猪八戒杀进摩云洞，一钯筑死了玉面公主，百十余口，斩尽杀绝！

这一次是捏的软柿子。

4. 孙悟空打死了碧波潭的万圣龙王，那龙子披了麻，正看着龙尸哭。这八戒骂上前，把个龙子夹脑连头，一钯筑了九个窟窿。万圣宫主正与孙悟空抢夺匣子时，被八戒跑上去，着背一钯，筑倒在地。

这一次又是捏的软柿子，还兼有抢功劳。

5. 杏仙一回，共6个大妖，4个小妖。行者笑道："你可曾看见妖怪？"八戒道："不曾。"行者道："就是这几株树木在此成精也。"八戒闻言，不论好歹，一顿钉钯，三五长嘴，连拱带筑，俱挥倒在地，果然根下鲜血淋漓。

三藏扯住道："不可伤了他！他虽成了气候，却不曾伤我。"那呆子索性一顿钯，全部筑倒。

这一次完全是老孙照顾白让给他的。

6. 南山大王豹子精一回，孙悟空用瞌睡虫使豹子精睡着，被八戒上前一钯，把老怪筑死。

这一次完全是老猪抢老孙的功劳。

7. 金平府捉犀牛精，死了1个，捉到2个活的回来，八戒并未参加战斗厮杀，但他却挥起戒刀，把两个犀牛精的头砍下了！

这一次又是老猪抢了老孙的功劳。

这就是猪八戒打死的所有大妖怪，小妖怪也多，就不计算啦。他的功绩和孙悟空相比，孙悟空占59%，猪八戒占41%，居然有这么高，都没想到吧。

猪八戒打死的这些妖怪，都是不费吹灰之力的，基本上都是瞅个空子只一钯，从不浪费精神力气，碰到强的，他首先是跑，他只打有把握的仗，你别看他呆，在立功方面，孙悟空简直就是个傻子，费那么大劲，比老猪也强不了多少！

像他这样投机取巧，尽管也立了接近一半的功劳，但是，佛祖是看不上的，没给他算数！佛祖说："孙悟空，汝炼魔降怪有功，全终全始，汝为斗战胜佛。"

你看，没有猪八戒的份。全给他抹了！

没给猪八戒算功劳，但却算了他的苦劳，这一路上，猪八戒挑担子辛苦了。

那个担子，最先是唐太宗派的两个随从在挑，随从被妖怪吃了，唐僧用马驮，收了孙悟空后，就该孙悟空挑，孙悟空太矮了，只有1米2左右高，反正不到1米3，挑个担子很不舒服，就背在肩上，背也不舒服，又挑。

收了猪八戒后，就该猪八戒挑，收了沙和尚后，按说该沙和尚挑了，但孙悟空硬逼着要八戒挑。大概是因为沙和尚不抢功吧。沙和尚很清楚，他是永远不可能官复原职的，所以他不立功。

再者，菩萨给沙和尚开的价格本身就是最高的，也不需要立功。

猪八戒打妖怪时，沙和尚挑担子，猪八戒挑累了，沙和尚换换手，毕竟少些，主要是八戒在挑。电视上放的一直是沙和尚在挑，把猪八戒仅有的一点劳动果实及优点也给抹杀了，太不尊重劳动人民了！

唐僧也说："那呆子倒也有些膂力，挑得行李。"

孙悟空更有意思："白脸的是我师父，黑脸的是我师弟，那个长嘴，是我雇请的长工，只会挑担。"偏偏不说他是师弟。

就连花果山那个假取经队伍里的假八戒，也是挑着行李的！

猪八戒挑担子，是个很容易被忽视的辛苦活，再加上他本身食肠宽大，当然饿得快，结果大家却都说他懒惰！还是如来知人善用，给了他一个美差！

如来说："因汝挑担有功，加升汝职正果，做净坛使者。"

所以，猪八戒的正果，不是靠修行念佛得来的，他一句经也不会念，修个屁呀修，他是用双肩挑担子做苦力换来的。

81 成正果，皆大欢喜

到了西天，如来封授:

唐僧，取去真经，甚有功果，加升大职正果，为旃檀功德佛。

孙悟空，炼魔降怪有功，全终全始，加升大职正果，为斗战胜佛。

猪悟能，挑担有功，加升汝职正果，做净坛使者。

沙悟净，登山牵马有功，加升大职正果，为金身罗汉。

白马：驮圣僧来西，又驮圣经去东，亦有功者，加升汝职正果，为八部天龙马。

唐僧成了佛，究竟有多大本事呢？我想这个问题大家都比较关心，但书上没有写，所以不知道。不过我们可以进行合理的推断:

唐僧有过两次飞行的记录，应该是可以飞了。寿命方面也没话说，他是吃过人参果的。

至于武艺方面，唐僧没有任何升级，肯定不会打。但是他多了两个法宝：一件锦阑袈裟，一条九环锡杖。这永远是他的。

如来曾经说过："这袈裟、锡杖，可与那取经人亲用。若肯坚心来此，穿我的袈裟，免堕轮回；持我的锡杖，不遭毒害。"事实上，唐僧在路上很少穿这件宝贝袈裟，至于那条锡杖，他拿不拿在手里都是一样的，总是屡遭毒害！

难道佛祖的宝贝不灵？佛祖不至于打诳语吧，细看原文，有一个前提条件:"若肯坚心来此。"

也就是说,若诚心诚意来取经,这两个宝贝才有用,若心不诚,不来,那么,这两个宝贝就没有任何价值。

这两个宝贝,应该是个信物,要唐僧一直带着,从长安带到雷音寺来,如来一看,就知道不是假冒的,这就可以证明唐僧是诚心诚意来取经的。如来的宝贝都是密码声控的,只需要把密码(即口诀)告诉唐僧,宝贝马上就会厉害无比!

袈裟可以护身,锡杖可以用来进攻,当然,他也可以修改密码,或是以手指代替鼠标,上、下、左、右、进、退,指哪打哪。这已经够厉害的啦!君不见观音、文殊、普贤之流,哪一个会打?不都是这样的?

师徒四人,连马五口,俱得了如来封授,皆成正果。三个大职正果,两个汝职正果。其中,猪八戒最为实惠。

因为猪八戒和白龙马是授予的汝职正果,于是,就有人说如来耍了八戒,把八戒和白马划在一个级别,属于最低的。

错了!八戒和白马尽管都是汝职,但绝不是同一个级别的,八戒的汝职级别绝对要比沙僧的大职级别高!

西游记最后有个排名,唐僧排在佛级别的倒数第二名,孙悟空是最后的一个佛,排倒数第一,取经队伍中只成就了这两个佛。也可以说他们是最后来的,也可以说是资历最浅的,这无所谓,反正成佛了。

孙悟空的后面,紧接着是观音菩萨。

孙悟空排在所有佛之末,观音排在所有菩萨之首,有的朋友可能会问:观音比唐僧、悟空还低?是的。这个问题,佛组织是有规定的,凡女性,今生不能成佛,要成佛,先得下辈子超个男身再说。

单单只从级别上讲,孙悟空是混到前面去啦。不过讲势力、讲狠气,我估计还是观音吧。

观音菩萨的后面是一大排各种菩萨的名称,最后的倒数三名分别是:南无净坛使者菩萨、南无八宝金身罗汉菩萨、南无八部天龙广力菩萨。

煮酒探西游

八戒是净坛使者，沙僧是金身罗汉，白马是八部天龙，这三位都不是菩萨的级别，为什么名号还要后缀菩萨两个字？这就说明尽管他们不是菩萨，但他们绝对都是享受菩萨待遇的！

八戒和白马都是汝职，也就是副职，唐僧、悟空、沙僧都是正职，是正职大还是副职大呢？当然是正职大，但前提是: 在同一个级别上，正职比副职大。否则的话，你会认为副省长没有正乡长大滴！

八戒属于哪个级别的副职呢？他这个净坛使者是菩萨级别的副职！比沙僧要高，沙僧是罗汉级别的正职，比白马要高，白马是罗汉级别的副职。

猪八戒捞到了实惠，可喜可贺！因为他得到了一个美差，管吃管喝，乃是个有受用的品级（尽管是吃剩菜剩饭，净坛嘛）。

寺庙的正当收入有三: 香火、功德钱、供品。

猪八戒没权利管香火、钱，因为这是由正职菩萨管的，但八戒他管供品，因为他是副职菩萨嘛。相当于如来佛的税务财政副总管，这已经很不错啦。

猪八戒的本事不济，臭毛病又多，但他实在，肯卖苦力，像猪八戒这样的人，只有跟着如来这个级别的领导才有出头之日。其他低级别的人对他都不公。

猪八戒会种地，在高老庄的产业，都是他耙田种地换来的，但丈人老头子居然以他长得丑为由把他赶出去。

猪八戒会烧饭，取经路上除化缘外，都是猪八戒烧的饭，他们都不会，却说猪八戒最贪吃懒做。

猪八戒最懂生活常识，过通天河时知道怎样试水深浅，知道怎样使马蹄履冰不打滑，但他们都说他最呆最笨。

猪八戒取经11年总共只积攒了四钱五六分银子（合人民币约91. 2元），都是牙齿上刮下来的，舍不得买了吃，留了买匹布做件衣服的，却被孙悟空恶诈去了，银子的下落不明不说，还给他扣上个攒私房的罪名！

钱呢？钱被谁花了？

还是如来知人善用，知道他的食量大，当和尚只是为了混饭吃，所以如来抹杀了他打妖怪的功劳，打击了他的投机取巧心理，又给他多吃会更实在更卖力。

猪八戒的食量大，究竟有多大呢？猪八戒到如来佛处，吃了大餐出来，肚子饱饱的，陈家庄的人又请他们吃。八戒笑道："我的蹭蹬！那时节吃得，却没人家连请十请……"略动手又吃过八九盘素食；又吃了二三十个馒头，又有人来相邀……

最后，新加入的五位跟着所有的佛菩萨们，一起合掌皈依，在大殿上庄重地宣誓，都念："愿以此功德，庄严佛净土。上报四重恩，下济三途苦。若有见闻者，悉发菩提心。同生极乐国，尽报此一身！"

唐僧师徒一起入佛，都成了正果，《西游记》至此终。

附一 历史如何变神话: 《西游记》的今生前世

小说《西游记》是一部世代累积而成的作品。

最初的故事原型,是唐玄奘法师偷渡到印度取经的真人真事。在当时的世界上,这是一个非常了不起的壮举,因为此前没有一个人做过如此伟大的旅行。

十多年后,玄奘法师回到了故土,他带回无数的佛教经典,成为最大的"海龟",然后,一边潜心翻译那些佛经,一边又把他旅行的经过,写成一本书,叫做《大唐西域记》。

在他去世之后,他的弟子为他写了一部传记,叫《大唐大慈恩寺三藏法师传》,这本传记本来是个很平实的经历,但出于宗教传播需要,有的故事就被弟子们刻意神化了。

比如说,玄奘越过玉门关,迷路了,五天没水喝,晕倒在沙漠里,他就念般若心经,于是获救,继续往前走到了今天的哈密。心经是观音菩萨传授的,遇到什么困难,什么危险,一念就可以化解。

所以在玄奘去世后不久,他的传奇旅行就被神化了,取经的故事,开始走出寺庙,流传于民间。

晚唐五代,甘肃榆林窟有两幅壁画,画了玄奘取经的故事。有玄奘和一匹马,后面跟着一个猴子,前面还有观音。这个猴子也就是后来的孙悟空。这个时候,就有了西游记的基本框架。

到了南宋，有一本书叫做《大唐三藏取经诗话》，这里面有很完整的十七个故事，虚构的情节越来越多，故事也越来越完整。

其中，唐僧已不再是一号主角了，而是改为猴行者（即孙悟空的原型）为主要人物。唐僧不再被神话了，被神话的对象则变成了猴行者（孙悟空），由猴行者扶助三藏法师西去取经，遇到妖魔鬼怪艰难险阻时，屡屡大显神通化险为夷。

这实际上折射出的是当时人们对神秘超自然力量的一种崇拜甚至可以说是一种渴望。只是故事的情节还比较简陋单调。至此，已经略具明代小说《西游记》的雏形了。

也就从这个时候开始，西游记，从一个纯粹的宗教故事，正在向世俗化的故事转变。

于是出现了元朝的戏班子剧本《西游记杂剧》，一共24出戏。

在元朝的西游记杂剧里，当时的人们已不再崇拜唐僧了，转而把他当作调笑恶搞的对象。以低级趣味，黄色下流的小故事为主，处处又穿插着些无奈的讽刺。

唐僧欲上西天取经，从长安出发的时候，就遇到一个妓女无厘头的调戏；在路上，驿夫要送他到炮站打炮；孙悟空是整个故事中最好色的人，大闹天宫盗金丹，只为了取悦抢来的娇妻；孙悟空遇到铁扇公主，一上去就是调戏，到了女儿国，更是下流到不堪入目……

为什么会这样呢？因为在元朝异族人的高压统治下，郁闷的人们只能以此为乐，也就穷乐而已。快活一天是一天，对明天没有盼头，也无期望，只希望快点结束，处处是绝望，所以最终是一场悲剧收场。

在西游记杂剧中，孙悟空、猪八戒、沙和尚保护唐僧到了西天后，三个徒弟就都死了！这叫做"正果了"，或是"被正果了"。怎么死的呢？被烧死的，当然不是自焚，而是唐僧点火烧的，唐僧说："贫僧与他作把火。四个西行一个归，三个解脱是和非。"

说可怜的孙悟空，真的有神通，在东土已经脱了轮回，但到了西天却栽了跟头。

说猪八戒更惨，"猪八戒自幼决断，一路上将师相伴，圆寂时砍下头来，连尾巴则卖五贯。"猪八戒被杀了，砍下脑袋，加猪肉连尾巴，一共卖了1500元（人民币）。

为什么要他们都死呢？因为唐僧说了："有心我你不能安，无念大家得自在。"你我有心有念，大家就都不得安宁，一死，一了百了，大家都自在了。

也许是这种结局太悲惨了。后来到了明朝的时候，百回本小说《西游记》做了最大的颠覆性创作，使之变成了一个完整的长篇神话故事，于是就形成了我们现在所看到的这个百回本的《西游记》小说。

明代中叶，经济发达，文化繁荣，萌芽资本主义兴起，是一个重功利的时代，同时，旧有的道德伦理仍在人们的日常生活中起着重要的作用。

所以，在最终定型的百回本《西游记》小说中，孙悟空不再好色，而是战斗英雄。好色的事都转嫁到了猪八戒身上，从而让他成为一个喜剧角色。唐僧虽然迂腐无能小心眼，但始终还要摆出一副让人尚可接受的师长模样。

而最终的"正果"，也不再是焚烧、死亡了，被大胆的改造成了封授、提拔。这种"正果"更像是一种职位，一种奖励。唐僧取经，徒弟们降妖除怪，挑担牵马，都要被菩萨计功果，多劳多得，最终大家都以各自付出的功劳而获得"正果"，皆大欢喜。

西游记从唐代一个真实的历史故事，逐渐演变为后世一部虚幻的神话小说，故事的来源，大致上就是这样的。

从真实的玄奘取经，到小说《西游记》的最终定型，经历了许多朝代的演变。唐僧从一个普通高僧，被神化、被恶搞、被戏谑。难道是后来的作者们对他有仇吗？

不是的。任何文学作品，离开了作者生活创作的真实环境，空谈艺术是没有意义的。唐僧在每一位作者笔下之所以不一样，甚至反差巨大，这只是因为各位作者的生活环境大为迥异。

实际上鲁迅先生早就讲过，"讽刺揶揄则取当时世态，加以铺张描写。"后来的作者们，不过是拿唐僧说事，发表了一下他们对他们自己生活的那个时代的一种看法而已。

神话小说，其实只是一个真实生活的面具，她更多的是反映的世情，通过这个神与魔，来反映老百姓心中的一种社会心态，一种文化心态。

了解了社会环境，会有助于我们研读小说西游记。当然，多读西游记，也会更有助于我们去了解、认识真实的社会。

附二 《西游记》之时间简表

【贞观十三年】

九月十二日，唐僧从长安出发。

两界山（五行山）收孙悟空。

腊月，蛇盘山鹰愁涧，收白龙马。

【贞观十四年】（西行第一年）

春，观音院盗袈裟，收伏黑熊精。

乌斯藏高老庄，收伏猪八戒。

一月后，浮屠山乌巢禅师授《心经》。

夏，黄风岭唐僧被擒，灵吉菩萨收伏貂鼠精。

秋，流沙河，收沙僧。

【贞观十五年】（西行第二年）

秋九月，四圣试禅心，猪八戒被缚。

【贞观十六年】（西行第三年）

春，万寿山五庄观，偷吃人生果。

夏，白虎岭，悟空三打白骨精，被逐回花果山。

碗子山波月洞，唐僧被黄袍怪所擒。

秋冬，宝象国，八戒请悟空，降服黄袍怪。

【贞观十七年】（西行第四年）

春，平顶山莲花洞，大战金角银角大王。

夏秋，宝林寺，唐僧借宿受气，悟空恶镇。

乌鸡国，文殊菩萨收服坐骑青狮精。

冬，火云洞，大战红孩儿，观音收为善财童子。

【贞观十八年】（西行第五年）

春，黑水河，西海摩昂太子收伏鼍龙怪。

【贞观十九年】（西行第六年）

春，车迟国斗法。

秋，路阻通天河，观音收服金鱼精。

冬，金兜山，大战青牛精兕大王。

【贞观二十年】（西行第七年）

春，西梁女王欲嫁唐僧。悟空大战蝎子精。

端阳前后，真假美猴王。

秋，火焰山，三借芭蕉扇，大战牛魔王。

冬，祭赛国金光寺盗宝。二郎神助悟空大败九头虫。

【贞观二十一年】（西行第八年）

春，木仙庵，唐僧谈诗，杏仙自荐枕席。

【贞观二十二年】（西行第九年）

此年无事。

【贞观二十三年】（西行第十年）

春，小雷音寺，黄眉斗悟空，弥勒收童子。

驼罗庄，悟空杀长蛇。七绝山稀柿衕，八戒立臭功。

夏，朱紫国诊病，孙悟空大战赛太岁。

【贞观二十四年】（西行第十一年）

春，盘丝洞、黄花观，大战七蜘蛛、蜈蚣精。

夏，狮驼岭，佛祖降魔，收伏大鹏、青狮、白象。

冬，比丘国，孙悟空救护小儿，寿星收伏白鹿精。

吴闲云◎作品

【贞观二十五年】（西行第十二年）

夏，陷空山无底洞，托塔李天王收服白鼠精。

【贞观二十六年】（西行第十三年）

夏，悟空夜剃灭法国。八戒打杀豹子精。凤仙郡求雨。

秋，玉华县授徒。太乙天尊收服黄狮精九灵元圣。

【贞观二十七年】（西行第十四年）

正月，金平府慈云寺观灯。打杀三犀牛。

春，舍卫国布金寺，遇天竺国公主。嫦娥收玉兔。

夏，铜台府，寇员外受斋遇害，师徒被诬。

秋，灵山拜佛祖。老鼋补齐八十一难，五圣成真。

附三 《西游记》的均衡之美

《西游记》的结构，表面上看，简单重复，一难完了又是一难。然而这里面的布局，却精巧地隐伏着一条不易察觉的暗线——以通天河为界，将前后分为了两个部分，均衡对称，遥相呼应。

下面，我们就试论一下西游记结构上这种独有的对称性。

1. 唐僧之"难"，始于"洪"，而终于"洪"。唐僧在凡尘中的第一难从刘洪开始，到寇洪结束。前后呈呼应对称型。

刘洪杀人越货，寇洪斋僧礼佛；刘洪作恶升官，寇洪为善丧命；刘洪最终被处死，寇洪最终又复活；刘洪为贼害人，寇洪为贼人所害。唐僧之难，所谓"贼始贼终"。

2. 始于"绣球"，而终于"绣球"。

前面：唐僧之父骑着马，带"一"个"家童"，小姐的绣球"恰打着光蕊的乌纱帽"。后面：唐僧本人骑着马，带"三"个"徒弟"，公主的绣球"把个毗卢帽子打歪"。呈对称型。

球者，圆也，缘也，缘起缘落。

3. 另外，唐僧的第一难，是如来强加给他的；而倒数第一难，则是观音强加给他的。唐僧的第二难，是"出胎"；而倒数第二难，则是"脱胎"。亦呈对称型。

这样，将西游记前后对照来看，就会发现许多有趣的对称现象。

比如：前半场开头，唐僧收了猴、猪、沙"三妖"，以保护唐僧；后半场末尾，唐僧去拜寒、暑、尘"三佛"，却捉住了唐僧。

紧接着，前半场演到了"偷宝贝"；而后半场也对应"偷宝贝"。前面是师父的袈裟被盗；后面是徒弟的兵器被盗。前面的妖怪开"佛衣会"；后面的妖怪开"钉钯宴"。

然后，前半场出来一群女仙（四圣），后半场则遇到一群女妖（七蜘蛛）。前面是一群女仙调戏猪八戒；后面则是猪八戒调戏一群女妖。前面八戒蒙着头看不见别人；后面八戒藏在水里，别人看不见他。

前半场到了车迟国，和尚斗道士；后半场对应黄花观，道士斗和尚。前面公开竞赛，后面暗施毒手。前面和尚偷道士东西吃；后面道士送东西给和尚吃。前面和尚干死三个道士，后面道士放倒三个和尚！

前半场以"道"派的妖怪为主；后半场以"佛"派的妖怪为主。前面道派妖怪中，夹杂有两处佛派的妖怪：青狮、金鱼；而后面佛派的妖怪中，夹杂有两处道派的妖怪：黄狮、玉兔。

前半场重头戏在平顶山，后半场重头戏在狮驼岭。前面的妖怪：金角、银角两弟兄；后面的妖怪：狮、象、鹏三结义。

前面的妖怪是太上道祖的童子；后面的妖怪是如来佛祖的护法。前面的妖怪，引出道祖亲临现场；后面的妖怪也引出佛祖亲临现场。前面是道祖孤身没带来一个人；后面是佛祖全来只留了一个人。

这种"对称"式，《西游记》中相当多，仔细看，并不难发现。下面，我们再从全局整体的角度来看看妖怪的"出场"次序：

前半场，唐僧遇到的妖怪，按顺序排列14处：寅将军、孙悟空、黑熊精、猪八戒、黄风怪、沙和尚、白骨精、黄袍怪、金角银角、青毛狮、红孩儿、鼍龙怪、虎鹿羊大仙、金鱼精。

再看后半场的妖怪，按倒序排列也14处：玉兔精、犀牛精、狮精九灵元圣、金钱豹、老鼠精、白鹿精、大鹏精、蜈蚣精、蜘蛛精、金毛犼、大怪蟒、黄眉童子、杏仙树精、九头虫。

前半场顺数到第十四个妖怪，金鱼精后面紧接着的是"青牛精"；后半场倒数到第十四个妖怪，九头虫前面紧挨着的是"牛魔王"。

前半场与后半场各十四处妖怪，他们交会的地方正是《西游记》的"正中间"：从"青牛精"到"牛魔王"。

青牛精是道派的牛；牛魔王是佛派的牛。

青牛精是太上老君的坐骑，牛魔王是如来佛祖通牒的对象。

青牛精最后被太上老君带走，牛魔王最后被牵到了如来佛处。

这两头"牛"，都是西游记中数一数二的厉害妖怪。

大战青牛精：参战人员极多。有道派的神仙，佛派的罗汉，更有玉帝派来的李天王哪吒父子，来助孙悟空一臂之力。这一回故事，暗喻了道祖与佛祖之间的"竞争"。最后，是佛祖以"失"而告终。

大战牛魔王：参战人员也极多。有道派的土地，佛派的金刚，也有玉帝派来的李天王哪吒父子，来助孙悟空一臂之力。这一回故事，暗喻了道祖与佛祖之间的"合作"。最后，是佛祖以"得"而告终。

这两大战为《西游记》"正中间"的故事，表面上看讲孙悟空斗妖怪，而实际上讲的却是玉皇大帝、太上老君、如来佛祖这三个人的权利调整、利益分配的问题。最后形成了佛道平衡并重的格局。

所以，这里可以看做是"神仙界"的正中。

在"两头牛"的范围之内，还有两位"女怪"。

一个是罗刹女，一个是琵琶精。

罗刹女的扇子，是太上老君地盘上的宝物，从而使她与道祖产生了相关联的作用。而琵琶精是唯一打伤如来的人，也从而使她与佛祖产生了相关联的作用。

继续往里面推，所有妖怪的最中间的一个妖怪，就是孙悟空本人——六耳猕猴！这是西游记中最奇特的一个妖怪，是西游记上半场与下半场转型的重要所在。他代表"心"的转折。

而凡间，则写到了女儿国，这是西游记中最奇特的一个地方，没有一个男人，纯阳之体遇纯阴之境，受到极大的诱惑与考验，也是西游记上半场与下半场转型的重要所在。他代表"物"的转折。

这一段故事，唐僧西行在通天河一带，走了五万四千里路，而到西天的总路程是十万八千里。十万八千里的"中"数，正是五万四千里。

明白了西游记的"中"，可以便于推理书中许多隐晦难懂的部分内容，因为前后均衡对称，是可以相互对比参照的。同时也更能从中悟出许多的玄机奥秘！

附 四 《西游记》之成功法则

　　小说《西游记》的主线其实非常清晰：

　　开头， 唐僧师徒上西天取经， 朝着目标进发。过程中， 遇到无数艰难险阻， 面对环境的恶劣、 敌人的攻击、 上级的压力、 内部的纠纷， 他们都挺过来了。结尾， 皆大欢喜， 圆满成功。

　　所以， 西游记写的是"如何成功"的故事。起因、经过、结果， 无一不是紧紧围绕这条主线在写， 自始至终， 贯穿全文。

　　有的朋友可能认为这种理解太肤浅、太世俗， 甚至有的人会固执地认为西游记讲的是佛家的修行。

　　佛是真正的大智慧者， 说句不好听的话， 佛的境界， 又岂是你一个凡夫俗子所能理解得了的！西游记都看不懂， 你还能看懂佛经？

　　其实呢， 世俗的修行与佛家的修行根本就不矛盾， 只是追求的境界不同而已。并且佛也提倡在现有的基础上进行修行。

　　成功的起初， 是立志。立志升官， 立志发财， 立志为僧， 甚至具体到想做某一件事， 都是起源于最初的一个"念头"。立志（决定开始）总是幼稚的， 不成熟的， 因为他处于整个事件的最前端。

　　没有立志， 便谈不上努力。做任何事， 若没有目标， 你往什么方向努力？有了目标， 才会很自然地朝着目标去努力。

　　没有努力， 便谈不上怀疑。前进之中， 总是会因为困难而产生种种怀疑（幻象），我的决定是否正确？我的努力是否正确？我坚信的理论有没有问题？或者理论根本就不是那么回事？或从一开始我就受到欺骗？这些都是正常的，他说明你认真努力过。

没有怀疑，便谈不上坚定。你怀疑的两个面，其实都对，但也都有问题，所以才会怀疑！你必须取一而舍其他，舍去的未必就不正确，取的这个一，也未必尽善尽美，究竟站在哪边，靠的是信念，而不仅仅是知识。只有认识到这一点，才可以称之为坚定。

没有坚定，便谈不上成功。怀疑、坚定都是成功的中间过程，你不能在成功的中途，仅仅只因为困难的幻象，便主动弃权。

没有成功，便谈不上无欲无求。只有该有的都有了，才可能达到无欲无求的境界，现实中释迦牟尼佛一生下来就是王子，他当然可以追求更高的无求境界，一个老百姓也罔谈无求，不过是自欺欺人罢了，于己于社会都是有害的。

没有无欲无求，便谈不上皆是虚妄。不认识皆是虚妄，便不可得无上正等正觉。

世俗的修行以成功为终点，佛家的修行以无上正等正觉为终点（没有终点）。佛的境界远高于世俗。

而西游记只讲了从立志到成功这一段，就结束了，并没有讲到更高层次的修行，因此，西游记就是在谈如何成功，如果你硬要说是佛家的修行，那么也可以看做是修佛的初级阶段吧。这并不矛盾。

最后都是怎样成的正果？如来说：唐僧取经，甚有功果；孙悟空炼魔降怪有功；猪八戒挑担有功；沙和尚牵马有功；白龙马驮唐僧有功。

注意：都是因"功"成的正果，而不是因"善"成的正果。

西游记的作者并没有明显的善恶观念，他给小说中的人物都有发善心的一面，也有做恶事的一面，所以给人的感觉很矛盾，你不知道他究竟是何立场。

传统的行为准则总是喜欢以善恶来衡量评判，可善恶究竟是什么？以何种标准来界定？你说得清吗？西游记中谁是好人谁是坏人？作者没有这么狭隘，都是一样的。

拿现代商业竞争日益激烈的社会来说，大家都在各施手段，博取利润，谁一生下来就是好人？谁又是坏人？不存在的事，大家都一样的。

西游记是一本描写如何成功的书，探求的是成功的法则，没有好人坏人，只有胜利者与失败者，把个说教式、灌输式的"劝善"打得粉碎！

西游记告诉我们，成功的法则有三：

1. 要能力

西游记讲的是成功，成功需要手段。当然，老君、如来、观音手段太高，不是模仿得了的。不过，悟空、八戒、沙僧还是可以学的。

你是精英，就学孙悟空，你卖苦力就学猪八戒，既不是精英，又不肯卖苦力，可以学沙僧紧跟着成功的团队。

2. 要合作

成功需要合作。唐僧靠徒弟保护，徒弟靠唐僧解脱，彼此扶持，合作成功。如来靠取经团队传经成功，取经团队得如来封授而成功。成功是互利的，现在的说法叫：双赢。

3. 要坚持

成功，至少有个必要时间。若遇到阻力，则往后延长。唐僧三年的计划，却用了14年，其中任一时候放弃，也就彻底失败。如来也一样，他欲传经东土，以前失败了，他还在坚持，到唐僧这一次才成功，假如又失败了咋办？那就再来一次！

没有高深的秘诀，就是一个"持"字。但真做起来，不是靠知识，而是拼毅力！成功没有那么多的定律，只是不要轻易放弃。

因为你一放弃，等于又要重新再来。我们可以回想一下自己过去失败的经历，是不是因为主动放弃导致的？再想一下曾经成功的经历，是不是也有着不可避免的困难与阻力？这些困难与阻力在你成功后再来看，真的就是：如梦幻泡影。

　　究竟要熬到何时才能成功？没人能告诉你，但可以肯定的是，他只会大于等于成功的必要时间。你只有坚持坚持再坚持， 到达西天，终有成功之一日。

　　弃清规，破戒律，汝今能"持"否？

后记　"人间幻象"话西游

西游记的主旨是什么？这么多年来，一直众说纷纭，大致有如下几种说法：

1. 搞怪说。仅是神话小说（或恶搞历史上的玄奘法师），滑稽搞笑，看了好玩，并没有什么寓意。

2. 宗教说。是一本宗教小说，讲的是佛道并重，或是以佛证道。

3. 炼丹说。讲的是丘处机道长（或其他道士）的炼丹口诀。

4. 谤佛说。看起来是在讲修佛，其实是在讥讽、诽谤佛教。

5. 修心说。心生则魔生，心灭则魔灭，讲的是如何收心养性的学问。

6. 养身说。讲的是气功口诀，养身怯病（魔）之道。

7. 讽刺说。讽刺官场腐败。

8. 揭露说。揭露现实社会的黑暗。

9. 惩恶扬善说。

10. 反映人民斗争说。

等等。主流的大致就这些吧。

道士说，这部书讲的是金丹妙诀，教你怎样修仙；和尚说，你扯淡，这部书分明讲的是禅门心法，教你如何成佛；秀才说，你更扯，这其实是一部证心诚意的理学书。

对不对，不妄加评论。但我们至少可以这样反问：西游记是因为教你修仙才成为名著的吗？西游记是因为教你成佛才成为名著的吗？答案显而易见，无须多说。

研究它的成书过程就可以知道，西游记是一部"滚雪球"式的世代累计完成的作品。大家当然都可以从不同的角度去研究理解，那我们用世俗的眼光去看神仙的世界，又有何不可？

西游记究竟是佛家经典？还是道家经典？还是小说？

不言而喻，西游记并不是什么宗教经典。它只是一部小说，一部明朝时期超长的白话YY小说。小说本身就是让人娱乐的，不是说教的，娱乐中反映的是人性、是社会。

西游记虽然是个神话故事，但任何神话故事，毕竟都是"人间幻象"。他就像一面镜子，折射着真实人间的炎凉冷暖，折射着现实社会的千奇百怪。

虽然神话都是编造虚构的，但虚构它的作者，却并不会脱离他真实的生活环境。

于是我们看到，西游记里的玉皇大帝，就只会被想象成坐在龙椅宝座上的典型东方帝王的样子，而绝想不出坐在四轮战车上飞行的西方上帝的样子。

同样，西游记里的天宫，也只可能被描述成超豪华的东方帝王的宫殿，而绝不可能会想象成西方圣经里所描述的天堂的样子。

西游记里的各路神仙，也只会想象成班列两行论资排辈的肥头大耳神，却不会想出为众受苦赎罪钉在十字架上痛苦滴血的耶稣。

因为西游记的作者，他只可能根据他真实的生活环境，来编造他幻想中的神仙世界。无论他多么离谱地虚构，也终究摆脱不掉那处处来自现实中的影子。

所以作者最终以极其巧妙的神话手法，写尽了人世间的种种幻象！也只有从这个角度来看，《西游记》才真正堪配名著经典。

最后，感谢各位网友及出版社何学雷编辑的无私指点。

吴闲云

2012年4月